*Um romance histórico
sobre os habitantes de Capela
e da Terra*

Crepúsculo
dos
Deuses

1ª edição | setembro de 2002 | 6 reimpressões | 20.000 exemplares
2ª edição revista | novembro de 2010 | 5.000 exemplares
9ª reimpressão | março de 2011 | 4.000 exemplares
10ª reimpressão | maio de 2012 | 2.000 exemplares
11ª reimpressão | fevereiro de 2013 | 2.000 exemplares
12ª reimpressão | fevereiro de 2014 | 2.000 exemplares
13ª reimpressão | setembro de 2015 | 2.000 exemplares
14ª reimpressão | junho de 2018 | 1.000 exemplares
15ª reimpressão | junho de 2021 | 1.000 exemplares
Copyright © 2002/2010 *by* Casa dos Espíritos Editora
Todos os direitos reservados

CASA DOS ESPÍRITOS EDITORA
Rua dos Aimorés, 3018, sala 904 | Barro Preto
Belo Horizonte| MG | 30140-073 | Brasil

Tel.: +55 (31) 3304-8300
www.casadosespiritos.com.br
editora@casadosespiritos.com.br

OS DIREITOS AUTORAIS desta obra foram cedidos gratuitamente pelo médium Robson Pinheiro à Sociedade Espírita Everilda Batista, instituição de ação social e promoção humana, sem fins lucrativos, parceira da Casa dos Espíritos Editora.

Edição, preparação e notas
LEONARDO MÖLLER

Projeto gráfico e editoração
ANDREI POLESSI

Foto do autor
DOUGLAS MOREIRA

Revisão
LAURA MARTINS

Impressão e acabamento
EGB

Crepúsculo
dos
Deuses

Robson Pinheiro

pelo espírito
Ângelo Inácio

A Casa dos Espíritos acredita na importância da edição ecologicamente consciente. Por isso mesmo, só utiliza papéis certificados pela Forest Stewardship Council® para impressão de suas obras. Essa certificação é a garantia de origem de uma matéria-prima florestal proveniente de manejo social, ambiental e economicamente adequado, resultando num papel produzido a partir de fontes responsáveis.

Nesta obra respeitou-se o Acordo Ortográfico da Língua Portuguesa (1990), ratificado em 2008.

COMPRE EM VEZ DE FOTOCOPIAR. Cada real que você dá por um livro espírita viabiliza as obras sociais e a divulgação da doutrina, às quais são destinados os direitos autorais; possibilita mais qualidade na publicação de outras obras sobre o assunto; e paga aos livreiros por estocar e levar até você livros para seu crescimento cultural e espiritual. Além disso, contribui para a geração de empregos, impostos e, consequentemente, bem-estar social. Por outro lado, cada real que você dá pela fotocópia não autorizada de um livro financia um crime e ajuda a matar a produção intelectual.

DADOS INTERNACIONAIS DE CATALOGAÇÃO NA PUBLICAÇÃO [CIP]
[CÂMARA BRASILEIRA DO LIVRO | SÃO PAULO | SP | BRASIL]

Inácio, Ângelo (Espírito).
Crepúsculo dos deuses : um romance histórico sobre os habitantes de Capela e da Terra / pelo espírito Ângelo Inácio [psicografado por] Robson Pinheiro. — 2. ed. — Contagem, MG : Casa dos Espíritos Editora, 2010.

ISBN 978-85-99818-09-1

1. Ficção espírita 2. Obras psicografadas I. Pinheiro, Robson. II. Título.
10-12535 CDD-133.93

Índices para catálogo sistemático:
1. Ficção psicografada : Espiritismo 133.93

*A Francisco Cândido Xavier,
o Chico de todos nós, que foi um dos responsáveis diretos
pelo advento de minha produção mediúnica, desde as
épocas do* Canção da esperança.
A ele, minha eterna gratidão, pelo apoio e encorajamento.

*Neste ano de 2010,
em que comemoramos o centenário de seu nascimento,
relembro dele uma vez mais,
homenageando-o nesta edição revista.*

Homenagem da Casa dos Espíritos a Cássia Eller, que partiu para a pátria espiritual durante a preparação deste livro. Sua interpretação imortalizou esta canção do grande compositor Gilberto Gil, cuja letra reflete tão bem o conteúdo trazido pelo espírito Ângelo Inácio. Eis nossa reverência à capacidade humana de captar a inspiração espiritual através da arte.

Queremos saber

Gilberto Gil

Queremos saber
O que vão fazer
Com as novas invenções
Queremos notícia mais séria
Sobre a descoberta da antimatéria
E suas implicações
Na emancipação do homem
Das grandes populações
Homens pobres das cidades
Das estepes, dos sertões

Queremos saber
Quando vamos ter
Raio laser mais barato
Queremos de fato um relato
Retrato mais sério
Do mistério da luz
Luz do disco voador
Pra iluminação do homem
Tão carente e sofredor
Tão perdido na distância
Da morada do Senhor

Queremos saber
Queremos viver
Confiantes no futuro
Por isso se faz necessário
Prever qual o itinerário da ilusão
A ilusão do poder
Pois se foi permitido ao homem
Tantas coisas conhecer
É melhor que todos saibam
O que pode acontecer

Queremos saber
Queremos saber
Todos queremos saber

Sumário

PREFÁCIO *xiv*
LITERATURA MEDIÚNICA *por Ângelo Inácio*

NOTA À 2ª EDIÇÃO REVISTA *por Ângelo Inácio* *xviii*

PRÓLOGO *xxii*
ASSIM NASCEM DEUSES E HERÓIS *"Num outro tempo, em outro lugar, há milhares de eras nasceram os deuses"*

O ALVORECER *A história de U-manu-ati e sua gente* 26

O ALVORECER

A GRANDE VIAGEM *Os projetos de Lasar*   44

NOTÍCIAS EXTRAORDINÁRIAS   62
O Dr. Maurício Bianchinni

UM CHAMADO DA ETERNIDADE *Papo de ETS*   78

PLANETA AZUL *"O planeta Terra brilhava no setor   108
frontal do observatório da nave capelina"*

UM HOMEM DA TERRA *Do Pão de Açúcar à Alemanha*   136

IRMÃOS DO TEMPO *O grande encontro*   154

O ATENTADO *Uma questão de segurança internacional*   162

O ENTARDECER

NO REINO DOS DEUSES   182
O Império e os amaleques: sinais dos tempos

A FUGA *Depois do sequestro, as dúvidas*   198

O CONCÍLIO *Manual de orientação draconina* — 208

O QUARTO PODER — 218
"Muito feliz pelo êxito da empreitada, Max..."

CENTRA – O CENTRO DA VIDA TRANSCENDENTE — 234
A assembleia dos sábios de Capela

SOB O SIGNO DO TERROR *O velho jogo de sombra e luz* — 250

CIDADÃOS DO INFINITO — 256
A revelação para os filhos do Cocheiro

MOMENTO DE DECISÃO *A ação de Irmina Loyola* — 266

O CREPÚSCULO

PROJEÇÕES E ENSINAMENTOS — 278
Contemplando as flutuações do Mar de Gan

O ALTO-COMANDO *O dia era 11 de agosto de 2001* — 288

PRENÚNCIO DE UM NOVO TEMPO — 296
A prece de Urias, o Cherub do Cocheiro

GUARDIÕES DO MUNDO — 302
Especulações investigativas: John e Leroy

Visita às sombras 310
Um amaleque, um dragão que reina

Conscientização 320
Prenúncio da descoberta aterradora

A ofensiva *O retrato de uma crise* 330

O despertar *Passeio na Barra da Tijuca* 344

O mundo estremece *Dara, Tura,* 360
Zulan e Venal em visita ao chefe dos amaleques

Ação antiterrorista 370
O socorro imediato

O êxodo 376
A visão e os paradigmas dos extraterrestres

Um novo dia

Epílogo 394
Crônica da história da Terra
Júnior e a vinda do cometa

Referências bibliográficas 402

Literatura mediúnica

PREFÁCIO

Este livro é diferente. Ele não é diferente só porque é mediúnico, fruto da parceria entre dois seres que habitam dimensões também diferentes. Reflete uma tentativa de fazer literatura espírita que satisfaça o gosto daqueles que conhecem estilos literários variados; pessoas que sabem distinguir literatura de uma simples leitura, de letras jogadas a esmo numa folha qualquer.

Quando fazemos literatura espírita temos a facilidade de lidar com os fatos tais quais aconteceram, ou com versões muito fiéis à realidade. E isso porque quem os relata a nós são aqueles mesmos seres que os vivenciaram. Nada se perde das histórias que um dia preencheram as páginas da vida, já que todos os fatos permanecem registrados eternamente na matéria sutil, através da qual se manifesta a consciência em sua longa jornada no cosmos.

Assim é que, de posse dos elementos que constituem a história das comunidades de Capela e da Terra, criamos personagens que incorporassem suas verdades, seus dramas — os papéis representados no palco da vida universal.

Muitos dos seres que vivenciaram esta história com certeza se encontram a anos-luz de distância daqueles que a viverão através das páginas deste livro. Mas são verídicos os fatos. É a história de deuses e de heróis. É a história dos deuses decaídos; de homens que se consideravam deuses; de deuses que descobriram que eram homens.

Eis o que constitui este estilo de literatura mediúnica: é uma ficção histórica.

Apossamo-nos das lembranças de elevado companheiro da Vida Maior e de suas orientações seguras e precisas — tenho cá uma espécie de editor também, como outrora na Terra. Transformamos essas lembranças em palavras e as incorporamos nos devidos personagens, que desfilam elegantes nestas páginas. E eis que surge um gênero diferente de literatura mediúnica.

Um fato, várias verdades de uma mesma história transformada num romance histórico, numa ficção histórico-mediúnica que trazemos ao leitor a fim de esclarecer e amparar as pesquisas tanto quanto a curiosidade daqueles que gostam de recorrer ao tempo, aos registros do passado espiritual. Nossa tentativa não esgota o assunto, e com ela não temos o objetivo de chamar a atenção de ninguém para nós próprios. Mas ainda guardo minhas preferências, e escrever é aquilo que sei fazer de melhor — é minha contribuição para o mundo.

Embora se utilize de recursos ficcionais para mesclar personagens e narrativas, esta obra é inspirada em histórias reais. Todo este drama é parte da realidade. Com vocês, a saga dos homens e deuses que um dia brilharam como estrelas na constelação de nossas vidas. Eis o que significa o *Crepúsculo dos deuses*.

Ângelo Inácio
Contagem, MG, janeiro de 2002.

Nota à 2ª edição revista

por Ângelo Inácio

O OBJETIVO DESTA obra não é oferecer informações científicas. Isso fica para a ciência.[1]

Este é apenas um romance de ficção histórica que tem como meta trazer uma mensagem de fundo moral, utilizando-se de figuras de linguagem e elementos que realmente ocorreram, mas não em sequência, tampouco obedecendo ao rigor de qualquer esquema rígido, como é de esperar num ensaio

---

[1] "Se bastasse interrogar os Espíritos para obter a solução de todas as dificuldades científicas, ou para fazer descobertas e invenções lucrativas, todo ignorante podia tornar-se sábio sem estudar, todo preguiçoso ficar rico sem trabalhar; é o que Deus não quer. (...) Fora do terreno do que pode ajudar o nosso progresso moral, só há incerteza nas revelações que se podem obter dos Espíritos" (KARDEC. *O que é o espiritismo*. 1ª ed. esp. Rio de Janeiro: FEB, 2005, p. 210, itens 50, 52, cap. 2).

ou numa obra de caráter científico.

Como autor espiritual, ative-me aos fatores espirituais e morais que fazem parte do objetivo desta obra.

Assim nascem deuses e heróis

PRÓLOGO

*Num outro tempo, em outro lugar,
há milhares de eras nasceram os deuses.
De suas histórias,
os homens criaram as lendas...*

Era um mundo de deuses, uma terra de heróis. Os deuses são forjados na crença do povo, nos mitos criados pela ignorância ou pela insensatez. Os heróis foram criados pelas batalhas vencidas ou por sua participação nas lutas de qualquer época. Assim se ergueu a civilização, entre lutas e batalhas, lendas e histórias de força e de coragem.

Entre deuses e heróis se forjaram o orgulho e o egoísmo, a pretensão e a arrogância. Sob os céus do mundo se ergueu muito mais do que os imponentes edifícios da majestosa raça de deuses.[2] Surgiu

---

[2] Eis um interessante paralelo estabelecido entre as culturas capelina e terrena, registrado tanto no Antigo quanto no Novo Testamento: a ambição de ser como Deus. "Serei semelhante ao Altíssimo" (Is 14:14). A mitologia do Éden apresenta esse desejo como o derradeiro argu-

o mistério, a ciência, a magia, o conhecimento do mundo oculto.

A partir do conhecimento veio o poder, o domínio das consciências, o atestado da loucura a que se entregara aquele povo, aquela raça. A humanidade encontrava seu declínio. Uma mentalidade imperava: o domínio dos mais fracos, o emprego da violência, o desafio ao próprio Deus, a insurreição dos pretensos deuses. Homens valorosos tombaram diante da arrogância de outros; despontavam alguns com inteligência extraordinária e dominavam a multidão. Cientistas, políticos, sacerdotes, magos, homens do povo que se sobressaíam à população.

Mas a morte os visitou. De nada adiantou o conhecimento científico, o domínio de leis ocultas ou a manipulação de energias poderosas. O mundo precisava progredir. O mundo precisava continuar sua marcha, sua caminhada rumo ao infinito. De um lado minguava a força dominadora, tombando em virtude da própria lei que a tudo governa. De outro,

---

mento pelo qual a mulher foi convencida a comer do fruto proibido: "E sereis como Deus, conhecendo o bem e o mal" (Gn 3:5). O apóstolo Paulo reitera o alerta em tom profético: "Ele se opõe e se levanta contra tudo o que se chama Deus ou é objeto de culto, de sorte que se assentará, como Deus, no templo de Deus, querendo parecer Deus" (2Ts 2:4). O tema é por demais instigante e, desenvolvido nesta obra em âmbito mais literário, revela a origem dos dragões; posteriormente,

nascia a falange do mal, a elite daquela tenebrosa comunidade de seres, que pretendia desafiar a divindade — os deuses conjurados. Aquele mundo prosseguia sua órbita em torno dos sóis gêmeos há muitos anos; há milhares de anos, num tempo em que o sol apenas nascia, sob o influxo da vontade soberana do Eterno. Enquanto outros mundos eram elaborados no frio espaço intermúndio, dramas eram vividos, planos executados, lutas travadas e histórias escritas no livro da vida.

Para eternizar esse passado tão rico em aventuras, lendas e verdades, foram usadas as letras vivas do alfabeto da dor. Para outros seres surgia a civilização nova em que seria erguida a esperança de um povo. Para eles — os deuses, os heróis —, apenas começava uma jornada que se estenderia pelos séculos futuros, sem que pudessem delinear um tempo no qual findaria sua busca pela felicidade...

é revisitado pelo autor espiritual (PINHEIRO, Robson. Pelo espírito Ângelo Inácio. *A marca da besta*. Contagem: Casa dos Espíritos, 2010), que expõe os pormenores da organização e da atuação desses espíritos voltados ao mal em sua acepção mais genuína. (Todas as citações bíblicas são extraídas da fonte a seguir, exceto quanto indicado em contrário. BÍBLIA DE REFERÊNCIA THOMPSON. Edição contemporânea de Almeida. São Paulo: Vida, 1995).

O ALVORECER

*Em algum lugar,
há milhares de anos
antes de Cristo...*

O DIA ERA COMO outro qualquer. Num mundo primitivo, onde as diversas tribos disputavam o alimento para a manutenção da vida, não se poderia dizer que havia uma civilização, tal como é conhecida nos dias atuais. Era o alvorecer da humanidade.

Mas havia uma humanidade?

Olhei e vi um grupo, vários grupos de seres que corriam pelas pradarias atrás de algum animal, um bando de animais que tentavam abater para fazê-los sua presa. Quem eram os animais, afinal? Procurei seres humanos e não os vi. Pelo menos não os encontrei dentro dos padrões humanos conhecidos. Vi apenas um esboço de um ser que, quando tentava falar, apenas se ouviam grunhidos, sons disformes e ininteligíveis que saíam de sua boca desmesuradamente aberta.

Meu Deus! Aqueles eram os humanos da época. Seus corpos confundiam-se com os corpos de outros animais. Pelos longos e eriçados cobriam-lhes os corpos, que caminhavam curvados, semieretos, sobre a vegetação do planeta virgem. Seus braços, muito grandes, pendiam ao longo do corpo, como se fossem por demais pesados para serem erguidos. Alguns o conseguiam e, nessa tentativa, gastavam imensa quantidade de energia e vitalidade. Poucos conseguiam erguer um pedaço de madeira e lançá-lo em direção a algum animal. Aliás, poucos tinham coragem de perseguir animais floresta afora. O crânio desses primeiros homens parecia especialmente disforme; eram grandes, e em muitos daqueles seres se via nitidamente o parentesco com os símios.

Grupos de seres daquela espécie se reuniam em diversos recantos do planeta, que os abrigava em seu seio, à semelhança de uma mãe que abriga os filhos imaturos em seus braços. Por todo o globo notavam-se as diversas tribos organizando-se, de forma a protegerem-se contra as ameaças da natureza. Era o primeiro dia da humanidade, e aquela era a humanidade do terceiro mundo, que girava em torno de seu sol.

Meu Deus, como se comportavam os homens de então! Como eram aqueles seres os quais denominamos homens... O tempo passava em sua marcha interminável; os dias sucedendo os dias e os anos sucedendo os anos, embora naquela época ainda não se houvessem estabelecido maneiras de computar o tempo.

NO INÍCIO foi apenas um rumor. Um som estranho que parecia abafar tudo o mais ao redor. O barulho foi se tornando cada vez mais insuportável aos ouvidos grosseiros daqueles homens e de todos os outros que viviam em qualquer parte do mundo primitivo. Era um mensageiro dos deuses que visitava o seu mundo. Na verdade, era um corpo celeste vindo das profundezas do espaço. Um corpo formado de rochas, gases, gelo e poeira cósmica, que rasgava a imensidão do mundo e vinha trazer a mensagem dos deuses.

U-manu-ati olhou para o céu e viu que algo diferente acontecia àquela hora. Entretanto, não conseguia exigir tanto de seu cérebro, a ponto de entender o que ocorria em seu mundo.

Há muito que estava acostumado com a presença dos deuses,[3] que os visitavam periodicamente.

---

[3] Referir-se aos imigrantes planetários como deuses não é uma inovação do autor espiritual. Três décadas de pesquisas do cientista da Nasa Zecharia Sitchin geraram, entre outros, o livro em que demonstra que o surpreendente advento do homem de Cro-Magnon e, mais tarde, da civilização suméria, entre outros eventos, devem-se à migração dos "deuses" (SITCHIN. *O 12º planeta*. São Paulo: Best Seller, s.d.). Neste

Eram diferentes dele. Vinham em grandes carruagens de fogo e cruzavam os céus, ofuscando a grande bola de fogo suspensa no alto. Mas os deuses já se foram há muitas luas e deixaram para trás somente a memória de seus feitos. Foram os deuses que concederam a U-manu-ati e sua gente a possibilidade de raciocinar. Antes disso, a escuridão; U-manu-ati não sabia ao certo quem ou o que ele próprio era, e se confundia com os animais que brincavam e corriam pelas pradarias. Até que um dia sua consciência acordou, e U-manu-ati encontrou-se na presença dos deuses, os quais ele e os outros de sua espécie aprenderam a temer.

Mas, agora, não eram os deuses que retornavam. Era algo diferente.

Diante daquele ruído ensurdecedor, U-manu-ati agrupou os outros de sua espécie e adentraram todos nos buracos das rochas, cheios de temor em

---

particular, em consonância com o que o espiritismo sempre defendeu (cf. KARDEC. *O livro dos espíritos*. 1ª ed. esp. Rio de Janeiro: FEB, 2005, p. 580-581, item 1019). E se o culto aos deuses, tão combatido por Moisés (cf. Ex 20:3,23 etc.) e dificilmente erradicado da tradição hebraica, fosse a forma como sobreviveu, na memória do povo, o vestígio de feitos incríveis de um tipo especial de homem? É fato que a Bíblia fala de *gigantes* (cf. Nm 13:33): "Naqueles dias havia *nefilins* na terra, e também posteriormente, quando os *filhos de Deus* possuíram as *filhas dos homens* e elas lhes deram filhos. Eles foram *os heróis do passado,* virtude do fenômeno que suas mentes não podiam compreender. Igual a ele, outros seres de sua tribo e várias outras tribos ao redor daquela terra buscaram como abrigo rochas e cavernas. Em todo o mundo, de alguma forma, vários grupos daquela espécie humanoide procuraram se esconder do visitante misterioso, que os fascinava e lhes impunha terror. Foi a salvação de U-manu-ati e sua gente.

Há muitas luas que um grupo de humanoides havia descoberto antigas bases dos deuses em seu mundo. Eram instalações antigas, que agora serviam de abrigo para aquela tribo de nômades. Por todo o mundo outras tribos também descobririam esses redutos que os deuses deixaram para trás. Será que os abandonaram por acaso ou fora tudo programado? Isso U-manu-ati e seus semelhantes não poderiam conhecer ou sequer conjecturar naquele momento. Só tinham condições de usufruir do conforto do abrigo subterrâneo que os seus deuses

---

homens famosos" (Gn 6:4. Grifos nossos. BÍBLIA DE REFERÊNCIA THOMPSON. Nova Versão Internacional. São Paulo: Vida, 1995). Mas quem seriam eles? Estudiosos formulam hipóteses: "Poder-se-ia pensar que estes (pensa-se aqui em Ez 32:17-32, onde se fala precisamente *daqueles que 'caíram'*, significação de *nephilîm* (...) são o resultado da união dos 'filhos de Deus' com as filhas dos homens" (BÍBLIA DE JERUSALÉM. São Paulo: Paulus, 2002, p. 42. Grifo nosso). Sem dúvida, o nome é sugestivo: *nefilins* ou *aqueles que caíram*.

haviam esculpido nas rochas da sua terra. Ou, pelo menos, àqueles deuses eram atribuídas tais obras.

O estranho objeto veio do espaço. Milhões de anos mais tarde os descendentes de U-manu-ati talvez dessem àquele corpo celeste e a outros semelhantes o nome de cometa. Aos cometas e a outros mensageiros dos deuses — segundo cria U-manu-ati —, atribuiriam uma crença que associava sua presença a catástrofes e ao fim do mundo.

Na verdade aquele não era o fim, mas o início de uma nova era, tanto para U-manu-ati como para os seus irmãos, em toda parte daquele mundo. Porém, não havia como entender. Ele e seu povo eram apenas espectadores da vida, e dela participavam sem ter plena consciência de sua importância no palco dos acontecimentos cósmicos.

O intruso apareceu nos céus daquele mundo como se fosse o olho de um deus mitológico, jurando vingança contra os mortais que lhe eram submissos. Aquele corpo gigantesco teve sua origem no espaço. Era o resultado de milhões e milhões de anos de gestação no frio profundo daquele universo misterioso e impenetrável, até então.

Na verdade, a bólide começara a se formar desde a grande explosão, que dera início à nebulosa que, por sua vez, geraria mais tarde os mundos na imensidade. Solidificaram-se aos poucos suas partículas, em meio à pressão das energias titânicas liberadas durante as diversas explosões que caracterizaram os primeiros momentos da vida cósmica. Pouco a pouco se produziu sua massa, por meio da aglomeração de diversos outros corpos celestes que se juntaram à massa original, até formar aquele meteoroide de grandes proporções. Este concentrava em si imensa força magnética, capaz de arrastar consigo, durante muitos milhões de anos, a semente da vida, que seria espargida no útero de diversos mundos espalhados no espaço. O seu núcleo era composto de imensa quantidade de gelo, gás metano, carbono e diversos componentes metálicos e rochosos, que se fundiram ao longo de sua marcha pelo universo.

Era esse o aspecto grotesco do cometa maldito, que também detinha em seu poder o destino daquele e de outros mundos. Era o mensageiro dos deuses. Em sua marcha incansável, sofreu o efeito da radiação de diversos sóis, impulsionado pela força magnética que captava, assim como por aquela força cósmica responsável por seu primeiro movimento, que o arremessou em direção ao espaço intermúndio.

A estrutura daquela espécie de cometa gradualmente se modificou enquanto cumpria seu papel de agente da vontade dos deuses. Passava agora próximo a uma estrela, que mais tarde seria conhecida como Sol, e sua rota apontava diretamente para um mundo primitivo, que orbitava em torno do astro-rei desse sistema. Trazia após si uma cauda luminosa, que irradiava partículas acumuladas durante a sua trajetória, tornando-o de uma terrível e indescritível beleza. Por milhões de quilômetros deixava o seu rastro, como se marcasse o caminho, no cosmo, para quem viesse depois dele, indicando assim o endereço daquele orbe para o qual se dirigia.

Foi assim que o cometa penetrou no campo gravitacional do terceiro mundo daquele sistema. Antes disso, porém, ele colidira com outro planeta — o quinto a partir da estrela que era o epicentro daquele sistema — e o reduzira a pedaços. Dali em diante, aqueles fragmentos testificariam, para a família sideral, a visita da grande bólide. Após o choque, sua massa diminuiu, sem, contudo, perder a beleza e o perigo que irradiava para os seres humanoides do terceiro planeta. Atrás de si, um cinturão de asteroides, que delimitaria os planetas interiores e exteriores do sistema cósmico que visitava.

Era atraído irresistivelmente pela gravidade daquele mundo primitivo. Os deuses o observavam de longe, e o corpo celeste tinha de cumprir a sua jornada, para a qual fora criado. Esse era o sentido de sua existência.

Ao aproximar-se da atmosfera do terceiro planeta, descrevera um arco de mais ou menos 45 graus numa velocidade alucinante, que definiria para sempre a estrutura geológica daquele mundo.

U-manu-ati e seus companheiros não desconfiavam do que estava ocorrendo, embora conservassem ligeira intuição acerca do perigo que se avizinhava. U-manu-ati era o Adão de sua espécie — mas isso ele também desconhecia.

O cometa criou um efeito perturbador com sua passagem. Em consequência dos abalos estruturais provocados na atmosfera do mundo e em toda a sua estrutura física e etérica, o cometa se espatifou, fragmentando-se e formando uma visão aterradora. A colisão com a crosta ocorreu em questão de minutos. E o resultado foi a liberação de uma enorme quantidade de energia, além da formação de uma cratera de proporções gigantescas e assustadoras.

U-manu-ati e seus semelhantes em todo o mundo desmaiaram ante o impacto das forças desencadeadas em todo o globo. Muitos adormeceram para nunca mais abrir os olhos para a luz do dia. U-manu-ati e sua tribo, juntamente com outras tribos em diversas partes do planeta, sentiram de perto o apocalipse daquela era, e adormeceram ao som das trombetas do mensageiro dos deuses.

O planeta inteiro revolveu-se e recebeu as ondas de abalos sísmicos provocadas pela colisão. Nunca houve terremoto igual desde que o mundo é mundo. Não houve, e jamais haveria algo assim.

No momento do impacto, milhares de toneladas de terra, água, gases e entulhos foram arremessados na atmosfera, cobrindo por dias inteiros a luz do sol daquele planeta, perdido num recanto obscuro da Via Láctea. Tempestades avassaladoras irromperam com fúria violenta por toda parte, colocando fim às vidas de milhares de seres que há pouco haviam acordado para a luz da razão. A Terra toda fora sacudida por ondas possantes, e os efeitos do cataclismo se fizeram sentir por muito tempo, antes que diminuíssem de intensidade. Florestas, rios e mares foram destruídos em questão de minutos e horas, trazendo o saldo daquele evento catastrófico. Os antigos vulcões, que há muito já se encontravam adormecidos, acordaram repentinamente para agirem em conformidade com o tormento planetário, transformando-se em porta-vozes de um mundo agonizante. A fumaça tomou conta de regiões inteiras, sufocando os animais, que corriam a esmo, desesperados — e em vão.

    O clima, já quase estabilizado, alterou-se subitamente, modificando por longo tempo a paisagem do mundo, numa manifestação quase permanente da fúria da natureza. Nos polos, a temperatura, desvairada, fazia descongelar imensas montanhas de gelo. De um dia para outro, *icebergs* diluíam-se no mar, e torrentes impetuosas invadiam as costas dos continentes. A lava vulcânica compunha o concerto desolador do mundo, precipitando-se por sobre a terra, formando cadeias montanhosas onde antes havia apenas planícies e pradarias. A onda sísmica alcançou tal magnitude que os continentes foram deslocados de sua posição. Enquanto o movimento tectônico modificava o relevo conhecido, terras antigas, submersas, eram trazidas à superfície, transformando para sempre a face do planeta.

Toda a estrutura do globo estava sendo moldada para receber os novos habitantes: os filhos dos chamados deuses.

Muitos animais foram extintos em apenas um dia. Mamíferos, répteis e outros habitantes do mundo alcançaram o seu fim de forma imediata, sob o forte impacto do cometa que se espatifara, chocando-se com a crosta. Remodelaram-se os oceanos; terras férteis agora se constituíam em deserto. Pela força do impacto, imensas quantidades de água foram lançadas para lugares distintos, ou, ainda, gaseificaram-se durante os momentos iniciais, de grande calor, do choque. O mundo presenciava a transformação de desertos em oceanos, e os futuros habitantes veriam o surgimento de rios e lagos onde antes apenas havia deserto.

Novo arranjo foi estabelecido para os continentes, que durante várias gerações sofreriam o efeito estarrecedor do cataclismo, afastando-se mais e mais de seu lugar de origem, acomodando-se às novas posições geológicas. A órbita do planeta fora afetada; ao inclinar-se o globo terrestre em seu eixo imaginário, provocavam-se as alterações climáticas que caracterizariam as eras e os milênios a seguir.

Os pequenos grupos de seres humanoides que sobreviveram, esparsos, foram exatamente aqueles que se refugiaram nos abrigos subterrâneos, em pontos onde a superfície do planeta alcançara estabilidade geológica épocas atrás. Também sobreviveram aqueles grupos que migraram, ao longo dos anos que precederam a colisão, para as regiões de maior altitude. E entre eles estava o grupo de U-manu-ati.

Em sua trajetória pelo espaço, o cometa passara por uma região da Via Láctea distante cerca de 42 anos-luz do mundo com o qual colidira. Trazia em seu rastro magnético milhões de seres que estavam sendo transferidos para o novo hábitat. Eram os deuses, os eloins, os nefilins.

Quanto tempo se passou desde que o mensageiro dos deuses trouxe o caos ao seu mundo? Isso U-manu-ati não poderia mensurar. Quando recobrou palidamente a consciência, parecia não lembrar que seu corpo repousava dentro de uma caverna, cuja saída estava obstruída com grande quantidade de entulho. Ele pairava num ambiente pouco familiar. Enxergava, mas não com os olhos do seu corpo. Ouvia, porém com outros órgãos, supunha, diferentes daqueles com os quais estava acostumado. Estava perdido entre as brumas do tempo, e sua mente apenas percebia, sem nenhum entendimento do que se passava.

Quando U-manu-ati recobrou maior porção de lucidez, pôde perceber que estava na companhia dos deuses. Eram diferentes dele, bem como dos outros deuses que vieram antes, mas com toda a certeza eram deuses. Não eram de sua espécie.

— Ridículo! — ouviu um dos deuses se pronunciar, em tom de desprezo, sem entender o significado. — Este mundo não apresenta outra forma de vida mais adiantada do que esta.

— Será que os superiores esperam que tomemos estes corpos grotescos como habitação? Jamais nos rebaixaremos a tal ponto. São símios, e não guardamos nenhuma semelhança com esta raça de idiotas — falou outro deus.

— Não temos como retornar ao nosso mundo. Talvez, quando chegarem as naves com os demais, tenhamos chance de nos apossarmos delas e então regressar.

— Impossível! Para tal coisa suceder teríamos de assumir novos corpos, de matéria grosseira, e só então poderíamos ter o controle das naves de transporte. Creio que não temos outra saída...

— Eu tenho a solução — falou um outro deus de aparência mais imponente. — Com a ciência que dominamos, podemos transformar os corpos destas bestas e fazê-los mais perfeitos, à nossa semelhança.

— Isso não deu certo em nossa pátria; acha que conseguiremos por aqui?

— Claro, aqui reinaremos como verdadeiros deuses. Vejam só esta criatura primitiva... como nos olha, enquanto seu mundo está sendo dilacerado. Ele nem sequer sabe o que está ocorrendo. Modificaremos a estrutura genética destes símios de conformidade com os nossos padrões.[4]

— Sim, isso mesmo! Façamos deles novos seres, aperfeiçoados, portanto mais aptos a abrigarem nossos espíritos, quando tivermos de assumir seus corpos.

— Exatamente — disse o grande deus. — Façamos o homem à nossa imagem e semelhança...

U-manu-ati despertou com um tremor de terra, cujo estrondo lhe dava a impressão de que derrubaria sua caverna, soterrando-o na poeira do tempo, junto de sua gente. Diante da cena que o assombrava, U-manu-ati levantou-se de sobressalto e dirigiu-se à abertura, arrebanhando sua tribo. Embora apavorados, e com muito esforço, removeram aos poucos os entulhos acumulados diante da caverna, que impediam a entrada. Ao afastar as pedras, vislumbraram a luz do dia e finalmente tive-

---

[4] Embora tal afirmativa provoque estranhamento em muitos estudiosos do espiritismo, um dos autores mais respeitados da literatura espírita menciona as experiências realizadas por espíritos imigrantes, banidos de outros orbes, a fim de aprimorar o gênero humano: "Com o auxílio desses Espíritos degredados, naquelas eras remotíssimas, as

ram êxito, ao encontrar saída de dentro do abrigo.

O que U-manu-ati viu o estarreceu. Seus companheiros de tribo retornaram para o interior da caverna balbuciando, temerosos. Onde estava o seu mundo? Contemplou o produto de uma grande devastação e muita poeira cobrindo todo o firmamento. Odor horrível impregnava o ar. Não via mais as árvores diante de si. O Sol, a grande tocha de fogo suspensa no céu, parecia estar encoberta pela fuligem, que tomava conta de tudo. Mal conseguia respirar. O ar era pesado, tão ou mais pesado que no interior da caverna.

Ele via; porém, não compreendia. A primeira lágrima descia dos olhos daquele ser, e, devido a ela, agora, ele se transformara num homem. Sensibilizara-se pela primeira vez, unindo a luz bruxuleante da razão às vozes do coração que vibrava em seu peito. Era o selo da divindade.

Aquele era o planeta Terra, o lar da humanidade que renascia para receber a visita dos deuses.

---

falanges do Cristo operavam ainda as últimas experiências sobre os fluidos renovadores da vida, aperfeiçoando os caracteres biológicos das raças humanas". (XAVIER. Pelo espírito Emmanuel. *A caminho da luz*. 22ª ed. Rio de Janeiro: FEB, s.d. p. 36, cap. 3).

O alvorecer

A grande viagem

*A 42 anos-luz da Terra,
constelação do Cocheiro,
tempo atual*

A NOITE NÃO ERA exatamente noite, segundo o conceito de que esta seja a presença da escuridão. Era assim como uma tarde cálida, que apresentava um céu irisado de luz, em tonalidades de azul-escuro, povoado de irradiações douradas. Esse era o efeito da ação dos sóis gêmeos, que iluminavam aquele mundo considerado paradisíaco. Não havia obscuridade completa. A parte do tempo conhecida como dia apresentava tal luminosidade que somente os olhos acostumados daqueles seres poderiam suportar. A noite daquele mundo assemelhava-se a uma espécie de tarde, portanto; era apenas uma variação suave da luz estonteante que iluminava os mundos do Cocheiro.

O principal dos três planetas capelinos, chamado de Axtlan, é um gigante com aproximadamente

23.418km de diâmetro em seu equador;[5] sua massa, porém, é composta de uma matéria quase etérea, em estado plasmático. Possui três continentes principais, grandes oceanos e uma natureza exuberante. Em sua paisagem predominam as pradarias, intercaladas por florestas e, em certos lugares, montanhas. Visto da superfície, o firmamento apresenta cores que variam do azul-escuro ao verde-cintilante, e do dourado ao alaranjado, devido à incidência da luz dos sóis, que são de cor vermelha.

O vermelho-cintilante e as nuances de amarelo e de lilás observados no crepúsculo são o resultado da incidência dos raios solares na atmosfera, rica em hidrogênio e outros compostos, que filtram a luz advinda dos gêmeos siderais. A decomposição da luz na atmosfera é responsável pela variação cromática que encanta a humanidade daquele mundo. Junte-se a isso o resultado das combinações químicas dos elementos dispersos pelo ar e a aparência da atmosfera capelina torna-se algo de tão difícil descrição quanto maravilhoso.

A duração do dia é contada de acordo com a rotação do planeta em torno de seu eixo imaginário, revolução completada a cada 38 horas, segundo o tem-

---

[5] Para efeito de comparação, seguem os números da Terra: 12.756km de diâmetro equatorial; 12.713km de diâmetro polar (números aproximados). Fonte: Wikipédia.

po da Terra. O período gasto para o planeta girar em torno do primeiro sol, que determina o intervalo de tempo correspondente a um ano capelino, equivale, conforme os cálculos terrestres, a quase 84 anos. O movimento denominado translação planetária ocorre, portanto, 84 vezes mais rápido na Terra.

Para aquele homem e seus amigos tudo começou numa dessas tardes, quando se dirigia à capital de seu planeta natal.

O aparelho de medição do tempo fez um sinal, indicando o instante em que se ultrapassava o limiar entre o dia e a noite em seu mundo. Ele passara por longos períodos de estudo, nos quais assimilara a história de seu povo, conhecendo-lhe o passado de maneira mais ampla que seus contemporâneos. A história e a cultura o fascinavam a tal ponto que desejava ingressar, juntamente com alguns amigos, numa excursão cujo destino seria um planeta distante; um outro mundo, relacionado de modo um tanto obscuro à ancestralidade capelina, mas que guardava certas semelhanças com sua terra. Deveria, contudo, se preparar interiormente para a viagem, o que realizou com a intensidade peculiar à sua alma, já experimentada, dona de emoções fortalecidas em anos e anos de lutas e trabalho em prol do seu povo. Ele e seus amigos tinham diante de si um desafio que despertava neles um sentimento profundo, uma sede de aventuras, um desejo de plenitude.

Parecia excitado em todos os seus sentidos. Elegante, rumava com confiança para a cidade, onde se encontraria com aqueles que lhe fariam companhia durante a grande viagem.

— Ah! A noite na capital... — murmurou Lasar.

Era a maior cidade do planeta e a mais importante dos mundos do Cocheiro. As demais cidades daquele mundo eram centros importantes, que concentravam, no entanto, uma população menor do que a da capital. Dotada de amplos parques e conjuntos de edifícios de imponente arquitetura, aquela metrópole era uma pérola vibrante incrustada em Axtlan. Fascinavam os habitantes cosmopolitas as estruturas cintilantes — enormes até mesmo para os padrões capelinos —, que brilhavam e tremeluziam à luz dos sóis gêmeos e dos milhares de lâmpadas e objetos incandescentes que compunham a paisagem urbana mais arrojada. Milhões de imigrantes, provenientes de diversas partes da galáxia, somavam-se à população daquele mundo excitante, encantador.

As raízes e as conquistas espirituais daquela humanidade remontavam ao passado mais longínquo e demandavam pesquisas para conhecer-lhe plenamente a história milenar. Na verdade, o passado remoto daquela civilização transformara-se numa espécie de lenda. Os registros diziam a respeito de uma grande migração realizada por seus ancestrais para um mundo distante. Constituíam a comunidade dos degredados; ao longo do processo de miscigenação com os habitantes locais, viviam sua evolução naquele recanto isolado do universo, fundindo-se a outras raças espirituais.

— É uma pesquisa intensa e demorada — dizia Lasar — e requer a participação de outros seres dispostos a partir de Capela em busca de informações no planeta distante. Procuro o rastro dos antigos capelinos degredados, os que ficaram para trás na evolução; preciso de informações a respeito da corte dos chamados dragões. Que fazem agora, como vivem, qual o progresso realizado e que influência exercem no mundo onde vivem. Para isso preciso de ajuda, do apoio e do subsídio de outros capelinos.

Lasar deixou-se conduzir pelo sistema de transporte da capital, enquanto apreciava a roupa que vestia. Era a última moda em Capela. Trajava uma espécie de manta que lhe cobria o corpo esguio. Tecido fino, quase transparente, que refletia tanto as luzes naturais, que iluminavam a metrópole do seu mundo, como as artificiais. A manta era fechada com uma bainha magnética e trazia em seu interior um sistema de ventilação disfarçado pelas costuras e dobras do tecido. A invenção representava o mais recente avanço da tecnologia da moda nos mundos do Cocheiro.

— Senhor! — chamou um jovem capelino que passava perto dele.

— Sim — respondeu Lasar, animado de sincera boa vontade.

— O senhor é da capital do Primeiro Mundo? Já conhece a nossa metrópole?

Lasar já conhecia o jovem que o interpelava, ou ao menos a função que desempenhava. Era um dos comunicadores. Um habitante dedicado a colher informações sobre a população, transmitindo-as aos sistemas de comunicação do planeta. Parece que já sabiam a seu respeito e acerca da excursão que pretendia realizar para outro mundo.

Lasar hesitou, olhou para o jovem e depois para a multidão que passava no sistema de transporte. Música intensa enchia o ar; o burburinho e a visão de cores que irrompiam a sua volta — tudo isso exigia um tempo para Lasar se adaptar à nova situação em que se via na grande metrópole, capital dos mundos do Cocheiro.

— Sim, já conheço a capital, embora ela se modifique diariamente. Na verdade — hesitou novamente —, creio que preciso de alguma referência para me locomover na cidade.

— Posso acompanhá-lo; talvez lhe possa ser útil? — o jovem capelino insistia com Lasar.

— Não se incomode, meu rapaz. Em breve saberei me orientar devidamente.

Obstinado, tornou o rapaz:

— Quem sabe não possa acompanhá-lo e, em algum momento, apresentar-lhe a cidade? Talvez...

— Definitivamente, não — retrucou Lasar. — Prefiro descobrir por mim mesmo o que a capital me oferece. Será uma aventura e um prazer para mim. Já sou muito velho e não creio que aquilo que o atraia na cidade esteja entre minhas preferências.

Enquanto discutia com o capelino persistente, dois guardiões passaram ao lado de Lasar, mostrando-lhes de maneira elegante que estavam atentos. Zelavam pela ordem e pela disciplina na cidade, e seu alerta discreto não passara despercebido. Lasar sabia que o jovem estava à procura de notícias para que os demais capelinos ficassem informados quanto ao que ocorria. A presença dos guardiões, no entanto, desencorajara o rapaz, que certamente procuraria outras fontes para seu documentário jornalístico. De Lasar ele não obteria nenhuma informação quanto às pesquisas e à excursão dos capelinos para um outro mundo.

Quando olhou a sua volta à procura do comunicador, ele já havia desaparecido em meio à multidão. "Parece que o projeto de sair do planeta está conservado em segredo por mais algum tempo", meditava o pesquisador.

Lasar resolveu então pegar um veículo de transporte, o que lhe facilitaria o percurso até o local de encontro com seus amigos.

— Para onde vai, senhor? — perguntou-lhe o

condutor do veículo.

— Procurar os capelinos perdidos, de outros tempos — respondeu Lasar.

— Não entendi, senhor.

— Não procure entender, meu amigo, você não conseguirá. Por enquanto, basta dirigir-se a este local — disse Lasar, entregando-lhe um escrito que indicava o ponto de encontro com seus amigos.

O condutor do veículo o transportou para o lugar indicado sem maiores comentários nem indagações. Lasar fechou os olhos e concentrou-se nos últimos eventos de sua vida. Era um cientista da natureza e não poderia perder a oportunidade de desbravar o passado do seu povo. Precisava viajar para outras regiões do espaço; todavia, guardava o segredo para si, e seus amigos só deveriam ficar sabendo do fato no momento apropriado. Vibrava frenético, tamanho o contentamento. As possibilidades de entrar em contato com uma nova raça de seres o fascinava, e quem poderia imaginar o conhecimento que o aguardava ao visitar o ambiente para onde, no passado, muitos capelinos haviam sido degredados?

Para a viagem ele necessitava de pessoas com as quais tivesse amizade mais íntima, mas que também estivessem interessadas nas pesquisas e investigações. Não poderia ser qualquer capelino.

Abrindo os olhos, Lasar interpelou o condutor:

— Como localizar, numa cidade com 58 milhões

de habitantes, um edifício que sirva de base de apoio para o governo do mundo?

O condutor assustou-se com a pergunta súbita de seu passageiro e só respondeu depois de uma relativa demora:

— Posso conduzi-lo perfeitamente. Creio que já estamos chegando ao endereço que me passou.

O homem que conduzia o veículo movimentou a cabeça devagar, demonstrando perplexidade, e seguiu a indicação luminosa da pista numa velocidade alucinante, possível devido aos recursos tecnológicos capelinos, que conferiam segurança perfeita ao transporte.

A metrópole havia sido construída no continente sul, cercada por algumas poucas montanhas. Muitas construções tinham sido erguidas também ao longo das encostas e outras ainda no fundo do oceano, aproveitando ao máximo o espaço sem perder de vista a beleza da paisagem natural. Havia muita harmonia na arquitetura capelina. Conviviam ali 58 milhões de seres, pessoas cujas vidas se achavam indissoluvelmente unidas dentro do propósito do progresso coletivo. Outros povos da galáxia também compartilhavam da economia e da sociedade capelinas, bem como dos demais aspectos da vida desse povo ditoso.

A capital do Cocheiro era uma cidade moderna com seus arranha-céus, meios de transporte e de lazer, áreas residenciais e comerciais. Nos mundos do Cocheiro funcionava há milênios um sistema curioso de administrar a sociedade. Três eram os mundos habitados. No primeiro, onde se localizava a capital, estavam as residências e uma ampla e diversificada estrutura de lazer e de comércio. Já no segundo mundo, as instalações industriais, destinadas a movimentar os mundos capelinos e alimentar a estrutura comercial em que se baseava a economia planetária. Mais adequado em virtude das condições climáticas, o terceiro planeta abrigava a agricultura e o sistema de abastecimento dos povos do Cocheiro.

Na capital, o estilo das construções era singular — mas obedecia às necessidades daquela comunidade. Quem visse a cidade do alto poderia imaginar uma espécie de redoma, um emaranhado de construções em forma de campânula. As construções mais amplas e altas estavam todas concentradas no centro e, à medida que o olhar se dirigisse para a periferia, veria que a tendência era a diminuição do tamanho dos edifícios. O material do qual foram construídos parecia ser translúcido e brilhava sob a luz dos sóis gêmeos. Todas as construções obedeciam a um projeto que primava pela beleza da paisagem natural e pela convivência harmoniosa com a flora planetária. Para um desses edifícios centrais se dirigia Lasar, ao encontro dos companheiros.

A noite em Capela não tinha estrelas. A luz dos

sóis era tão intensa que ninguém conseguia fixar o firmamento e vislumbrar o brilho de outras estrelas além dos dois pontos chamejantes presentes o tempo todo nos céus do planeta. As luas, contudo, refletiam rara beleza e apresentavam-se aos olhos da humanidade em dimensões diferentes; eram de uma transparência belíssima de se ver.

Lasar dirigiu-se ao prédio onde funcionava determinado setor da administração da capital e foi recepcionado com bom humor e solicitude:

— Desejo contatar Innumar — falou Lasar para a recepcionista.

— Ele já está à sua espera, no 43º andar — respondeu-lhe a mulher capelina.

— Como, à minha espera? Afinal, como sabe que quero vê-lo?

— Por aqui as notícias correm mais rápido que o pensamento, caro senhor — disse ela, com leve sorriso nos lábios.

Caminhando, Lasar ficou imaginando que não conseguiria guardar segredo quanto aos seus objetivos por muito tempo. Afinal, os capelinos detinham um poder extraordinário de interagir com outras mentes e, por sintonia, conseguiam devassar algo da intimidade uns dos outros.

Trata-se de uma forma rudimentar de telepatia. Captam-se os sentimentos e emoções, e, então, basta interpretá-los. Através desse método, a aproximação em relação ao fato girava em torno de 85%. Quem desejasse guardar algum segredo teria, portanto, de ser bastante hábil e esmerar-se no disfarce de suas emoções. É claro que, durante os séculos em que esse dom foi se manifestando nos capelinos, a sociedade planetária desenvolveu uma espécie de ética quanto às relações interpessoais, o que obrigava os seres a obedecer a uma lei não escrita a respeito do sigilo mental e emocional. Mas inúmeras vezes não era possível deter a avalanche de emoções e pensamentos que fluíam da intimidade. Era bom vigiar-se mais.

Chegando ao andar indicado, Lasar deparou-se com um elemento bastante incomum. Innumar parecia exceder a média de altura de seu povo, o que o tornava um gigante perante os padrões capelinos. Irradiava algo muito bom de si, que o fazia imediatamente amado por seus companheiros.

— Seja para sempre bem-aventurado, meu venerável companheiro — disse Innumar na forma habitual de cumprimento entre os capelinos mais próximos.

— Bem-aventurado seja, querido Innumar — saudou Lasar. — Vejo que já está a postos quanto aos preparativos de nossa viagem.

— Sim, meu amigo. Já possuo a devida autorização do governo e dos sábios do nosso povo. Quero que conheça Mnar, o guardião da história dos mundos do Cocheiro.

Apontando para uma abertura na parede, Innumar conduziu o olhar atento de Lasar rumo a um capelino cuja aparência dificilmente permitiria a suposição correta de sua idade.

— Bem-aventurado, meu amigo — cumprimentava o capelino, que agora se mostrava todo ao recém-chegado Lasar. — Meu nome é Mnar, um dos guardiões da história do nosso povo. Bem sei que você está à procura de alguns companheiros para empreender a grande viagem rumo à região sombria do espaço para onde se dirigiram nossos ancestrais; é bom que saiba de algo que poderá lhe ser demasiadamente útil nesta nossa viagem.

— *Nossa* viagem? — perguntava Lasar, um tanto surpreso, enfatizando o pronome.

— Sim, meu amigo — interferiu Innumar. — Nosso governo autorizou-nos a visitar a Terra — assim se chama o mundo para onde nos dirigiremos. Porém, aqueles que nos dirigem fizeram uma solicitação difícil de recusar. Pedem que Mnar nos acompanhe, juntamente com os demais amigos.

Em breves palavras Mnar esclareceu a Lasar o objetivo de sua companhia. E ainda falou com o máximo de clareza a respeito do passado de Capela.

— Como não ignora, venerável Lasar, em épocas remotas, muitos de nosso povo foram expatriados para um mundo distante, que àquela altura encetava os primeiros passos de sua caminhada evolutiva, por assim dizer. Era uma humanidade bastante primitiva. O mundo para o qual foram transferidos encontrava-se, por assim dizer, na infância espiritual. Desde que para lá foram conduzidos pela administração espiritual de nosso planeta, só tivemos notícias deles quando, transcorrido largo intervalo de tempo, regressou para cá a maior parte dos antigos exilados, que havia se regenerado junto àquela população. Para trás, ficaram apenas os capelinos mais endurecidos — justamente aqueles que foram responsáveis por grandes prejuízos em nossa história.

— Quer dizer então que muitos de nossos irmãos de humanidade retornaram para nosso convívio?

— Com certeza, Lasar. E eu mesmo fui um dos que, naquela época, foi banido. Hoje me encontro aqui a fim de registrar os fatos referentes à saga dos capelinos rumo ao mundo primitivo.

— Mas então...

— Então não tivemos mais a oportunidade de contatar aqueles que ficaram para trás. Entretanto, fontes confiáveis nos deram a conhecer que, na atualidade, a maioria deles se misturou de tal maneira à população da Terra que já fazem parte dessa humanidade, integralmente. Conforme lhe disse, mantivemos contato com a administração sideral responsável pela Terra, bem como pelos mundos que lhe acompanham o cortejo em torno do seu sol. Disseram-nos que a situação nesse orbe exige o auxílio de outras comunidades e humanidades do espaço. Ao que parece, os antigos rebeldes de Capela, alguns dos quais ligados aos lendários dragões, ainda se mantêm no poder entre os habitantes daquele planeta.

— Suponho que por lá esteja ocorrendo algo parecido com a situação que vivenciamos no passado...

— Exatamente, venerável Lasar. Por isso mesmo precisamos nos unir aos nossos irmãos terrestres a fim de apoiá-los de alguma forma na transição pela qual estão passando.

— Mas e as leis do Cocheiro, que nos impedem de interferir na história de outros povos? Como conciliar nosso comportamento com a necessidade de auxiliar essa humanidade? — perguntou Lasar.

— Realmente, meu venerável amigo — tornou Innumar. — Sabemos que não devemos interferir na história de qualquer mundo contatado; com a Terra, porém, as coisas são bem diferentes, uma vez que somos mundos irmanados pela presença de nossos compatriotas entre os seus. Além disso, há outros povos da galáxia que para lá se dirigiram com o objetivo de auxiliar no momento de transição pelo qual passam.

— Ademais — interferiu Mnar —, não agiremos diretamente sobre os humanos da Terra. Creio que você sabe muito bem que a dimensão em que se movimentam os terrestres não é análoga à nossa...

Nesse momento entraram no ambiente mais

dois capelinos, que foram recebidos com imensa alegria por Innumar e Lasar. Eram os amigos que faltavam para compor a comitiva que iria ao planeta Terra. Foram apresentados a Mnar e entraram na conversa, trazendo um tema diferente.

— Bem, meus caros companheiros e bem-aventurado Mnar — manifestou-se Girial, o capelino mais novo entre eles. — De que modo empreenderemos a viagem para uma região tão distante como aquela em que se encontra localizada a Terra?

— Temos à nossa disposição um comboio, uma nave que nos servirá de transporte. Não poderemos levar muitos conosco; todavia, o espaço disponível comporta o novo número de passageiros com conforto. Chegando à Terra, certamente encontraremos outros povos do espaço, que também se dirigem a esse mundo com o objetivo de auxiliar, como já foi dito. Acredito podermos assentar nossa base numa estação com a qual estamos mantendo contato já há algum tempo.

— Estação? — perguntou Jaffir, o outro habitante de Capela. — Será alguma estação do nosso povo, que no passado serviu de base para operações na Terra?

— Não, meu amigo — tornou Mnar. — Refiro-me à Estação Rio do Tempo, um centro de apoio que se encontra nas proximidades da estrela denominada Sol pela humanidade terrestre. Parece-nos que é uma base criada há muito tempo, por outros seres que visitaram a Terra antes do nosso povo, e que lá permaneceu, depois de não lhes atender mais aos propósitos. Por enquanto, é só o que posso lhes dizer. Devemos nos apressar nos preparativos finais.

— Nesta jornada iremos eu, Mnar, Lasar e os dois amigos recém-chegados: Jaffir e Girial. Creio que temos toda a equipe reunida e podemos pedir a aprovação dos nossos superiores.

Era esse o grupo que Lasar precisava para a grande empreitada. Segundo entendimentos do pequeno grupo de amigos capelinos, Lasar seria o comandante da viagem. Agora, depois da conversa em que foi apresentado a Mnar, assentiu na participação desse guardião; afinal, seu conhecimento acerca da história dos capelinos era notório e, como se não bastasse, ele próprio pertencera, um dia, à massa de degredados. Embora refletisse nesses termos, Lasar desconfiava de que havia algo mais que movia Mnar nessa excursão ao planeta distante. Durante a viagem, quem sabe, não descobriria mais coisas?

Notícias extraordinárias

O Dr. Maurício Bianchinni é um jovem rapaz que goza de prestígio em seu ramo de atuação. Exerce a medicina com dedicação e é aplicado nas pesquisas que integram sua atividade profissional. De pele clara, apresenta cabelos loiros e olhos que se sobressaem devido à profundidade com que olha as pessoas, dando a impressão de perscrutar o íntimo de cada uma delas.

    Dedicado à família, desde cedo se deixou encantar pela temática ufológica sem, contudo, contaminar-se com as "ideias estapafúrdias que muitas vezes se veem por aí", como costuma dizer. De espírito pesquisador, não se detém nos relatos fenomênicos que muitas revistas sensacionalistas divulgam. O interesse que move Maurício é, em suas palavras, "entender o fenômeno sem tirar os pés do chão".

Caminhava nervosamente de um lado para outro em seu consultório. Maurício não conseguia identificar os sentimentos e sensações que o invadiam diariamente, martirizando-o com tanta constância e tenacidade. Muitas vezes sentia algo indefinível dentro de si; uma espécie de insatisfação com o mundo que o cercava, com a própria vida, embora esse estado, semelhante à melancolia, não chegasse a deixá-lo irritado. No entanto, parecia que estava ficando pior; cada vez mais incômodo. Estava preocupado. Sabia que algo estranho estava acontecendo, algo bastante diferente de tudo que vivera até então. Não obstante, a angústia era agravada por não conseguir identificar exatamente o que o afligia. Somente um sentimento vago, uma sensação indefinível, com a qual ele tinha de conviver.

Ocupava um posto de destaque na clínica onde trabalhava e, desse modo, preservava-se dos desafios oriundos das constantes crises e flutuações econômicas que abalavam a maioria das pessoas. Qual, então, a origem de suas inquietações? Exercia relativa influência no meio profissional em que se transitava, e também junto às pessoas que o procuravam; no entanto... Talvez fosse precisamente esse o fato que lhe causasse incômodo. Mas não; havia algo mais que não sabia explicar. Que seria, então?

Sentou-se na confortável poltrona anatômica de seu consultório e mirou a paisagem para além da janela. O olhar de Maurício alternava-se entre a belíssima visão da Baía de Guanabara e a tela de seu iMac, que repousava sobre a mesa de vidro fosco. Estranhava o fato de que o computador não lhe respondesse aos comandos. Tentara de tudo. Em vão, porém. Procurava por dados a respeito da formação da Terra e dos primeiros habitantes do planeta, de sua evolução e dos momentos iniciais da civilização; a história do mundo causava-lhe verdadeiro deslumbramento. Infelizmente se deixara apaixonar por um período a respeito do qual não se tem vastas informações. Aliás, não se dispunha de quase nenhuma informação, ao menos nas fontes acadêmicas consagradas.

Seria justamente isso o que o afligia?

Havia algum tempo viajara para outros países realizando pesquisas. Aproveitava o intervalo dos cursos que realizava no exterior para satisfazer sua sede de conhecimento. Em sua última estada no Canadá, conhecera um grupo de estudiosos que lhe deram informações preciosas.

Viajara para o país no extremo norte da América a fim de realizar estudos sobre as DSTs (doenças sexualmente transmissíveis) e de especializar-se em temas correlatos. Mas, nas horas de folga, Maurício aproveitara para conhecer algumas pessoas com as quais havia feito contato através da internet. Era um estudioso, e todo material a ser recolhido seria de imenso valor para o seu aprendizado. Sorriu ao se lembrar de suas pesquisas e do quanto se envolvera com elas; quantos amigos fez nesses anos todos de buscas intermináveis — e incansáveis. Era um estudante da verdade.

Do alto do décimo andar do prédio onde se localizava seu consultório, o médico e cientista observava ao longe a natureza do planeta refletida na imensa baía; a estonteante paisagem carioca, os aviões ao longe, partindo do Santos Dumont. Imaginava a multidão que se comprimia nas ruas e avenidas, com seu trânsito louco, e quanto o ser humano tinha progredido nesses últimos milênios, especialmente no último século. Todavia, uma questão continuava martirizando-o: de onde viera o ser humano da Terra? Como a vida foi semeada no planeta?

Pesquisara diversas religiões, como ponto de partida. Entre as cristãs, o catolicismo, por exemplo, e diversos ramos do protestantismo; andou até frequentando o espiritismo, além de algumas filosofias orientalistas. Mas não satisfez sua sede de conhecimento. Quando muito, as religiões tentavam, a sua maneira, explicar a gênese do espírito e sua relação com o mundo e o universo. Mas não era isso que Maurício procurava. Ele buscava provas físicas, concretas e palpáveis da história humana — ou melhor, da pré-história, neste caso.

Para as questões filosóficas quanto à origem do

homem e seu espírito, ele preferia aceitar os fatos conforme o espiritismo os explicava. Desenvolveu, porém, uma atitude crítica em relação à atuação dos espíritas. Estava convencido de que eles desprezavam o excelente método de pesquisa que tinham a seu alcance, isto é, a mente e as manifestações do psiquismo. A mediunidade se lhe afigurava um rico laboratório de pesquisas, mas, possivelmente, esquecido. Sentia que os espíritas se envolveram tanto em questões de religiosismo e assistencialismo que acabaram por menosprezar algo essencial: a pesquisa científica. Pararam no tempo, segundo acreditava Maurício. Dificilmente o espiritismo, com seu movimento religioso e social, atrairia pesquisadores, tampouco abriria suas portas para tais. Entre as instituições que procurara, encontrou tamanha resistência e um sem-número de proibições, tão variadas, que o caminho da verdadeira investigação fora fechado.

Cientistas e pesquisadores eram obrigados a aceitar as explicações de que a humanidade viera de uma fusão entre os espíritos de Capela e a humanidade terrestre dos primórdios. Bem, se essa tese resolvia em parte o problema da origem espiritual dos habitantes da Terra, não solucionava outras intrincadas questões, inclusive aquelas decorrentes dessa mesma hipótese.

Como — perguntava-se Maurício —, como vieram os primeiros seres para a Terra? Em espírito, ou em corpos físicos? Se em espírito, de que modo conseguiram transpor as distâncias siderais que separam os mundos? Se em corpos físicos, qual o meio de locomoção utilizado? Formulava uma série de interrogações mais. Seria a humanidade descendente somente de espíritos originários de um único mundo — no caso, Capela — ou houve uma miscigenação de raças de espíritos de outros pontos da galáxia? De que maneira os povos do planeta mantêm em seus registros históricos — se é que o mantêm — o conhecimento de raças diferentes de seres, vindos do espaço; ou, ainda: que indícios se podem notar da presença de extraterrestres na história da humanidade? Diante dessas evidências e muito mais: como compreender o processo evolutivo da humanidade terrestre sem apreciar as diversas teorias e estudar o conhecimento desses povos e civilizações perdidos no tempo? Como conciliar tudo isso com os chamados avistamentos de UFOS ou OVNIS e com a onda crescente de contatos com objetos voadores não identificados ou seus tripulantes?

Era demais, até mesmo para sua mente fervilhante. Outras perguntas sem resposta contribuíam para que Maurício se sentisse cada vez mais perdido. Por exemplo: de que forma conciliar a situação política, econômica e social do mundo — a cada dia mais caótica, segundo às vezes tendia a pensar — com a ideia de evolução, progresso e crescimento?

As dores de cabeça aumentaram nos últimos dias, e Maurício como que delirava diante das informações que conseguira com o grupo de amigos canadenses. Ele precisava parar um pouco para pensar; entretanto, não mais conseguia conciliar todas as pesquisas que desenvolvia com seu trabalho. Tornara-se cada vez mais complexo para ele.

Via-se diante de novo dilema, que o atormentava. Precisava fazer sua especialização em doenças infectocontagiosas. A humanidade estava às voltas com graves aspectos relacionados ao câncer e sobretudo à aids, que se transformara numa espécie de epidemia. Era uma doença maldita, para a qual ainda não havia cura. Em um dos seminários de que participara, na Alemanha, soube de pesquisas para conter o agente causador do câncer e também para desenvolver uma vacina. Porém, Maurício não tinha mais condições de se entregar também a essa outra gama de investigação; seu interesse repousava agora sobre assuntos estranhos à medicina.

Por outro lado, não poderia desconsiderar todo o investimento que a clínica onde trabalhava fizera em seus estudos, visando à participação ativa nas pesquisas médicas. Angustiava-lhe a indecisão sobre como proceder. Havia ainda muito mais em jogo: a direção da clínica recebera notícias confidenciais e preciosas de que já se desenvolvera o protótipo de uma vacina ou antídoto definitivo contra o câncer, e delegaram ao competente Dr. Maurício a tarefa de se aproximar o máximo possível da fonte de informações, sondando sua autenticidade. Deveria descobrir quem concebeu a tecnologia para a cura da patologia, levando-se em conta que a comunidade científica insistia no pronunciamento oficial de que não existia terapêutica de grande eficácia para tal doença.

Como menosprezar temática tão importante assim, que poderia auxiliar milhões de seres humanos, e se dedicar aos seus estudos particulares sobre a origem da humanidade? Afinal, quando muito, suas investigações poderiam satisfazer-lhe pessoalmente; entretanto, a pesquisa médica poderia ajudar milhares, caso as informações obtidas se confirmassem.

Seja como for, essa opção consistia em mais do que a simples busca pela suposta cura de uma epidemia planetária. Na verdade, Maurício se via envolvido com espionagem industrial — um trabalho de detetive, alvo de interesse dos grandes mandachuvas dos laboratórios farmacêuticos multinacionais. O jovem médico carioca só não desconfiava, contudo, de que estava sendo usado ao dedicar-se a essa missão. Portanto, não era somente algo de difícil empreendimento, mas também de máximo perigo.

Maurício Bianchinni conhecia muitas coisas a respeito da situação das pesquisas envolvendo os laboratórios internacionais. Outras, ele apenas imaginava. Finalmente, havia aquelas que ele ignorava por completo.

Cerca de um ano antes, fora realizada importante reunião na Alemanha. Vários representantes de diversos laboratórios estavam presentes, inclusive dois membros da inteligência norte-americana, a CIA, e agentes do órgão de investigação federal, o FBI. Nem parecia ser uma reunião do pessoal de pesquisa dos laboratórios. Se fosse, por que as agências internacionais estariam ali representadas? Algo mais pairava no ar.

Naquele tempo, ainda não haviam ocorrido os atentados ao World Trade Center, em Nova Iorque, e outros mais. A reunião, portanto, não poderia se referir a possíveis especulações a respeito de ataques terroristas, ou a ações envolvendo o antraz ou algum "vilão" do Oriente Médio. Não era isso.

As relações que os laboratórios mantinham com o governo dos Estados Unidos eram boas — quase amistosas —, já que a aprovação da FDA, a agência americana de alimentação e drogas, era crucial para o êxito da comercialização de seus produtos em todo o mundo. Apesar do bom relacionamento, evidentemente existia certa desconfiança velada entre ambas as partes. Por baixo dos panos, diretores e presidentes dos laboratórios temiam a política sustentada pelos EUA para a liberação de novas drogas, enquanto o estado, por sua vez, precavia-se contra a atitude de tais empresas, nem sempre tão transparentes em suas intenções reais. Especialmente as indústrias farmacêuticas da Europa preocupavam-se com a pressão que os norte-americanos poderiam exercer.

Os laboratórios, de toda forma, não pretendiam deixar escapar fórmulas que porventura livrassem o povo da dependência de certas substâncias. Era preciso garantir, aumentar e fidelizar a base de clientes. A doença deveria ser mantida, por enquanto, e quaisquer medicamentos só poderiam ser levados a público caso se constituíssem em bom negócio, rendendo o devido lucro para as respectivas indústrias. Nesse contexto, os resultados das pesquisas que buscavam a possível cura para a doença eram absolutamente confidenciais. Ninguém, além do seleto grupo de participantes da memorável reunião, poderia ter acesso àqueles pormenores. Contudo, os executivos não tinham conhecimento de que a informação já vazara. Integrantes de serviços secretos, não se sabia de onde, haviam se infiltrado em suas organizações, a fim de obter detalhes sobre o assunto.

Mas não era só. Desconfiava-se, em diversos setores da indústria farmacêutica, de que os populares medicamentos antivirais que combatiam o famigerado HIV, tanto quanto as drogas utilizadas para o combate ao câncer, seriam apenas parte de um conhecimento maior a respeito do possível medicamento final, definitivo. Substância essa que — suspeitavam — era mantida em segredo pelos grandes laboratórios farmacêuticos, visando à maximização dos lucros e à consequente manutenção do poder.

Maurício fora indicado por sua clínica por inspirar confiança. Encontrava-se totalmente envolvido com essa trama. Porém, seus pensamentos vagavam em assuntos do cotidiano de sua vida e não percebia certas coisas importantes que lhe escapavam.

— Precisamos introduzir um elemento que nos sirva ao mesmo tempo de pesquisador e de detetive, sem que ele mesmo saiba que está sendo usado por nós. Se os agentes de segurança estão envolvidos nisso é porque há algo acontecendo por baixo do pano. Se possível, deve atuar de tal maneira que ele próprio não desconfie dos nossos objetivos. Para isso, iremos despistá-lo, enviando-o para diversos lugares no mundo, até que se aproxime cada vez mais da fonte, em Frankfurt. É na Alemanha, sem sombra de dúvida, que está a chave da questão.

— Você está louco, Raul! — exclamou um homem idoso, um dos cartolas da clínica. — Como você imagina que conseguiremos um homem que seja capaz disso sem que ele mesmo desconfie que faz parte de uma jogada internacional e extremamente perigosa?

— Você acha ser impossível que o consigamos, Muniz?

Foi essa a primeira vez que um chefe de uma clínica brasileira se intrometeu nesse esquema sujo de poder e nesse jogo aberto e cheio de intenções escusas. Em geral, os executivos dos laboratórios, os químicos e outros homens importantes que desenvolvem suas fórmulas mantinham em segredo muitas informações preciosas. Nesse caso, Raul era um homem de inteira confiança de alguns acionistas e por isso chegaram até ele as intrigas da política farmacêutica internacional. Havia muita coisa a ganhar com os resultados, caso fossem confirmados.

— Tudo é uma questão de preço — continuou. — Não se esqueça de que temos muitos homens ambiciosos, que dariam tudo para ganhar um pouco mais e simultaneamente realizar viagens ao redor do mundo, principalmente se tais viagens forem patrocinadas por nós.

— Não é bem isso que eu tinha em mente, Raul — falou o velho, mais experiente nas intrigas políticas e sociais. — Havia pensado em alguém que não suspeite de que esteja sendo usado e que, uma vez contratado, seja de absoluta confiança nossa. De preferência, um médico que talvez tenha algum interesse em pesquisas, mesmo que não seja por motivos ligados ao laboratório ou à organização, mas que seja mais fácil de ser manipulado. Além disso, que seja um pesquisador, um químico, e competente no que faz. Essa pessoa tem de estar tão iludida quanto à sua real situação que não perceba o que acontecerá; tem de estar tão absorta em suas próprias pesquisas, em sua vida, que possamos usá-lo sem que o note.

— Como encontraremos alguém com essas características?

— Pense, Raul, pense e encontrará alguém assim. Mas não se esqueça: temos pressa, afinal é uma corrida contra o tempo, em busca do poder... da informação. Eis o que representa tudo isso para nós. E mais, tem de ser alguém descartável. Completamente descartável.

— Como assim, Muniz? Não entendi.

— Caso precisemos, de um momento para outro poderemos eliminar esse elo, para não comprometermos nossa pele! Espero que tenha entendido o recado.

Raul ficou pensativo por uns momentos e depois falou pausadamente:

— Maurício, Dr. Maurício Bianchinni. Ele mesmo! Claro!

Sem que soubesse dos detalhes que o comprometiam, Mauricio topou a incumbência. Era uma figura de confiança. Alguém o procurou oferecendo a oportunidade de ouro de sua vida, dizendo-lhe que teria momentos livres para se dedicar às pesquisas, nos países que visitaria. Além do mais, poderia expandir seus conhecimentos na área médica, o que lhe facilitaria a carreira, que estava em ascensão. Era uma oportunidade de ouro.

Aceitou de imediato a missão. Afinal, não ficaria o tempo todo fora do Brasil e ainda teria tempo suficiente para empreender seus estudos em relação aos temas que o atraíam. Não desconfiava da trama e das intrigas sórdidas que estavam por detrás de todo aquele planejamento. Mas também não ignorava que tinha uma proteção espiritual; mantinha-se ligado, pelos bons propósitos, às correntes mentais superiores da vida. Eis sua vantagem e sua fortaleza.

Mesmo desconhecendo o fato de ser um agente duplo, as implicações disso e os riscos que corria ao representar seu laboratório, Dr. Maurício não se deixava embriagar pelos pensamentos que fluíam em sua mente. Há apenas 18 dias regressara ao Brasil, e agora se encontrava incomodado, estranhando a procedência de suas inquietações. No entanto, antes mesmo de se readaptar, recebera ordens de viajar uma vez mais.

"Preciso de auxílio psicológico com urgência" — pensou Maurício. "É muito difícil conciliar tanta coisa assim sem a ajuda de um profissional."

Um chamado da eternidade

Muitos da nova geração de capelinos não sabem a respeito dos nossos ancestrais. Ouviram rumores acerca das diversas migrações, mas passa-se o tempo e, na ausência de registros precisos daquela época, que não conservamos, obscurecem-se os fatos para o conhecimento das gerações do nosso tempo, e ninguém penetra a história dos exilados. Ah! Terra! A estrutura social adotada por esse planeta é para lá de excêntrica. Muitos seres de outros mundos têm emigrado para lá nas condições mesmas em que eu e nossos ancestrais o fizemos — ou seja, vítimas do degredo. Desenvolveram, com isso, formas de governo que não se entendem entre si; são seres estranhos os terrestres.

Fiquei muito tempo vivendo entre os habitantes desse planeta e conheci gente muito interessante. São formados da mesma essência que nós, os capelinos: somos irmãos das estrelas. Porém, não detêm consciência de sua tarefa no universo; ainda alimentam sonhos com o "poder". Mas também estão inseridos num outro continuum espaço-tempo. Os corpos de que se utilizam são muito materiais, com uma vibração bastante diferente da nossa. São compostos a partir da matéria bruta, ao passo que os corpos em Capela são estruturados em matéria radiante — algo um tanto diferente do que eles conhecem por lá. Que mundo tão estranho é a Terra... e ao mesmo tempo tão fascinante. Se os terrestres pudessem entrar em contato conosco provavelmente diriam que somos seres constituídos de antimatéria — creio que é esse mesmo o nome que dão. Porém, não conseguiriam nos detectar.[6] *Talvez não, enquanto estiverem ligados aos seus corpos materiais. Quando em corpos que habitam uma dimensão também diferente, no entanto, possivelmente nos localizariam. Para isso é preciso, pois, morrer... E a morte para os terrestres ainda parece ser algo muito doloroso. Mas, aí, sim: em corpos diferentes daqueles de matéria bruta conseguiríamos nos comunicar com eles.*

[6] Decerto, a antimatéria pode ser detectada por aparelhos científicos. Contudo, o termo é usado aqui para se referir à *contraparte astral* da antimatéria — uma vez que a antimatéria, propriamente, é matéria. Mais à frente, o autor espiritual usa uma analogia esclarecedora: "antimatéria; ou melhor, era um estado radiante da matéria universal".

Talvez tenhamos que aprender muita coisa ainda com os terrestres; quem sabe nós e outros irmãos do espaço podemos auxiliá-los em sua caminhada... Afinal, somos todos caminheiros da eternidade.

Fragmentos das memórias de Mnar, o capelino

Os acontecimentos da dimensão física sempre interessam aos habitantes de comunidades extrafísicas. Os dois mundos vivem em um intercâmbio constante; acontecimentos verificados na Terra influenciam as opiniões de espíritos, que de uma maneira ou de outra se sentem ligados aos eventos ocorridos no plano das formas.

Desde a Primeira Guerra Mundial que algumas comunidades de espíritos relatam registrar objetos globulares ou esféricos, cuja aparição se verificava em intervalos de tempo regulares — o que, naturalmente, desperta curiosidade quanto à procedência e às finalidades desses corpos voadores. Transportariam espíritos de esferas superiores, cujos objetivos permaneciam incompreendidos? Seriam produto da tecnologia extrafísica, visando às visitas ao umbral ou ao transporte de almas recém-desencarnadas? A que se destinariam esses objetos desconhecidos, observados em diversas regiões do plano espiritual? Talvez fossem úteis no resgate de espíritos desencarnados em massa, durante a guerra...

Várias vezes aparelhos semelhantes foram vistos por habitantes de colônias espirituais, tais como Grande Coração, Vitória-Régia, Nosso Lar e outras comunidades similares, onde se abrigam espíritos em trânsito para esferas superiores.

Isso ocorreu notadamente após a Segunda Crise — nome dado pelos espíritos superiores à Segunda Guerra Mundial. Cessados os combates, inúmeras vezes foram avistados nos céus do planeta esses objetos voadores, cuja velocidade e mobilidade causavam verdadeiro espanto e admiração. Consistiriam em aperfeiçoamento do aerôbus, veículo utilizado pelos espíritos para visitas a planos inferiores? Quem sabe tais objetos não seriam provenientes de comunidades espirituais superiores, excursionando nas dimensões mais próximas da Crosta a fim de realizar estudos e auxiliar de alguma forma?

Entre os espíritos, somente bem mais tarde é que tais objetos foram associados à ideia de seres extraterrestres. Seriam mesmo?

— Claro que isso é possível — falou o companheiro Alexandre. — Mas devemos entrar em contato com a administração de nossa comunidade espiritual antes de tirar conclusões precipitadas. Sabe-se que existem "várias moradas na casa do Pai",[7] o universo; todavia, temos de convir que tais avistamentos não são relatados com tanta frequência; nem entre os humanos, nem ao menos aqui, em nosso plano. A verdade é que existe muito exagero por parte de algumas pessoas.

— Mas será que podemos obter mais detalhes a respeito desses objetos que alguns dizem observar? — perguntou Romanelli. — Creio que muita gente se beneficiará ao conhecer o assunto e poderemos nos instruir quanto a esses e outros temas tão fascinantes quanto intrigantes.

— Certamente, Romanelli, depende sobretudo de você. De minha parte não há como acompanhá-lo em suas pesquisas; posso, contudo, apresentá-lo a alguns amigos nossos, que, aliás, ficarão muito satisfeitos em aliar-se a você nessa investigação.

— Bem, Alexandre, não é propriamente uma

---

[7] Embora constitua tabu em muitos círculos do movimento espírita, a pluralidade dos mundos habitados é um postulado da doutrina espírita. O texto fundamental a respeito do assunto intitula-se "Pluralidade dos mundos" (KARDEC. *O livro dos espíritos*. Op. cit. p. 95-96, itens 55-58), mas a convicção advém também das palavras de Jesus: "Na casa de meu Pai há muitas moradas" (Jo 14:2), que são base para reflexões posteriores (cf. KARDEC. *O Evangelho segundo o espiritismo*. 120ª ed. Rio de Janeiro: FEB, 2002, p. 82-95, cap. 3).

investigação, como você diz; mas é que realmente o assunto desperta em mim tremenda curiosidade e me entusiasma poder ampliar meus conhecimentos sobre certas coisas que, na Terra, não dispomos de recursos para examinar devidamente.

— Desculpe a forma de expressão, meu amigo; creio que me entende. Minha única ressalva é: vá com calma. Como você mesmo sabe, muita gente tem se perdido, devido a ideias extravagantes.

— Mas você acha minha ideia de pesquisar sobre os OVNIS algo extravagante?

— Não é isso que quero dizer. Meu alerta parte de alguém interessado em seu próprio bem-estar, em seu aprendizado como espírito. Lá, na Terra, entre os nossos irmãos encarnados, médiuns julgam-se protegidos e assessorados por espíritos que, segundo eles, são extraterrestres. Não que eu seja cético, mas acredito firmemente que não é relevante para nós, que estamos em aprendizado na escola cósmica, se tal ou qual espírito é ou não proveniente da Terra. Fontes do Mundo Maior atestam que em nosso globo existem espíritos originários de pelo menos 30 planetas diferentes, em constante e gradativa miscigenação com a humanidade terrena.

— Entendo o que diz, Alexandre, especialmente se levarmos em conta que, se tais espíritos estão de fato na psicosfera da Terra, é porque não são exemplo de evolução. Seguramente são almas experimentadas, que possuem muitos conhecimentos que ainda não conquistamos; entretanto, se observarmos a lei das afinidades...

— Creio que você me entendeu, amigo. Chego também a pensar... — calou-se o espírito por alguns momentos.

— Pensar em quê, Alexandre? Vamos, fale... — instigava Romanelli, cheio de ânimo.

— É que, com essa onda de ETS que invade a Terra, muitos médiuns e dirigentes de casas espíritas têm se esmerado tanto para se apresentarem como canais de comunicação entre os pretensos extraterrestres e os humanos, que acabam caindo no ridículo.

— Já presenciei casos assim em determinadas visitas que fiz a alguns agrupamentos que afirmam ser espíritas. O problema é mais sério do que a gente pensa, pois acredito que, em essência, é tudo uma tentativa frustrada de se fazer notado, de chamar a atenção para si. Já que não obtêm projeção por seu trabalho e suas realizações, tentam a todo custo destacar suas atividades identificando em seus mentores supostos ETS.

— Bem, Romanelli, deixemos pra lá os modismos da velha Terra. Creio que você tem muita coisa a realizar. Acompanhe-me e apresentarei você a um espírito amigo, que decididamente se interessará por suas pesquisas.

Romanelli e Alexandre se dirigiram à administração da cidade espiritual. Diante deles, o imenso edifício que se ergue junto a uma alameda florida: é a base da administração daquela comunidade. Antes mesmo que penetrassem na estrutura astral da construção, que abrigava os dirigentes locais, encontraram o amigo.

— Vejo que vem nos visitar, meu caríssimo Alexandre! Bem-vindo!

— Sim, só que desta vez trago um companheiro muito interessado em suas pesquisas, Ângelo. Espero que se sintam bem ao lado um do outro. Este é o amigo Romanelli — disse-me, introduzindo o colega.

— Claro, Alex, que bom que você o trouxe. Estava mesmo precisando de alguém que pudesse me auxiliar com algumas coisas urgentes. Qual o seu interesse, Romanelli?

— Bem, na verdade me interesso por pesquisas quanto a seres extraterrestres e sua atuação em nosso plano, ou mesmo em outros planos da Terra.

— Veio em boa hora, amigo! Você nem imagina o que está acontecendo por aqui. Recebemos uma espécie de contato por parte de seres que se dizem representantes de Capela. Creio que você já ouviu algo a respeito, não?

Alexandre, com indisfarçável interesse na conversa, insinuou-se.

— Acho que todo espírita já ouviu algo a respeito dos exilados de Capela, mas fazer contato com eles, recebendo um comunicado — isso é novidade.

— Creio que várias comunidades receberam ao mesmo tempo esse contato, que solicita resposta. O modo como esses pedidos chegaram até nós é que foi um tanto incomum.

— Como assim? — perguntou Romanelli.

— Por acaso já ouviu algo a respeito de certa estação de comunicação denominada Rio do Tempo?

— Seria aquela que se localiza nas proximidades do plano físico e serve de base para alguns espíritos tentarem contatar encarnados através da chamada transcomunicação instrumental?[8]

— Vejo que está muito bem informado, meu caro — falei.

— Agora quem não entende nada sou eu — retrucou Alexandre.

— Mas é você mesmo que me diz que não tem interesse em pesquisas nessa área...

---

[8] Transcomunicação instrumental é a possibilidade de espíritos se comunicarem por aparelhos eletrônicos — ou, segundo alguns estudiosos, de produzirem-se fenômenos paranormais através desses equipamentos. A seguir, uma página que apresenta sinopses de dezenas de livros que tratam do assunto (www.transcomunicacao.net/index.php?option=com_content&view=article&id=190:sinopse-de-livros-sobre-transcomunicacao-instrumental&catid=51:literatura. Acessado em 9/11/2010).

— Sim, mas...

— Mas se você não se atualizar acabará ficando de fora, não é? — completou Romanelli, com certo ar de deboche bem-humorado.

— Vamos, gente, fale logo; assim eu ficarei mais inquieto ainda...

— Veja bem, Alex — iniciei. — Há algum tempo certos espíritos têm incentivado a tentativa de comunicação com os amigos encarnados através de aparelhos construídos com a tecnologia extrafísica. Nessa procura, têm ocorrido alguns contatos muito interessantes, predominantemente através de companheiros da Alemanha. Também os encarnados têm conseguido algo muito expressivo em suas tentativas de transcontato, como chamam lá, na Terra. De uns tempos para cá, entretanto, toda a rede de transcomunicação tem sofrido ataques de comunidades das trevas; intentam impedir o progresso que até agora se verificou nesse setor, tão inovador e ao mesmo tempo tão atraente.

— E a tal Estação Rio do Tempo, da qual você falou? O que tem a ver com tudo isso?

— Vá devagar, Alex! Ocorre que os espíritos dedicados à ciência espiritual e envolvidos com esse tipo de contato trabalham numa estação equipada com muitos aparelhos que se destinam basicamente a interferir nos meios de comunicação dos encarnados. Aí está o drama; exatamente o ponto que exerce atração sobre as inteligências sombrias. Afinal, não é difícil entrever as possibilidades que tal recurso oferece se cai nas mãos erradas.

"Voltando à base, deram-lhe o nome de Estação Rio do Tempo. Após muita dedicação e aperfeiçoamento, essa central não se conectava somente com os aparelhos de televisão, rádio e vários outros, que fazem parte do cotidiano dos encarnados, como também recebia ondas de comunicação provenientes de outras regiões do espaço."

— Mas eu ouvi falar que a Estação Rio do Tempo havia se mudado de sua localização original...

— Sim, Romanelli. Foi também o que ouvimos falar. Não sabemos ainda como isso se deu, mas é fato que a base de operações teve de passar por reformulações um tanto radicais, devido às investidas das sombras. Espíritos vândalos, que pareciam querer impedir ou adulterar os contatos com os encarnados, através da transcomunicação, atacaram de várias maneiras. Tudo indica que os administradores da Estação a transferiram para outro lugar. Anteriormente, localizava-se numa dimensão fronteiriça com a dos encarnados. De qualquer modo, deixando de lado os ataques e a mudança, importa é que a Estação é muito conhecida por seus trabalhos prestados a diversas comunidades de espíritos. Assim, nos transmitiram recentemente a solicitação de contato enviada por uma equipe de seres que se dizem capelinos. Imagine que agora toda a administração da metrópole espiritual está interessada em travar contato com os tais extraterrestres.

— E onde entra você nisso tudo, Ângelo? — tornou Alexandre.

— Claro que você não desconhece minha característica principal: a curiosidade jornalística.

— Então você...

— Então fui convidado, pela administração da nossa comunidade, a presenciar o contato e, se possível, até, colher informações para, mais tarde, transmiti-las aos amigos desencarnados.

— E aos encarnados também, suponho.

— Se eu tiver uma oportunidade, não hesitarei, é claro! — E, dirigindo-se ao novo companheiro — então, Romanelli, aceita ir comigo? Já está marcado o dia e o local de encontro. Iremos juntos à Estação Rio do Tempo! Se você quiser, é evidente.

— Aceito sem titubear. Não deixaria passar esta oportunidade por nada deste mundo.

— E você, Alexandre, irá conosco?

— Olha, Ângelo, pra "pagar língua", como dizem na Terra, bem que gostaria, mas terá de ficar para outra oportunidade. Tarefas inadiáveis me aguardam; vim apenas apresentar Romanelli a você. Por certo terei notícias de suas pesquisas através do próprio comentário jornalístico.

— Então não percamos tempo, Romanelli. Há

muita coisa a ser feita, e acredito que você é a pessoa ideal para me assessorar.

Os preparativos consistiam em exercícios mentais, além de algumas aulas de esperanto; afinal, não saberíamos dizer com que língua os forasteiros se comunicariam conosco. Deveríamos estudar algo na academia de nossa comunidade, mesmo um tanto inseguros quanto que matéria se fazia necessário aprender. Preparávamo-nos com imensa alegria e curiosidade insuperável. Era uma oportunidade ímpar que se apresentava para nós.

Mas a surpresa viria mais tarde... Não usamos volitação para atingir o local onde estava localizada a Estação Rio do Tempo. A dificuldade em nos locomover em regiões diferentes daquelas com as quais estávamos acostumados nos compeliu a utilizar um comboio, uma condução estruturada em matéria da nossa dimensão.

O veículo era a expressão do que havia de mais moderno em termos de tecnologia automotiva em nossa comunidade. Assemelhava-se a um balão, em sua forma e leveza. Deslizava nos fluidos com velocidade alucinante, algo em torno de 1.500km/min. Havia muito conforto em seu interior, e os efeitos da velocidade não eram sentidos por nós, passageiros.

O comboio é frequentemente utilizado pelos espíritos da comunidade em tarefas de auxílio e de pesquisa em planos diferentes do nosso. A maior vantagem da utilização de veículos como esse é que não precisamos consumir energia mental no processo de volitação; sobretudo em regiões mais densas, faz-se necessário grande esforço. O funcionamento do aparelho em questão baseia-se no conhecimento do mais puro magnetismo. Bastava seguir as linhas de força do planeta que deslizávamos rumo ao nosso destino. Além do mais, a adoção de um meio de transporte como esse permite preservar os integrantes da expedição visando à própria execução das tarefas planejadas, que sempre requerem concentração e empenho.

Estávamos juntos Romanelli, Arnaldo — que se especializara em psicologia quando entre os encarnados e era membro da administração de nossa comunidade —, o companheiro Alcíades, além de mim. Com essa tripulação de quatro espíritos, dirigimo-nos às proximidades da Lua, numa região onde estava temporariamente sediada a Estação Rio do Tempo.

O silêncio entre nós era completo. Creio que todos estávamos tentando conceber como seria o primeiro contato com os habitantes capelinos. Nem imaginávamos o que nos aguardava.

Saindo da zona de atração mais intensa da gravidade terrestre, sentíamo-nos mais leves. Era como se a força gravitacional também exercesse influência sobre nossos corpos espirituais. Afinal, o psicossoma ou *perispírito* — vocábulo próprio da terminologia espírita — tem algo de material,[9] embora dotado de massa e densidade bem diversas das que verificamos na matéria física, terrena. O veículo de manifestação do espírito é composto por elementos os mais variados, e até os dias de hoje os espíritos do nosso plano permanecem sondando sua intimidade e suas propriedades. Talvez a gravidade do planeta também afetasse as linhas de força do nosso corpo astral, pois, agora que nos encontrávamos mais afastados da crosta planetária, tal influência diminuíra de intensidade.

Avistamos ao longe a estação que nos receberia. Não vimos nada que se assemelhasse a um disco voador. A estação seria uma espécie de cidade espiritual? Não saberia dizer com exatidão. Mas o que vimos acabou nos deixando perplexos.

Aproximamo-nos do local e fomos recebidos

---

[9] "A que damos o nome de *perispírito*. Esse invólucro semimaterial, que tem a forma humana, constitui para o Espírito um corpo fluídico, vaporoso, mas que, pelo fato de nos ser invisível no seu estado normal, não deixa de ter algumas das propriedades da matéria. (...) Não conhecemos a natureza íntima do perispírito. Suponhamo-lo, todavia, formado de matéria elétrica, ou de outra tão sutil quanto esta: por que, quando dirigido por uma vontade, não teria propriedade idêntica à daquela matéria?" (KARDEC. *O livro dos médiuns ou guia dos médiuns e dos evocadores*. 1ª ed. esp. Rio de Janeiro: FEB, 2004, p. 24, item 3).

por um companheiro espiritual, que se apresentou com o nome de Alfred.

— Sejam bem-vindos, amigos — nos recepcionou nosso anfitrião.

— Quer dizer então que esta é a Estação Rio do Tempo? — perguntei.

— Posso dizer que esta é uma parte da estação; a que vocês podem registrar neste momento. Na verdade, a Estação encontra-se em Marduck, numa dimensão diferente daquela onde nos encontramos. Parte da estação, contudo, é móvel e pode se deslocar com relativa facilidade entre as dimensões, à semelhança do que ocorre com as partículas subatômicas, que transitam entre as dimensões nos planos quânticos ou campos.

— Creio que não é minha área de entendimento — respondeu o amigo Arnaldo. — Todavia estamos muito interessados em compreender o papel deste posto avançado, como chamo a Estação Rio do Tempo, no que concerne ao contato com extraterrestres.

Indicando-nos um local onde poderíamos conversar mais tranquilamente, o anfitrião Alfred, que nos parecia vibrante, explicou-nos:

— Na verdade, o papel da Estação Rio do Tempo não é precisamente o de entrar em contato com inteligências extraterrestres. Nossa tarefa é entrar em contato com os encarnados através da tecnologia. Como não ignoram, em várias partes do mundo os homens têm captado comunicações em seus aparelhos de televisão, rádio e mesmo através dos computadores e outros equipamentos. Nesse sentido, podemos afirmar com segurança que a Estação Rio do Tempo é responsável pela maior parte dos chamados transcontatos.

— Mas o que a Estação tem a ver com os chamados dos capelinos? — ousei perguntar.

— Deduzimos que, devido à tecnologia desenvolvida pelos espíritos que aqui trabalham, antigos pesquisadores e cientistas, nossos instrumentos estejam mais aptos a captar os chamados insistentes dos extraterrestres, muito embora não seja esse nosso objetivo. Posso assegurar que a tarefa que nos cabe é a de acordar os homens de ciência para a realidade do espírito, através mesmo dos meios de comunicação que eles utilizam. É claro que, com isso, não intentamos diminuir o valor e o trabalho dos médiuns; pretendemos auxiliar a humanidade na posse de sua consciência cósmica. Estamos convencidos de que a transcomunicação passa por momentos graves entre seus representantes e pesquisadores na Terra; contudo, temos muita esperança no futuro.

Enquanto Alfred tecia seus comentários, ficava pensando em quanto os homens do século XXI seriam beneficiados com os avanços da tecnologia sob a orientação dos benfeitores espirituais. Fui interrompido em meus pensamentos quando prosseguiu, em tom mais enfático:

— Nossa maior dificuldade é entre os próprios espíritas. Diversos cientistas que trabalham entre nós desanimaram diante de inúmeras tentativas frustradas de entrar em contato com os médiuns espíritas.

— Como assim? — arriscou Romanelli.

— Muitos dos cientistas que trabalham na Estação Rio do Tempo e em outros postos de transcomunicação tentaram, em várias oportunidades, comunicar-se com médiuns; foram logo afastados, em virtude do excesso de zelo e do fanatismo religioso, que frequentemente impera em núcleos considerados espíritas. Como nosso interesse é investir nas pesquisas científicas a serviço da renovação do mundo, fomos taxados repetidamente de pseudossábios. Daí para sermos classificados com o chavão *obsessor* foi simples questão de tempo.

— Então... — comecei a falar.

— Então, Ângelo, decidimos continuar nossos experimentos não com os chamados médiuns, mas com toda pessoa séria interessada em buscar contato visando dinamizar os meios de comunicação entre as diversas dimensões da vida. Os médiuns "oficiais" nos rejeitaram em muitos momentos; não poderíamos ficar perdendo tempo insistindo com eles. A transcomunicação prosseguirá, ainda que seja apesar deles. Por outro lado, temos enfrentado muitos problemas com a rede de comunicação desde alguns anos.

— Que tipo de problema? — indaguei curioso.

— Tanto a Estação Rio do Tempo quanto outros postos de comunicação, como a Estação Landall, estão localizados na fronteira entre as dimensões física e extrafísica, uma espécie de plano intermediário que denominamos Marduck. Diria até que Marduck é um "planeta paralelo", estruturado a partir de algo entre energia e matéria, que nos permite com mais facilidade o contato com os aparelhos desenvolvidos pelos encarnados. O revés é que tal situação também nos deixa mais vulneráveis aos ataques sombrios.

Em tom grave, continuava Alfred:

— Muitos espíritos têm intentado atacar nossos postos de comunicação e transformá-los em bases de inteligências desvinculadas do progresso da humanidade. Mas não somos apenas os espíritos vítimas das investidas sombrias; diversos companheiros encarnados, que pesquisam com afinco a transcomunicação, têm estado sujeitos a deliberada e meticulosa influência nociva. Com esse processo, constatamos claramente que a rede de transcomunicação foi comprometida, e agora trabalhamos intensamente para restabelecê-la em todo o mundo.

Procurando expor a dimensão dos obstáculos que enfrentavam, mas sem deixar o tom resvalar para a reclamação em nenhum momento, o anfitrião prosseguia:

— De volta aos médiuns espíritas: se por um lado inviabilizavam o trabalho com seus preconceitos e com a incoerência em relação à essência do pensamento de Kardec, que é profundamente desbravador e corajoso, descobrimos haver um preço a pagar tão logo decidimos abandoná-los. É que contamos com outras dificuldades, relativas às pessoas envolvidas nesta segunda fase dos experimentos.

"Muitos deles se apegam tanto ao *status* e à ideia de serem cientistas que, influenciados pelo paradigma que prevalece na Terra desde a modernidade, creem não caber a eles de forma nenhuma envolver-se com questões religiosas e filosóficas. Desprezam, assim, o trabalho de muitos médiuns, cujo valor é incontestável. Chegam a dizer que não precisamos de médiuns para efetuar os contatos através dos equipamentos eletro-eletrônicos."

— A propósito, vocês precisam ou não da interferência de médiuns? — perguntei, mantendo o rumo da nossa conversa.

— Desconhecemos qualquer fórmula para entrar em contato com os encarnados que prescinda do concurso de médiuns. Ocorre que não utilizamos os médiuns da forma habitual, com que estão familiarizados, nas reuniões mediúnicas. Não há transe medianímico. Mas, para movimentar aparelhos, ou qualquer outra coisa no mundo físico, precisamos de ectoplasma, de magnetismo ou, ainda, de uma terceira força, presente em todos os médiuns: a *força psi*, segundo a denominamos. Existe tanta vaidade entre os experimentadores, contudo, que preferimos, por enquanto, não entrar em maiores detalhes a respeito nas comunicações com os encarnados. Há quem acredite que estamos inaugurando nova espécie de contato com a humanidade, sem a cooperação de médiuns... Ah! Meu Deus, é demais! — E, com bom humor — Não é nada disso que ocorre. Não precisamos é que os médiuns utilizados estejam conscientes de nossa atuação; preferimos atuar no anonimato. Aliás, entre certos religiosos há posicionamento semelhante, nesse aspecto. Pensam que somos obsessores, que intentam invalidar os progressos efetuados pelo espiritismo no campo mediúnico. Como resultado dessa visão estreita, costumam fechar suas portas para nós. Mas não pretendemos parar o nosso trabalho pelas dificuldades enfrentadas. Prosseguimos lentamente; não obstante, com imensos progressos.

Romanelli, retomando o ponto que nos levara à Estação, interpelou:

— E os extraterrestres, onde se encaixam?

— Há alguns anos, vários postos de comunicação semelhantes à Estação Rio do Tempo têm recebido ondas de rádio numa frequência não utilizada pelos aparelhos da Terra. A princípio, julgamos que se tratava de interferência das próprias ondas mentais dos encarnados ou mesmo de algum mecanismo dos satélites artificiais atualmente em órbita. Ao nos aprofundarmos no exame dessas ondas, entretanto, percebemos que as recepções obedeciam a certa ordem, certo padrão; repetiam-se depois de determinado tempo, em intervalos regulares.

"Entrementes, reunidos na Estação para uma conferência, na qual abordaríamos as dificuldades de comunicação com os aparelhos dos encarnados, nossos instrumentos foram tomados por uma nova avalanche de ondas da frequência desconhecida. Vários cientistas e pesquisadores presentes se manifestaram, e logo verificamos que as tais ondas não se enquadravam no espectro eletromagnético conhecido do plano espiritual, que é sobejamente mais amplo que aquele estudado na Terra. Imediatamente procuramos decodificá-las, empregando novo aparelho, que construímos com a finalidade de entrar em contato com os encarnados através do computador. Foi nessa conferência que tivemos, então, a grata surpresa de obter, pela primeira vez, um contato direto com um dos representantes de uma excursão interplanetária. Os seres contatados se diziam provenientes de Capela, na constelação do Cocheiro, e pediam ajuda aos homens da Terra para entrar em contato com o nosso mundo e realizarem pesquisas sobre a história do povo capelino."

— Mas, afinal, os visitantes estão ou não na Estação? — perguntou Romanelli.

— Acalme sua ansiedade — falou Alfred. — Nossos amigos do espaço afirmam que se encontram próximos à Lua e que há algum tempo buscam contato direto com os humanos. Não é de estranhar o tremendo embaraço que enfrentaram, pois só há pouco conseguimos estabelecer contato visual com eles. Desde então, podemos avaliar as complicações envolvidas, e chegamos juntos a uma conclusão quanto aos empecilhos na comunicação com a Terra.

— Mas eles são desencarnados como nós, ou estão em corpos materiais? — perguntei.

— Aí é que está o grande impedimento dos nossos amigos, Ângelo. A questão de estarem ou não em corpos materiais é secundária, uma vez que entram em pauta as definições que temos nós, terráqueos, a respeito daquilo que seja matéria. De acordo com os padrões da vida no planeta Terra, somos todos aqui presentes desencarnados, pois abandonamos há algum tempo a roupagem física. Para esses viajantes capelinos, porém, a coisa é um pouco mais complexa.

— Parece que não estou entendendo... — falou Arnaldo.

— Explico já — tornou o amigo Alfred. — Talvez não estejam acostumados a raciocinar segundo as bases da física e dos demais ramos relacionados diretamente a ela no âmbito da ciência, muito embora, no fim das contas, permaneça como a grande especialidade dos espíritos que trabalham nesta e em outras estações de transcomunicação. Com o auxílio do pensamento científico, observamos a questão por um prisma mais amplo, mais profundo. Vejam bem: tudo depende do ponto de vista que se toma, do referencial que adotamos para analisar o problema. Os amigos capelinos que nos visitam atestam que estão encarnados, em corpos materiais. Verificamos, apesar disso, que eles podem nos perceber com extrema facilidade, e nós, os "desencarnados", também registramos sua presença com a mesma tranquilidade com que nos veem e ouvem.

— Como então conciliar essas constatações com o fato de que eles estão encarnados, e nós não? — perguntei.

— Este é o ponto. Creio que vocês já ouviram falar de algumas pesquisas realizadas na Terra a respeito da antimatéria...

— Então, os capelinos... — ousei falar, sendo logo interrompido por Alfred.

— A matéria de que são constituídos seus organismos não é a mesma que compõe o corpo material dos seres humanos na Terra. E, mais ainda, creio que os corpos espirituais de nosso orbe são elaborados com uma espécie de antimatéria, ou pelo menos guardam essas características. Vale lembrar que o próprio Kardec, a que estamos todos mais ou menos ligados nesta labuta do intercâmbio mediúnico, há aproximadamente 150 anos já asseverava que o perispírito seria composto de matéria quintessenciada, segundo a terminologia da época, não é verdade?

— Por isso, então, não conseguem ser vistos pelos encarnados e são percebidos por nós...

— Exatamente. Na verdade, eles são seres materiais, "encarnados", conforme nossa maneira de exprimir, nosso vocabulário. A matéria de que são constituídos os seus corpos, porém, não é a mesma que compõe os corpos físicos dos habitantes da Terra. O que definitivamente não faz com que sua forma de existência não seja física e material, de acordo com *sua* ótica.

— Daí se depreende que eles não podem entrar em contato direto com o chamado mundo dos vivos.

— É um paradoxo que descortina inúmeras possibilidades de pesquisa e entendimento científico da vida em âmbito universal — falou Alfred. — É uma oportunidade ímpar para muitos cientistas desencarnados compreenderem novas formas de vida, as nuances da matéria e a constituição do corpo espiritual; em suma, é uma fronteira inédita de estudos a ser desbravada. Com a chegada dos capelinos que nos visitam, notadamente no momento evolutivo em que nos achamos, há muito que aprender e explorar.

— Creio que vocês aqui têm muita facilidade para lidar com essas questões mais técnicas, peculiares às ciências que os atraem. Sou apenas um jornalista e escritor; não tenho, portanto, lá muitas afinidades com esses assuntos — disse para Alfred.

— Note bem, Ângelo. Se nós somos desencarnados e nossos corpos espirituais são considerados semimateriais, conforme estudamos, então os corpos dos capelinos, que podemos ver e tocar sem embaraço, encontram-se em dimensão ou campo vibratório análogo ao nosso. Isso nos leva à conclusão central: aquilo que denominamos de imaterial não é tão imaterial assim, compreende? O episódio nos mostra, pelo menos, que há muito a pesquisar a respeito da antimatéria e de suas propriedades.

— Faço votos de que vocês pesquisem muito, e penso que poderão encontrar um farto material de estudos para toda a sua equipe; mas e quanto a nós, o que podemos fazer para auxiliar os capelinos que nos visitam e ampliar com eles nossos conhecimentos?

— Segundo entendimentos com eles, estão pesquisando na Terra acerca de um evento ocorrido no passado distante, quando muitos degredados de seu planeta vieram para a Terra. Precisam de auxílio para as suas pesquisas e estão dispostos a trocar conhecimentos num intercâmbio cultural conosco, o que será imensamente proveitoso para ambas as partes.

Desta vez foi Romanelli quem falou, eufórico:

— Mas, segundo sabemos, os imigrantes de Capela retornaram ao seu planeta natal depois de alguns séculos. Será que alguns ficaram para trás?

— Afirmam eles que, ao que tudo indica, a maior parte retornou à antiga pátria sideral, mas na Terra permaneceram aqueles espíritos mais endurecidos, que ainda eram seduzidos pelos conceitos de poder, vítimas de seu orgulho e prepotência. Querem apenas descobrir o paradeiro de seus ancestrais e realizar estudos quanto ao intercâmbio de experiências entre habitantes de diferentes planetas, provocado pela circunstância do exílio. Isso, ao menos, é o que entendemos, pelo que nos disseram de forma resumida.

— Como faremos para entrar em contato com eles? — perguntou Arnaldo.

Enquanto conversávamos, alguns dos cientistas da Estação entraram em contato com os capelinos e já os estavam conduzindo até nós. Alfred comentou acreditar que os ilustres visitantes deveriam estar próximos da Estação. A curiosidade nos tomava por completo.

Planeta azul

*Segundo o tenente Walter Haut,
oficial de relações públicas
da Base Aérea de Roswell, os rumores
relacionados com um suposto
disco voador avistado ontem transformaram-se
em realidade, quando o escritório de inteligência
do Grupo de Bombardeio 509 da VIII Força Aérea,
sediada em Roswell Army Air Field,
foi suficientemente afortunado para conseguir a
posse de um disco, graças à cooperação
de um fazendeiro local, o Sr. Dan Wilmot,
e do escritório do comissário.*

Roswell Daily Record Journal, 8 de julho de 1947

*Astronautas americanos
dizem haver detectado objetos voadores
não identificados durante
o primeiro voo tripulado à Lua.
Foram avistadas luzes que seguiam
o foguete espacial durante um longo trajeto.
Armstrong e Audrin dizem que os ufos
os seguiram por mais ou menos 15 minutos
e depois desapareceram.
Seriam sondas? Fenômenos atmosféricos
desconhecidos? O caso parece ter confirmado algumas
suspeitas de um grupo de cientistas
que não quiseram se identificar.
Foi pedido silêncio sobre o assunto.*

Fonte desconhecida, 1970

O PLANETA TERRA brilhava no setor frontal do observatório da nave capelina. Mais parecia uma pedra preciosa azulada, com suaves nuances de branco. Eram as nuvens que deslizavam na atmosfera terrestre. A imagem encantou Innumar e seus amigos.

— Como é belo este mundo... Seus habitantes deveriam ser mais felizes e perseguir a todo custo a pacificação do planeta.

— Sim — falou Mnar. — Dificilmente se vê um planeta como este, com tamanha beleza. Como pode o homem terrestre atentar contra a vida de sua própria casa planetária?

Innumar e seus amigos relembravam momentos difíceis vividos quando chegaram às proximidades da Terra pela primeira vez. Ficaram assustados com tantas vibrações de dor e sofrimento. Era dia 13 de setembro de 1943, em pleno decurso da Segunda Guerra Mundial. Seus espíritos sensíveis captaram os pedidos de socorro de toda a comunidade planetária e puderam ver por si mesmos os momentos dolorosos pelos quais passava a humanidade.

Juntamente com os capelinos, outros seres do espaço se dirigiram à Terra na iminência de intervir diretamente na história do orbe. Não fossem as leis não escritas que regem os destinos dos povos e mundos, as quais lhes impediam de interferir diretamente nos conflitos humanos, teriam-no feito. Compreendiam, no entanto, a necessidade de respeitar as escolhas de cada povo, de cada planeta. Agiriam drasticamente apenas se o homem terrestre ameaçasse, ou melhor, estivesse na iminência de destruir o próprio planeta.

Diante dessa possibilidade, do aniquilamento do globo, outros mundos da família solar seriam afetados em seu equilíbrio e no bem-estar de sua humanidade. Estava traçado o limite, portanto; tal disparate não poderia ser permitido. Optaram assim por observar atentamente e auxiliar quando solicitados.

Os conflitos sociais e políticos do mundo Terra abalaram intensamente as emoções dos visitantes capelinos naquela ocasião. Decidiram aguardar nas imediações do orbe terráqueo até que os acontecimentos no panorama do mundo se acalmassem. Retiraram-se para perto do campo de asteroides que fica entre as órbitas de Marte e Júpiter. De lá assistiriam ao espetáculo de horror, conservando-se atentos às transmissões de rádio e outras ondas na Terra. E o que viram os assustou.

— Creio que já sabemos como se comportam neste mundo os nossos antigos irmãos de humanidade, os chamados dragões — asseverava Mnar.

— Parece que nossos compatriotas continuam com as mesmas intenções de quando estavam em nosso mundo.

— Vejam as imagens que captamos da Terra desde alguns anos. A humanidade daqui ainda vive momentos de barbárie. Infelizmente, os capelinos retardatários e outros grupos de espíritos estabeleceram sintonia entre si e aproveitaram as tendências ainda muito primitivas dos habitantes deste mundo. A guerra ainda é um estado comum entre os terrestres.

— Não compreendo — falou Jaffir — como seres da mesma espécie, que se dizem civilizados, possam se exterminar mutuamente dessa maneira...

— No passado, em nosso mundo — argumentou Mnar —, as coisas não eram tão diferentes. Desde muitas eras os povos do Cocheiro não conhecem mais a guerra, mas nem sempre foi assim. Para a Terra está também reservado um futuro semelhante ao nosso. Uma era nova, um tempo de paz.[10] Por enquanto, os terrestres precisam aprender por si mesmos a vencer suas dificuldades e se curar com o próprio remédio, que decerto é amargo. A dor é o medicamento que resulta de suas ações desequilibradas. Devem aprender a valorizar a vida e o ambiente onde vivem para superar essa etapa conflituosa.

— É melhor nos aproximarmos novamente e tornar a fazer contato com a estação dos terrestres. Talvez consigamos algo com eles — interveio Lasar.

O comandante da expedição dos capelinos já observava Mnar desde antes de partirem da constelação do Cocheiro. Notava que, de tempos em tempos, ele se recolhia em seus aposentos e apreciava a quietude; não gostava de ser incomodado. Que acontecia com Mnar? O capelino parecia ter um comportamento diferente dos demais. Algo estranho parecia caracterizar sua conduta. Mas o que seria? Lasar decidiu ficar mais atento às atitudes do companheiro de viagem. Afinal, estavam agora nas proximidades de um mundo diferente, um planeta onde os

---

[10] "Então vi um novo céu e uma nova terra (...). Deus enxugará de seus olhos toda lágrima. Não haverá mais morte, nem pranto, nem clamor, nem dor, pois já as primeiras coisas são passadas. As suas portas não se fecharão de dia, e noite ali não haverá. E não entrará nela coisa alguma impura, nem o que pratica abominação ou mentira, mas somente os que estão inscritos no livro da vida do Cordeiro" (Ap 21:1,4,25,27).

habitantes ainda não haviam acordado para a ética cósmica. Era um momento delicado.

A Terra possuía uma diplomacia bem distinta da dos capelinos, e, embora fossem povos irmãos, as circunstâncias não ofereciam segurança para o encontro direto. Havia que se considerar que o contato mais estreito com a população da Terra possivelmente levaria o caos a muitos aspectos da vida planetária. Lasar imaginou como seria afetado o dia a dia das religiões terrestres, levou em conta a política armamentista defendida por grande número de nações e contemplou as prováveis consequências para os diversos setores da vida caso outro povo da Via Láctea travasse contato com a humanidade terrestre, cara a cara. Quando tais pensamentos ainda povoavam sua mente, aproximou-se dele Inummar.

— Que o preocupa tanto assim, nobre Lasar?

— Estava pensando em como seria afetada a vida na Terra caso nos mostrássemos diretamente aos homens. Muita coisa se modificaria neste planeta, com certeza.

— Sim, nobre amigo; entretanto, não podemos esquecer que mudanças drásticas tendem a causar desastres coletivos de difícil solução. Discutíamos a esse respeito, igualmente, Girial e eu. Creio que a sociedade humana ainda não está preparada para vivenciar a era cósmica. Não há de ser à toa que a Providência não dotou seu povo da tecnologia suficiente para excursionar com liberdade pelo universo. Mal acabaram de sair de duas guerras tenebrosas e engatinham, à semelhança de crianças, nas questões de ordem transcendente. Um impacto desses seria desastroso para os sistemas social, político e religioso dos humanos da Terra; toda a sua cultura seria abalada irremediavelmente. A revelação da vida extraplanetária de forma irrefutável perturbaria a ordem social a tal ponto que não poderíamos prever seu seguimento. Não, definitivamente ainda não estão preparados para viver sob a realidade do cosmo.

— Mas veja, Innumar, que outros povos visitaram a Terra antes de nós, e sei que já tentaram estabelecer contato com seus habitantes. Veja o que presenciamos logo que aqui chegamos com nossa expedição, transcorridos agora vários anos, segundo a contagem terrestre.

— Não entendo o que diz o amigo.

— Falo daquele incidente ocorrido na região da Terra que os humanos denominam Estados Unidos da América. Logo que aqui chegamos detectamos a presença de outros seres do espaço na atmosfera terrena. Procuramos contatá-los exatamente no momento em que estavam tendo problemas com a navegação de seus equipamentos. Certamente tinham existência mais física, como os terrestres, portanto diferente da nossa forma de existir, que, para os humanos, representa um nível sutil da matéria.

— Sim, agora me lembro. São aqueles seres vindos da região externa ao sistema solar dos terrestres — falou Innumar.

— Recordo que, na época, estavam sofrendo uma pane em seu sistema de transporte e acabaram realizando um pouso forçado na crosta terrestre.

— Pois é. Inicialmente me culpei por não conseguirmos nos comunicar com nossos irmãos do espaço. Depois constatamos que não falávamos a mesma língua, e então, não havia como estabelecer comunicação mais proveitosa. Afinal, advindos de culturas planetárias tão diferentes entre si... Se não me engano, caíram com sua nave na região que chamam Novo México,[11] não é isso?

— Isso mesmo — lembrava Innumar.

— A partir daí os acontecimentos se precipitaram de tal maneira que não tivemos condições de auxiliar. Naquela época os terrestres detectaram

---

[11] Faz-se referência ao episódio ufológico ocorrido entre junho e julho de 1947, nos arredores de Roswell, cidade do Novo México (EUA), de acordo com o que noticiou, em primeira mão, o jornal Roswell Daily Record, em sua edição de 8 de julho daquele ano. Interessante é que a reportagem se baseou num *release* oficial, expedido por um órgão local das Forças Armadas. A versão em inglês da Wikipédia apresenta artigo bem completo sobre o controverso assunto, citando mais de uma centena de referências que o procuram discutir (http://en.wikipedia.org/wiki/Roswell_UFO_incident. Acessado em 10/11/2010).

os destroços da nave dos visitantes do espaço, a qual sofreu o acidente. Logo mais, o governo daquele país confiscou a espaçonave e capturou os seres que a dirigiam.

— Veja como não estão preparados ainda para um contato direto com outros seres do espaço. Ainda hoje o governo norte-americano guarda segredo a respeito desse evento e tenta a todo custo disfarçar os acontecimentos.

— Em contrapartida, aproveitaram ao máximo a tecnologia alienígena em benefício do poder transitório de seu país, visando principalmente ao desenvolvimento de artefatos de guerra e da indústria bélica — anuía Lasar.

Entrementes, os demais tripulantes da excursão capelina foram se aproximando dos dois e entraram na conversa.

Foi Jaffir quem mais se interessou pela conversa e disse:

— Eu mesmo presenciei pelo videofone de nossa nave os diversos incrementos da tecnologia terrestre, ou melhor, norte-americana. Vários avanços alcançados durante os últimos anos devem-se aos artefatos capturados no Novo México; foram produto de estudos que os cientistas fizeram a partir da nave capturada.

— Preocupa-me sobremaneira o modo como os humanos da Terra estão eufóricos com a situação —

falou o comandante da expedição.

— Explique-se melhor, caro Lasar — falou Jaffir.

— É que muitas informações acerca desse incidente escaparam do domínio dos políticos da Terra e, a partir de então, em várias partes do planeta se observa uma onda crescente de objetos voadores não identificados pela tecnologia terrestre.

— Sim, nobre Lasar. Temos inclusive detectado por diversas vezes aparelhos extraterrestres presentes na atmosfera do planeta. Creio que não tardará que revelem à humanidade deste mundo a existência de vida em outros recantos do universo.

— Era exatamente sobre isso que eu estava comentando com Innumar. Será que os habitantes deste mundo estão preparados para semelhante contato? Quanto à nossa presença, não há com que nos preocuparmos; eles não podem nos captar, devido à distância vibratória que se impõe entre a natureza da matéria de Capela e a terrena. Mas e quanto a outras inteligências alienígenas, cuja constituição física seja semelhante à da Terra? Esses seres são percebidos pelos sentidos e aparelhos humanos...

— Nesse caso as coisas são diferentes — interveio Mnar, que se insinuara, em busca de uma desculpa para entrar na discussão. — Mesmo que os seres humanos sejam da mesma matéria física e dimensão desses outros seres que os visitam, a tecnologia terrestre não está desenvolvida a ponto de permitir detectar com correção a presença de naves em sua atmosfera. Quando isso se dá, é porque existem condições atmosféricas especiais e outros elementos que favorecem a ocorrência. Em circunstâncias normais, mesmo considerados os avanços de sua tecnologia até o século XXI (em que se encontram hoje), os seres humanos da Terra têm grandes dificuldades em captar algo de outros seres do espaço.

— Nós mesmos temos captado as transmissões de radiofrequência da Terra e até verificamos os satélites enviados para além da órbita terrestre, com o intuito de apurar indícios de vida em outros mundos — falou Jaffir.

— Parece que as descobertas dos cientistas terrestres se limitam a fórmulas matemáticas que atestam outras dimensões da vida. Na prática, permanecem buscando a comprovação de suas teorias e pretendem a todo custo captar sinais de vida estritamente segundo os padrões da vida tal qual veem na Terra — prosseguiu Lasar. — Constroem aparelhos e os enviam ao espaço procurando detectar vida inteligente ou qualquer processo químico que indique haver vida organizada além das fronteiras de seu mundo. Tencionam, porém, que todo o universo funcione de acordo com seus paradigmas e teorias; não concebem outros modelos e formas de existência.

— Ainda acordarão para a realidade cósmica. Veja, nobre Lasar, que os cientistas deste mundo já conseguiram um passo importante em suas pesquisas ao formular a teoria quântica, que abre uma oportunidade para entenderem que a vida pode existir e vibrar em dimensões diferentes daquela em que se estrutura a vida terrestre.

— Vejo isso como um passo para o futuro, Mnar; esse é, todavia, apenas o primeiro de muitos passos. Até porque é um conhecimento que, talvez devido mesmo ao profundo impacto que tem sobre a visão de mundo do cidadão comum, permaneceu isolado das grandes massas. Não por força de lei, mas creio que pela reformulação dos conceitos que institui, necessariamente. Pelo que podemos notar, apenas em círculos mais restritos e intelectualizados tem-se acesso e maior entendimento daquilo que representa essa "verdade científica" a que chegaram os terrestres.

Lasar prosseguia, com certo pesar:

— Sem nos prendermos a essas especulações, é muito claro que os humanos terão de trabalhar, sobretudo, seus pensamentos e sentimentos e aprender com suas teorias científicas. É essencial abrir suas mentes para outra realidade. Observe quanto ainda estão longe da verdade a respeito da vida universal. Suas religiões disputam entre si e, por sua vez, contra as próprias descobertas e verdades que dizem ser científicas! Numa sociedade heterogênea, parecem não haver encontrado ainda um denominador sobre o qual possam estabelecer um senso comum; nem mesmo dentro de uma mesma cultura ou nação, quanto mais em nível global. Creio que o planeta Terra precisa passar ainda por muitos desafios pungentes, como ocorreu em nossa pátria, no pretérito. Infelizmente, sua população tem escolhido caminhos duros e métodos educativos enérgicos para seu aprendizado.

— Deixando de lado os raciocínios relativos às escolhas humanas — continuou Innumar —, os habitantes da Terra são elementos surpreendentes para o estudo. Quando alguns seres deste planeta conseguiram avistar alguns objetos voadores não identificados, seus governos trataram logo de esconder os fatos do público, com medo de perder o controle da população, pretendendo manipular as consciências do planeta. Mas vejam que estranho: em vez de os homens envolvidos nos chamados avistamentos de UFOS ou OVNIS, conforme dizem em seu vocabulário, unirem-se a fim de encetar uma pesquisa detalhada, com uma metodologia experimental em acordo com os métodos científicos que lhes são próprios, acabaram fazendo religião, misticismo e mistério de um fato natural, corriqueiro.

— Espere um pouco, meu amigo Innumar — interferiu Mnar. — O fato de aparecerem objetos de outros planetas na atmosfera terrestre não constitui, de modo algum, um evento natural para os atuais habitantes da Terra. Pode até ser comum em nossa distante estrela de Capela; porém, aqui, na Terra, e neste tempo atual que vivenciam, tal ocorrência é no mínimo insólita e, segundo sua ótica, até mesmo aterradora. Procure imaginar sua perspectiva, considerando as características agressivas e um tanto violentas que permeiam suas relações. Sabemos: o mundo é visto de acordo com aquilo que vai dentro de nossa alma. Ora, sendo assim, o desconhecido breve se transforma em sinônimo de ameaça e guarda uma aura de mistério para os humanos desta época. Suas reações emocionais ainda se assemelham às dos animais de sua convivência, e fera acuada é fera pronta para atacar, ou fugir, de pavor.

— Não lhe compreendo as observações quando fala de habitantes atuais deste mundo, ou quando se refere a um tempo atual...

— Como você sabe, Innumar — retomou Mnar, o guardião do Cocheiro —, no passado eu fui um dos seres expatriados para este mundo, numa época em que ele ainda ocupava uma condição evolutiva considerada primitiva mesmo pelos terráqueos de hoje. Quando nossos antepassados aqui chegaram, já depararam com algum progresso entre os humanos deste planeta, introduzido por "estrangeiros". Isto é, não fomos nós, os capelinos, os primeiros seres a visitar ou estabelecer-se entre os humanos da Terra.

— Sim, venerável amigo — interveio Lasar, reforçando as novas informações de Mnar. — Tenho estudado os registros antigos do nosso povo e vi muita coisa a esse respeito; você, no entanto, deve ter mais coisas a nos relatar, já que foi um dos que, no passado, veio para este mundo e mais tarde retornou às estrelas do Cocheiro.

— Continue então, nobre Mnar. Tentarei conter meu gênio curioso e ouvi-lo mais detidamente — assentia Innumar.

— A simples aproximação deste mundo desperta em minha memória recordações de um passado tão distante e ao mesmo tempo tão importante que temo não ter forças para externar meus pensamentos. Como sabem, ao longo do tempo nossos irmão capelinos desenvolveram uma memória suplementar. Nossos cérebros, que correspondem mais ou menos à mesma estrutura dos cérebros dos humanos da Terra, também possuem uma área correspondente àquilo que denominam cerebelo, porém muito mais desenvolvida. É nessa área que registramos a memória dos fatos transatos; aqueles que normalmente os terrestres não conseguem recordar, devido ao longo tempo que os separa dos eventos transcorridos em sua história. É preciso, porém, que eu induza um transe consciencial, a fim de que traga à tona a história do nosso povo registrada nessa área do cérebro, que permanece inexplorada mesmo por muitos dos capelinos da geração atual.

— É uma pena, mas não creio que teremos tempo para tal realização, Mnar. Poderá ser mais limitado em suas observações? Mais tarde haveremos de ouvir mais detalhes a respeito dessa época, tão importante para todos nós.

— Certamente, nobre Lasar, compreendo seus motivos. Deixarei para outra oportunidade tais recordações; limitar-me-ei a alguns apontamentos. Quando aqui chegamos, há milhares de anos da cronologia terrestre, já observamos muitos agrupamentos humanos na região correspondente aos atuais continentes africano e asiático, que, naturalmente, apresentavam outro aspecto, no que se refere a sua estrutura geológica e geográfica. Importa é que nós, os capelinos exilados, deparamos com um progresso muito maior do que aquele que os humanos teriam atingido caso houvessem evoluído de modo isolado, por si sós. Naquele tempo, um nobre do nosso povo procedeu a muitas pesquisas entre os humanoides encontrados no planeta, e verificamos que, embora os corpos físicos dos homens deste mundo não apresentassem ainda as características observadas hoje, já eram corpos ligeiramente mais elaborados, o que denotava terem sido objeto de experiências genéticas de outros seres que a este mundo vieram antes de nós, capelinos.

— Que seres eram esses, então? Nossos antepassados conseguiram contato com esses habitantes misteriosos de outros mundos, que aparentemente semearam a vida no planeta Terra? — perguntou Jaffir.

— Quando os capelinos chegaram, encontraram apenas vestígios da civilização que habitara a nova pátria antes de nós. Há que considerar que, quando fomos expatriados de Capela, não viemos com finalidades especulativas ou para expandir conhecimentos; viemos porque no passado experimentáramos situações que colocavam em risco todo o programa evolutivo do Cocheiro. Não tínhamos tempo nem a devida infraestrutura para nos aprofundarmos nas pesquisas sobre outras civilizações. Registramos os fatos unicamente porque nada passa despercebido à memória espiritual.

— Mas então não há mesmo nenhuma informação acerca dos seres que influenciaram a evolução terrena, quem são ou de onde vieram? Nem uma pista sequer?

— Penso, Innumar, que hoje possivelmente possamos buscar tais pistas, como diz, mas na época à qual me refiro tínhamos à nossa frente o desafio da sobrevivência, os obstáculos naturais do planeta, bem como nossa própria rebeldia diante da mudança radical; afinal, havíamos sido banidos. Posso lhes dizer que de modo algum foi tarefa fácil adaptar-se. Os entrechoques decorrentes de nossa rejeição em reencarnar nos corpos humanoides, muito aquém de tudo aquilo a que estávamos acostumados...

— Começo a compreender por que às vezes se recolhe, Mnar, em seu ambiente na nave, com certa melancolia, como se estivesse prisioneiro de antigas recordações — irrompeu Lasar.

— É verdade. Encontro-me reiteradas vezes numa situação em que minha memória suplementar parece querer reagir à nossa aproximação do planeta Terra. Isso ocorreu em várias ocasiões desde nossa chegada a este mundo. Acredito ter desenvolvido uma ligação muito profunda com os seres deste planeta e a simples aproximação da atmosfera vibratória da Terra detona um processo inesperado nas matrizes psíquicas de meu ser.

— Compreendo, Mnar...

— Como expunha antes — retomou Mnar —, desde épocas imemoriais este mundo tem recebido visitas de outros habitantes do espaço. Refiro-me a eles como irmãos das estrelas, pois sabemos que, embora possamos ter a aparência física ou exterior diferente da dos humanos, nossa origem é a mesma. No limite, pode-se fazer um paralelo com os mares e oceanos da Terra, ou com todo o seu sistema de vida: há uma variedade enorme de seres vivos, mesmo pertencendo todos ao mesmo hábitat global. Assim também ocorre com os seres inteligentes do cosmos. Guardam todos sua origem comum, divina, ainda que a forma externa, o meio social e mesmo a dimensão em que cada um se movimenta os façam fundamentalmente distintos entre si.

— Por certo que a forma e as demais particularidades deste ou daquele ser inteligente e consciente são adaptadas ao ambiente do planeta onde vivem — adiantava-se Lasar.

— Sim, e são especificidades determinadas por aspectos da natureza intrínseca a cada orbe, tais como pressão atmosférica, gravidade, entre outros, bem como, e principalmente, pela forma primordial, animal, da qual se originaram em processo evolutivo orgânico, biológico e genético.

— Se os extraterrestres reiteradamente estiveram em visita à Terra, por que essa possibilidade causa tanto estranhamento e comoção aos governos e povos? Qual a razão de tanto mistério e superstição a respeito? Por que não encarar o fato com naturalidade?

— Entendo, Jaffir, que a questão é complexa — interrompia Lasar. — Há vários elementos determinantes que poderíamos apontar, a começar pela própria vaidade, traço que embota a visão. Considere que, durante muitos séculos da Terra, no período que chamam medieval, predominava a ideia, pelo menos na porção ocidental do globo, de que seu planeta era o epicentro do universo!... Só o autocentramento excessivo explica tal prerrogativa.

Voltando aos seus relatos, prosseguia o guardião do Cocheiro, serenamente:

— Definitivamente sou da opinião de que, se os humanos observassem melhor seus próprios registros históricos, veriam como foram visitados em várias épocas por seres de outras moradas. Tanto receberam os alienígenas, que, no decorrer do tempo, se mesclaram aos terrícolas, em processo de fusão cultural e racial, quanto abrigaram aqueles que, apenas como visitantes silenciosos, vieram para cá inspirados pelo desejo genuíno de assistir o progresso do mundo. As fontes e os documentos históricos de praticamente todas as civilizações contêm sinais da presença desses seres misteriosos do espaço, apontamentos que foram motivados inclusive pelo pitoresco, digno de destaque em qualquer época. É que, não esqueçamos — acrescentava o guardião, com uma pitada de irreverência, que não lhe era habitual — da mesma forma que para nós, capelinos em excursão à Terra, seus habitantes não correspondem ao nosso padrão de beleza, igualmente a seus olhos certamente parecemos estranhos, e até mesmo bizarros, eu diria. É óbvio que possuem outros parâmetros estéticos sob os quais baseiam sua civilização. Convenhamos: nossa semelhança com esses seres da Terra é muito mais na essência do que na aparência...

O bom humor de Mnar despertara sorrisos, criando uma atmosfera suave e agradável no interior da nave.

— Mas os seres deste planeta são de uma raça humanoide, como a nossa — argumentava Jaffir.

— Claro, meu irmão — interferiu Lasar. — Sabemos que as raças humanoides do universo têm a mesma forma física, ou seja: são bípedes, andam eretos, têm os membros em lugares semelhantes, os quais obedecem a proporções relativamente parecidas, e muitos dos seres humanoides até respiram o mesmo tipo de ar. Todavia, encerram peculiaridades quanto aos demais detalhes, o que os torna também bastante diferentes entre si. Repare, por exemplo, os seres de Verg, aqueles que assistiram Capela no passado e continuam até os dias de hoje auxiliando-nos em direção ao progresso. São seres humanoides, porém sua estrutura externa diverge bastante da dos habitantes do Cocheiro. Tivemos contato com representantes de outros planetas do sistema solar, ao qual a Terra pertence; embora todos eles sejam de raças humanoides, guardam certas distinções que os caracterizam, justamente de acordo com os aspectos físicos de seu mundo, de que falávamos há pouco.

Todos ponderavam acerca das explicações de Lasar, que versava sobre a vida nas diversas comunidades intergalácticas com desembaraço. Prosseguia ele, animado:

— Recorde que, quando aqui chegamos em nossa expedição, fomos observados pelos habitantes de um satélite do maior dos planetas deste sistema, a que os humanos dão o nome de Júpiter. É um planeta de estrutura bem estranha à Terra. Sua atmosfera é rica em hidrogênio, metano e amoníaco, uma combinação deveras distante daquela que se vê nas atmosferas terrestre e capelina. Portanto, é ingênuo supor que neste mundo encontraremos a vida organizada segundo os padrões terrestres, tampouco capelinos. Certamente é de se esperar que os seres desse mundo, ou de outros semelhantes, sejam capacitados a viver nesse hábitat; serão forçosamente diferentes de nós ou de nossos irmãos terrestres. O sistema de vida encontrado lá inevitavelmente será calcado em bases distintas daquelas observadas nos mundos do oxigênio. É bastante claro, não? Lá o ar atmosférico é outro; seus lagos, rios, mares e oceanos são repletos de metano e amoníaco... Os cientistas humanos ortodoxos possivelmente definiriam nossas especulações de esoterismo barato, não acham?

— Imagine se nós respirássemos nessa atmosfera... — interferiu Jaffir.

— Seríamos envenenados em instantes e, por fim, não apreciaríamos as belezas naturais desse mundo, que incontestavelmente encanta aqueles que o observam.

— É — falou agora Girial, que se mantivera calado por algum tempo. — Muitas coisas que para nós são importantes também são paradigmáticas, produto de nossa cultura e civilização. De maneira alguma nossos valores são os melhores, e nossos arcabouços culturais, os mais acertados. Cada ser no universo é o produto de suas próprias conquistas e da soma do meio em que vive. Capela é deslumbrante para nós; porém, para seres que respiram metano e outros gases, convivem com cascatas de amoníaco, indubitavelmente a sobrevivência nesse mundo se afiguraria árdua. Sempre acabo me indagando como os seres humanos deste planeta ainda não despertaram para essa realidade cósmica da criação. Como julgar os outros pelos padrões e modelos a que estamos acostumados,[12] de acordo com nossos pontos de vista? Todos têm o seu papel no grande organismo da vida universal.

— Seguramente, nobre Girial — continuou o comandante —, haverá um dia em que os habitantes do mundo Terra banirão a guerra de seu planeta e se abraçarão como irmãos. As fronteiras políticas e geográficas perderão a razão de existir; os homens não serão mais cidadãos de países, mas do mundo, e assim estarão preparados para encontrar outras for-

---

[12] "É a mesma a constituição física dos diferentes globos? 'Não; de modo algum se assemelham.' Não sendo uma só para todos a constituição física dos mundos, seguir-se-á tenham organizações diferentes os seres que os habitam? 'Sem dúvida, do mesmo modo que no vosso os peixes são feitos para viver na água e os pássaros no ar'." Em seguida, Kardec comenta as respostas dadas pelos espíritos: "As condições

mas de vida no universo, ingressando na grande comunidade cósmica dos filhos de Deus.

— Lasar — chamou Jaffir. — Estamos recebendo um chamado da Estação Rio do Tempo, nas proximidades da Terra. Trata-se dos espíritos que estagiam em dimensão diferente daquela em que se encontram os humanos chamados encarnados.

— Chegou a hora do contato inadiável, capelinos; o momento pelo qual todos aguardávamos. Estamos prestes a ver os seres humanos face a face, embora estes seres que nós contatamos sejam consciências extrafísicas, segundo o padrão de vida da Terra. Espero que possamos nos ajudar mutuamente.

Falando assim, Lasar dirigiu-se para a sala de navegação, a fim de responder ao contato dos habitantes da Estação Rio do Tempo. De acordo com o que sabia, era uma espécie de base onde os seres extrafísicos do planeta intentavam comunicar-se com os humanos encarnados.

Duas culturas, dois mundos irmãos representados por seus habitantes agora se poriam frente a

---

de existência dos seres que habitam os diferentes mundos hão de ser adequadas ao meio em que lhes cumpre viver. Se jamais houvéramos visto peixes, não compreenderíamos pudesse haver seres que vivessem dentro d'água. Assim acontece com relação aos outros mundos, que sem dúvida contêm elementos que desconhecemos" (KARDEC. *O livro dos espíritos*. Op. cit. p. 95-96, itens 56-58).

frente, visando a um tratado de auxílio mútuo. O local de encontro se daria nas proximidades da Lua, o único satélite natural da Terra. A área guardava a particularidade de ser o ponto do espaço onde a gravidade terrestre e a gravidade lunar se anulavam mutuamente,[13] por serem forças antagônicas. Uma região neutra, conforme diziam os capelinos.

---

[13] Faz-se referência aos chamados Pontos de Lagrange.

Um homem da Terra

Maurício havia novamente partido do Brasil. Ao decolar do Galeão, observando as praias e os pães de açúcar, que produziram Tom Jobim, Vinícius de Moraes, João Gilberto e a Bossa Nova, com toda a sua majestade, o jovem doutor se lembrava dos problemas que estava vivenciando. Do ritmo que tanto apreciava, sentia a ponta de nostalgia que, quem sabe, talvez tenha sido a inspiração desses músicos, artistas e poetas ao contemplar a beleza singular do Leblon, de Ipanema e Copacabana. Drummond e tantos outros também haviam declarado seu amor incondicional ao Rio — que seria sempre a Cidade Maravilhosa.

Estava a bordo da primeira classe da aeronave, cercado de todo o conforto, a caminho de Frankfurt. Com a mente inquieta, as horas de voo pareciam intermináveis, e muito poucas haviam se passado. A seu lado, uma mulher formosa, contratada pela mesma clínica em que Maurício trabalhava. Mas o charme dessa mulher não conseguia encobrir algo estranho em sua atitude, que Maurício não conseguia identificar.

Ainda que com o pensamento ligado à bela companhia e aos conflitos íntimos que enfrentava, Maurício foi obrigado a esboçar um sorriso ao se lembrar dos homens que fundaram a imensa rede de laboratórios a que se vinculava. O estranho é que, mesmo com a gratidão que nutria por esses indivíduos, ao mesmo tempo em que sorria, um quê de desapontamento ou receio brotava de sua alma. Estava ficando farto de tantos sentimentos dúbios.

Na verdade ele desconfiava de que havia alguma conexão entre a organização para a qual trabalhava e pessoas do governo federal, como alguns deputados e senadores, que suspeitava estarem envolvidos no imenso império.

Sim, havia muita coisa que Maurício via com reservas, mas procurava distrair-se, pois ainda não chegara nem perto da verdade. Era como uma intuição. Ele apenas desconfiava. Muniz era apenas um dos cabeças do enorme conglomerado. Muito dinheiro escondia-se por trás de todo aquele jogo de poder. De fato, quase ninguém se preocuparia com a saúde da população, não fossem as cifras gigantescas que iriam engordar os cofres e as contas bancárias. A indústria dos medicamentos se transformara numa grande fonte de renda e de poder.

Mas agora todos os laboratórios corriam em busca de uma vacina, de um medicamento definitivo que pudesse assolar de vez o HIV, que já estava consideravelmente disseminado, tornando-se assim um empreendimento "viável economicamente", como costumavam declarar os assessores de imprensa. O objetivo, porém, era que somente aquele que ganhasse a corrida contra o tempo (e contra o vírus) mantivesse a posse do elixir de enriquecimento mágico. Muito estava em jogo.

Por causa dos medicamentos contra o HIV, muitos países ficavam atrelados a compromissos sérios com a indústria multinacional. Era a chamada lei de patentes. E paralelamente a toda essa luta em busca de uma vacina ou de um remédio antiviral definitivo, havia a luta contra o câncer, na qual estavam interessados não só os laboratórios estrangeiros, mas também os brasileiros. Essa escalada representava, para os homens donos do poder e dos financiamentos para as pesquisas, não uma questão de princípio. O combate às patologias era sobretudo uma questão de domínio e de cifrões.

Entretanto, tudo ainda não passava de um conjunto de rumores e especulações entre os diversos laboratórios, o que não deixava de movimentar o mercado de ações ao redor do globo, valorizando os papéis das empresas do setor. Na multinacional onde trabalhava, ou melhor, nas clínicas a ela associadas, os responsáveis resolveram tirar a história a limpo. Haviam ou não descoberto uma vacina contra o câncer? Estariam ocultando algo da população? Maurício deveria se aproximar da fonte da verdade — era muito nobre sua tarefa. Ao refletir sobre isso tudo, tornava a se perguntar o porquê da desconfiança que sentia.

Maurício não suspeitava de que não deveria conhecer toda a verdade e as intenções por detrás de sua incumbência. Se isso ocorresse, sua vida correria ainda mais perigo. Mas ele não sabia disso. Sua missão era se infiltrar entre os representantes dos diversos laboratórios, que se reuniriam em Frankfurt, e descobrir algo sobre os medicamentos. Não obstante, pensava em um detalhe que tornava tudo ainda mais árduo: havia uma diligência do FBI e da CIA que interferiria diretamente nos assuntos tratados nas reuniões entre os enviados de vários países. Sua aproximação deveria ser feita em câmera lenta, portanto. Com dose extra de cautela.

A mulher que o acompanhava chamava-se Irmina Loyola; bela companhia para os momentos difíceis que certamente iria encontrar. Foram apresentados no Aeroporto Internacional Antônio Carlos Jobim. Ainda não haviam tido tempo de se conhecer direito, mas aquela mulher irradiava uma aura diferente. Isso era tudo que suas percepções conseguiam extrair de Irmina. Nada mais, nada menos.

A ação dos dois deveria ser a seguinte: havia algum tempo que a unidade onde trabalhava recebera um medicamento para o combate ao câncer. A tal substância apresentava-se em ampolas de 250ml e provinha diretamente da rede de laboratórios experimentais dos quais partiam notícias acerca do suposto medicamento definitivo. Seria a substância recebida o protótipo da tal droga?

Somente 30 ampolas por vez eram remetidas da Europa para a empresa de Maurício — o medicamento experimental e sua produção mantinham-se em pequena escala. Por isso receberiam poucas ampolas, para testes com pacientes terminais. Até agora a substância havia sido experimentada em cinco pacientes no Rio de Janeiro, porém tudo isso permanecia, é claro, escondido das autoridades e do Ministério da Saúde. Era questão de política interna do laboratório e exigência da matriz europeia.

Irmina deveria chegar próximo à área de produção do medicamento e lá contatar determinado homem, um elemento de confiança, que seria seu ponto de ligação com a verdade a respeito da tal vacina. A partir desse elemento-chave, seria muito fácil para Irmina obter alguma novidade. Mas ela não faria tudo isso sozinha. Maurício, sem o saber, seria uma espécie de marionete nas mãos de Raul, o presidente da clínica no Brasil. O jovem doutor ficaria alguns dias realizando conferências e, simultaneamente, participaria de alguns cursos visando a sua especialização em infectologia e imunologia. Abriria inconscientemente as portas dos laboratórios para Irmina, que deveria realizar o verdadeiro trabalho sujo. Maurício era um médico conceituado e respeitado no lugar aonde iria; tudo era uma questão de tempo, portanto. Os planos pareciam bons.

Irmina deveria acertar como se daria a remessa de informações para o Brasil. Seu contato na cidade alemã transmitiria a ela instruções precisas, já que somente uma entre todas as subsidiárias da América Latina recebia as ampolas do verdadeiro medicamento experimental. Era, portanto, assunto altamente confidencial. O tal indivíduo poderia inserir um *chip* de computador, devidamente preparado, dentro de uma das ampolas que seriam enviadas ao Brasil, e somente ao chegar a seu destino tal ampola seria corretamente identificada. Não se tratava de descobrir alguma fórmula de um possível medicamento, e sim de estabelecer uma rede de informações seguras. O resto viria depois, no momento oportuno.

Isso era o que Maurício pensaria, mais tarde. Por ora, fechou os olhos, enquanto o voo prosseguia rumo à Alemanha. Já haviam decolado há um bom tempo. O pensamento divagava. Entre o trabalho que o aguardava e os assuntos tão palpitantes que ele desejava pesquisar, tudo cruzava e se atropelava em sua cabeça naquele silêncio prolongado, um tanto incômodo.

— Em que está pensando? — soou a voz melodiosa de Irmina Loyola — Ou será que atrapalho seu sono, Maurício?

— De jeito nenhum — respondeu ele. — Apenas refletia sobre algumas questões. Notei que você dormia e resolvi fechar os olhos enquanto pensava. Acho que me distraí, e passou-se muito tempo; perdemos inclusive o serviço de bordo.

— Teremos a próxima refeição ao amanhecer. Trabalharemos juntos por alguns dias, de qualquer forma, e não vejo razão para não nos conhecermos melhor, não é verdade?

— Sim, será bem menos entediante trabalhar com você do que sozinho. Afinal, qual a sua tarefa em Frankfurt?

— Então não sabe? — representou Irmina. — Sou química de um laboratório em São Paulo e vim apenas para realizar contatos em Frankfurt. Devo estabelecer uma parceria para pesquisas de doenças tropicais e convencê-los de que, pelo menos no tocante à área técnica, é um negócio confiável investir nesse projeto. Os alemães estão muito interessados em estudos nesse sentido. Em contrapartida, aprenderei alguma coisa com eles. Só isso! É minha primeira vez na Europa.

— Ah! — respondeu Maurício. — Isso é muito bom mesmo. Você vai gostar da cidade. Eu adoro a Alemanha.

— Mas me diga, em que estava pensando, assim tão concentrado? — Irmina procurava esconder o verdadeiro motivo de sua viagem fazendo-se de inocente, papel que não lhe assentava muito bem, dado seu forte gênio sedutor. — Disseram-me lá no Rio que você é um estudioso da história e da política e aproveita suas viagens para especializar-se cada vez mais nesses assuntos...

— Parece que você está muito bem informada a meu respeito — comentou Maurício. — Tudo bem, nada disso é segredo meu. É que eu decidi, há alguns anos, aprofundar-me na história do planeta Terra, notadamente das civilizações da Antiguidade e da Pré-História, e acabei me apaixonando por tudo o que descobri. Como você assinalou, em minhas viagens tenho conhecido muita gente atraída pelos mesmos assuntos. O que é muito bom, pois aproveito meus momentos de folga para estudar e, ainda, fazer novas amizades. Algumas vezes faço contatos pela internet e, quando viajo, conheço-os pessoalmente. Visito lugares históricos, sítios arqueológicos, museus e bibliotecas. Aprendi, com o passar dos anos, a dividir minha vida e meu tempo, organizá-los de acordo com as necessidades do trabalho, de um lado, e de minhas pesquisas, de outro.

— Uau! Que interessante! Continue; fale-me algo de suas pesquisas... — assim que Irmina tocou no assunto predileto de Maurício, percebeu que insistir no ponto era a estratégia ideal para desviar a atenção do jovem doutor do verdadeiro motivo que a levava à Europa.

— Veja bem — continuou Maurício, embarcando nas artimanhas de sua companheira. — Tenho observado em minhas pesquisas, juntamente com outras pessoas de uma série de países, que há algo diferente acontecendo no planeta Terra. Há tanta mudança em curso no panorama político do mundo que não podemos ignorar que algo muito maior e mais importante está por trás dos recentes eventos internacionais. Na última metade do século XX, várias transformações de relevância histórica tiveram lugar. Houve um progresso sem precedentes após o fim da Segunda Guerra e, no campo político, a formação de uma espécie de governo mundial, com representantes de diversas nações do mundo. Tentativa semelhante se dera com a Liga das Nações, após 1918, mas foi frustrada no período entre guerras. Instituições mundiais que se consolidaram, como a Organização das Nações Unidas e outras mais, refletem um grande progresso e um passo importante rumo a um governo mundial, a um entendimento mais amplo entre os povos.

— Sim, mas você não deve ignorar que muitos desmandos têm sido cometidos por delegados da ONU, que atendem muitas vezes ao interesse de nações que detêm privilégio na administração do órgão, ou seja, o grupo dos países mais ricos e influentes. E ainda há muito a se corrigir na política desses povos representados pelas Nações Unidas — contestou Irmina.

— Claro, claro, tudo isso é verdade. Em pouco mais de 50 anos, no entanto, não podemos esperar uma política muito justa, pois lidamos com valores forjados em séculos, milênios de história. O que digo é que isso representa um grande progresso, dada a história da política mundial. Por exemplo, Irmina: veja como a política já caminhou e progrediu de modo exemplar quando se fala de direitos humanos, da criança e do adolescente. Tais conquistas não ocorrem por acaso, e em toda a história do homem sobre a Terra se desconhece outra época em que os direitos têm sido tão reafirmados e valorizados como agora.

— Mas ainda se praticam verdadeiras monstruosidades por aí. É muito fácil falar; a prática se conserva muito distante do discurso.

— Sim, também lhe dou razão. O progresso está no fato de que agora não passam despercebidos os abusos praticados em todo o mundo. A barbárie choca o ser humano, que se define cada vez com mais tenacidade contra semelhante atitude. Antes não era assim. Tudo o que hoje repugna ao ser humano era tido como natural no passado. Quer um exemplo? No passado, a humanidade divertia-se no Coliseu, assistindo a homens digladiando entre si, com leões e feras. E isso ocorria no centro intelectual do mundo ocidental! Hoje há problemas de violência no futebol e nas arquibancadas, mas melhorou, não é? Já existe um inegável progresso em reagir com indignação aos crimes hediondos perpetrados contra o ser humano.

Irmina olhava para Maurício Bianchinni com explícita desconfiança.

— Nem mesmo na política e nos círculos de poder — prosseguia ele — estão sendo tolerados os desmandos e a corrupção, tidos como naturais por tanto tempo. É certo que, por enquanto, perduram os atos ilícitos e criminosos no panorama político, que lesam duramente o povo. Já são, contudo, delatados, questionados, particularmente no caso do Brasil, por exemplo, em que os políticos têm sido compelidos a agir com mais cautela, ao menos. As comissões parlamentares de inquérito, chamadas CPIS, têm um lado meio "caça às bruxas", que abre campo para a disputa partidária, e outro "pra inglês ver", que dá ibope aos "caçadores", mas é fato que ninguém mais poderá ter tanta confiança na impunidade, como sempre ocorreu nos 500 anos de Brasil.

— Isso é verdade, mas creio que falta muito para que os nossos políticos se eduquem de maneira a corresponder às expectativas.

— No entanto, se cada um não se renovar, mudando sua conduta pessoal, em vão esperaremos políticos mais humanos, corretos ou justos. Não se pode projetar a culpa sobre os dirigentes, deles esperando determinada atitude que a própria população não está pronta a dar. Cada cidadão é íntegro, ético, no âmbito de suas relações? Eles são nossos representantes, afinal... isto é, constituem o reflexo do todo.

— Isso quer dizer que, enquanto houver algum brasileiro desonesto, a classe política está escusada de cumprir a lei? Não posso concordar...

— Não é isso o que digo. Não pretendo justificar um erro com outro, mas destacar a importância de sermos coerentes. Quando cobramos determinada atitude de alguém, pressupõe-se que a praticamos, não é? Se as pessoas não se conscientizarem a respeito de seu papel na formação de uma consciência mais justa e universal, torna-se difícil a mudança. O célebre ditado "Faça o que eu digo, mas não faça o que eu faço" nunca se cumpriu.

Maurício tinha os olhos brilhantes ao defender sua visão das coisas.

— A propósito de nossa viagem, note o que ocorreu na Alemanha — prosseguiu. — Durante certo período, devido a várias determinantes históricas que não vêm ao caso, o povo alemão nutria um desejo desmedido de poder, e em todos os setores da sociedade se notava franca tendência ao isolamento. Alimentava-se a crença de que se tratava de uma nação privilegiada, povoada por uma raça pura e diferente das demais. Resultado: os anseios da população produziram políticos que correspondiam a seus instintos e desejos. À medida, contudo, que a consciência do povo se renovou, com o transcorrer das gerações, adotando-se uma nova postura ante a comunidade mundial, os governos da nação cindida modificaram-se. E de tal forma que passou a não haver mais lugar nem para a divisão territorial e política imposta pelo pós-guerra. Foi a queda do muro de Berlim, um dos fatos mais relevantes na história mundial recente.

Irmina, que resolvera conversar com a intenção deliberada de distrair o jovem doutor, ouvia-o com atenção, apesar do ceticismo. Obstinado, ele persistia:

— Simultaneamente, Gorbatchev trazia mudança e abertura para o bloco socialista, na antiga União Soviética, ocasionando, por sua vez, transformações de impacto global. Veja, Irmina, que, na atualidade, a Comunidade Europeia está implantando uma moeda única, um projeto ímpar que incita o enfraquecimento das vaidades nacionais, pondo-as ao menos em cheque, em nome do bem-estar comum. Valores antigos e decadentes estão ruindo ao redor do mundo, ante a necessidade de renovação. Por isso, insisto terminantemente no que disse: todas essas mudanças escondem algo muito maior, que se movimenta nos bastidores.

— O que exatamente você quer dizer com "algo muito maior"? Não lhe compreendo as palavras.

— É que as mudanças que têm ocorrido no mundo todo não se referem apenas aos fatos políticos. Muita habilidade mental é necessária, contudo, para unir os elos da grande corrente dos acontecimentos e construir uma visão de conjunto.

— Temo não compreender direito, pelo fato de não me ligar nessas coisas. Mas vejo que você parece ser um otimista incorrigível. Por trás de cada desgraça que há em toda a parte você vê o progresso a se realizar.

— Acredito que não seja bem isso. Entretanto, para quem se dedica ao estudo da vida e da história numa perspectiva mais cósmica, os eventos do mundo se apresentam como um grande quebra-cabeça que requer, como eu disse, bastante habilidade para se lhe unirem as peças.

— E quanto a essas mudanças, que você afirma observar em outras áreas do cenário internacional, não consigo perceber nada diferente, ou pelo menos que me chame a atenção...

Maurício parou por um minuto, fixando o olhar

em Irmina. Dava-lhe a impressão de estar sinceramente interessada na conversa, embora não estivesse acostumada a ver o mundo sob esse ângulo.

— Quando se observa o planeta sob um ponto de vista mais abrangente, vê-se que toda a Terra é um organismo gigantesco e que sua estrutura interage diretamente com a conformação psíquica do ser humano. Pense no comportamento da natureza nos últimos tempos: clima instável, intempéries geológicas, cataclismos que assustam o homem. Reflita agora sobre os diversos aspectos da vida social: economia, lazer, política, educação e cultura, tecnologia e comunicações, vida nas grandes cidades, relações diplomáticas... Todas as áreas têm sofrido mudanças de alcance global. O que estou dizendo é que, de um modo geral, são o reflexo da transformação íntima pela qual têm passado os habitantes do planeta.

Ainda que de forma não premeditada, Maurício dava vazão a toda a inquietação que rompia de seus pensamentos recentes.

— Note que por longo tempo o homem povoa a face da Terra e procura empreender seu progresso. Junto com as observações que fiz, e em decorrência delas, outra questão repercute em minha cabeça: quando teve início tudo isso; como viemos parar neste planeta? A pergunta é, melhor dizendo: De onde veio o homem? De algum mundo distante? Somos ou não produto da própria Terra?

— Me desculpe, Maurício, não pretendo ser rude, mas acho que agora você está delirando um pouco...

— É... quem sabe esteja? Enfim, acho que não é mesmo hora para perguntas filosóficas ou existenciais... — E, movimentando-se na poltrona do avião, no gesto típico de quem quer mudar o rumo da conversa, convidava — Que tal pedirmos algo para beber?

O voo prosseguia em direção a Frankfurt, enquanto Maurício percebia que os assuntos que lhe interessavam não eram exatamente aqueles preferidos por Irmina.

"Meu Deus!" — pensava Irmina — "Como esse homem é maluco! Ridículo! Com um futuro brilhante pela frente e tanta coisa para se preocupar, ele me vem logo com esse tipo de pensamento besta... Parece delirar. Bom, pelo menos ele não teve tempo de me perguntar mais sobre os verdadeiros motivos de minha viagem em sua companhia. Durante os dias na Alemanha certamente terei de aguentar outra dose desses comentários idiotas."

Horas depois, o avião que transportava Maurício e Irmina aterrissou, finalmente. Os dois foram recebidos por uma equipe que já estava à sua espera no Frankfurt Flughafen, o aeroporto internacional da metrópole germânica. Num momento, Maurício fitava Irmina como que fascinado por sua beleza; noutro, intrigava-se com o evidente jogo sedutor que subliminarmente ela punha em prática. Quais motivos a levariam a jogar assim com ele? Maurício definitivamente desconfiava de que havia algo obscuro por trás do comportamento de Irmina, ainda que não possuísse nenhuma pista concreta a esse respeito. Era apenas uma impressão, uma sensação, o que o levava a indagar se aquilo não era simples fantasia de sua mente.

Irmina, por sua vez, já se encontrava entediada com a situação. Afinal de contas, Maurício não era de se jogar fora — era, além de tudo, um excelente partido. Mas ela não conseguia se livrar da má impressão que ele lhe causara com aquelas conversas tolas a respeito da história do planeta Terra, da política e de outras coisas que ela somente pudera perceber como um jogo de associação de ideias. Tolerar alguém com esse papo careta e tanta ideia estranha era demais para ela. Que será que havia com ele? Para conversar todas aquelas abobrinhas e não tomar a iniciativa com ela... Por outro lado, pensava, bem que ele dera algumas boas encaradas.

Maurício aproveitaria a oportunidade da viagem para entrar em contato com alguns amigos que fizera na cidade noutra ocasião. Também se dedicaria aos contatos, a palestras e cursos para os quais fora enviado do Brasil. Irmina, porém, tinha outros planos. Ambos não sabiam o que os aguardava. Apenas especulavam, e sua expectativa estava longe de ser concretizada.

Irmãos do tempo

Quando foi que aqui chegamos? Antes que as estrelas de Deus cantassem para a alva, eis que os deuses já estavam a postos. Quando a Terra foi formada pela vontade da Suprema Ventura, os filhos de Deus se re-jubilavam em meio às estrelas.

Fragmentos das memórias de Mnar, o capelino

— Sou Lasar, dos capelinos — apresentou-se o visitante. — Estamos em missão de estudo. Nosso objetivo é pesquisar a história de nosso povo e fazer um paralelo com a evolução de outros mundos; no caso presente, o mundo chamado Terra.

— Meu nome é Alfred, e estes são meus amigos e irmãos de humanidade — disse o responsável pela Estação Rio do Tempo, apontando para nós. — Estamos prontos para contribuir com vocês e seria um prazer realizar um intercâmbio de informações, pois temos muito interesse em saber algo mais, tanto acerca dos capelinos quanto sobre certas coisas ainda inacessíveis para nossa ciência.

Minha curiosidade estava a todo vapor naquele encontro memorável. Eu não perdia um instante sequer da conversa. Para mim, os habitantes de Capela — que eu acreditara serem presumivelmente bizarros — eram muito semelhantes a nós, os humanos do planeta Terra. Quem os visse jamais os associaria às aberrações apresentadas nos filmes de ficção científica da velha Terra. Não mesmo. Eram esbeltos, belos e tinham um sorriso enigmático emoldurando o rosto.

Foi o capelino chamado Mnar quem falou logo em seguida:

— Viemos para seu mundo em busca de notícias a respeito das legiões de capelinos que um dia vieram deportados para a Terra. Quando aqui chegamos, transcorria um período de grandes conflitos entre seus povos. Pudemos descobrir assim, para nosso espanto, a que se dedicaram os retardatários do grande êxodo em seu planeta.

Arnaldo adiantou-se na conversa, mostrando grande interesse pelo tema, enquanto eu e os outros apenas ouvíamos.

— Então vocês identificaram os capelinos atrasados em nosso meio?

— Não os identificamos individualmente, mas detectamos os estragos realizados no mundo de vocês a partir dos conluios entre os nossos e os muitos do seu mundo. Aquilo que vocês chamam de Segunda Guerra Mundial, evento ao qual nos referimos há pouco, representa um esforço dos retardatários do progresso em dominar as consciências e manter a Terra prisioneira de seu acanhado ponto de vista com relação à vida. O processo é muito claro, pois algo semelhante ocorreu conosco, como civilização.

— O que podemos fazer por vocês a fim de cooperar nessas investigações?

— Precisamos consultar os arquivos de seu mundo e pesquisar a respeito dos eventos em seu passado remoto, que em certo ponto se confunde com o nosso. Quanto a identificarmos individualmente nossos irmãos que para aqui vieram em épocas pretéritas, isso não será mais necessário. Chegamos à conclusão de que, durante todos estes séculos em contato com o planeta Terra, houve um processo de aculturação e fusão racial. Talvez não seja a forma ideal de nos referirmos ao fato, mas nossa comunicação prescinde de palavras e meios de expressar nossas ideias, que não encontramos em seu vocabulário. Neste lapso de tempo transcorrido entre a chegada dos nossos irmãos capelinos, o retorno da maioria deles para pátria natal e a época atual, os remanescentes do nosso povo passaram a conviver de tal forma com os terrestres que sua identidade racial e espiritual agora se identifica com seu povo. O objetivo da evolução no universo é, afinal, transformarmo-nos todos em irmãos, ou, ao menos, conscientizarmo-nos dessa realidade.

Outro capelino nos falou de maneira ainda mais acolhedora que os anteriores, aumentando assim minha ânsia de conhecimento.

— Pautamos nosso comportamento por um código de ética universal que nos impele a não interferir nos assuntos peculiares aos mundos visitados, nem tampouco revelar conhecimentos científicos que possam ir de encontro ao momento evolutivo de outros planetas; todavia, caso esteja a nosso alcance fazer algo em retribuição à disposição de vocês...

— Claro! — adiantou-se Romanelli, todo satisfeito com a oferta. — Gostaríamos de saber algo a respeito da vinda das legiões capelinas para o nosso mundo, no passado.

Olhando para Romanelli de soslaio, Arnaldo ainda tinha o pensamento direcionado para o pedido do companheiro espiritual:

— Sabemos do êxodo dos capelinos, entretanto não temos informações sobre o que ocorreu em seu mundo para determinar sua vinda especificamente para a Terra, que eventos marcaram esse episódio dramático...

Desta vez foi Innumar quem falou, mostrando-se prestativo:

— O venerável Mnar foi um dos capelinos degredados àquela época, que depois retornou ao nosso mundo. Com certeza trará valiosa contribuição para as pesquisas de vocês quanto ao nosso passado; enquanto isso, poderemos também pesquisar em seus arquivos elementos que nos proporcionem maiores esclarecimentos.

Ao ouvir falar do passado de Mnar e de sua participação como exilado na Terra, Romanelli e eu imediatamente nos sentimos compelidos a nos aproximar do visitante. Abria-se uma imensa possibilidade para nós naquele momento. Eram tantas as perguntas que careciam de respostas e tantas respostas e comentários de autores terrenos que não esclareciam nada sobre o tema... Precisávamos aproveitar o tempo a nosso dispor.

Após levar alguns de nossos visitantes siderais a visitarem os arquivos da Estação Rio do Tempo, ficamos nós, os curiosos desencarnados, na companhia de Mnar e Innumar, que nos auxiliariam com esclarecimentos preciosos.

— Primeiramente gostaria de saber — adiantei-me — como os antigos capelinos vieram para a Terra. Vieram em corpos materiais ou espirituais? Ou melhor, reformulando a pergunta, eles vieram em naves espaciais ou através da força mental foram transportados pelo espaço? Como venceram as imensas distâncias siderais que separam Capela da Terra?

Olhando para Mnar, o outro visitante capelino falou, pausadamente:

— Creio que seria melhor recorrer aos seus arquivos mentais, nobre Mnar. Talvez acessando registros do passado impressos em sua memória suplementar possamos servir melhor às necessidades de conhecimento de nossos anfitriões.

— Concordo, Innumar — ambos dialogavam com imenso carinho e profundo respeito. Era um sentimento complicado de ser descrito na linguagem humana o que permeava seu relacionamento.

Acomodamo-nos todos ali mesmo, preparados para ouvir de Mnar seu relato. Cada instante era valioso. Conforme informaram os capelinos, em breve estariam de volta, e não perderíamos a oportunidade. Ouvira de diversos espíritos de nossa cidade espiritual acerca do degredo dos povos do Cocheiro, da distante estrela de Capela. Todos apenas repetiam a mesma história, sem abordar com detalhes o que ocorrera no mundo distante, que motivou a vinda daqueles seres para o nosso mundo. A história se repetia em cada discurso, reafirmando reiteradamente que os capelinos eram orgulhosos, que escolheram o caminho mais difícil e chavões semelhantes. Agora, contudo, estávamos diante dos próprios capelinos — cara a cara com um dos exilados em pessoa! Que jornalista poderia desejar maior autenticidade de sua fonte? Poderiam nos dar sua própria versão da história... Não a história que se passou aqui, na Terra, após sua chegada há milhares de anos, mas a história que se passou antes — em seu próprio mundo.

Mnar sentou-se de modo semelhante a nós, recostando-se; porém, como que pensativo. Seus olhos pareciam se perder no espaço vazio, e tivemos a sensação de que todos nós estávamos, juntamente com ele, retornando ao passado. Em torno de nós não havia mais os limites da estação que nos abrigava. O tempo corria em sentido contrário, e, sob o influxo da mente de Mnar e de Innumar, fomos mentalmente lançados ao passado, numa espécie de simbiose mental com Mnar.

Víamos e ouvíamos através dele e participávamos dos mesmos eventos impressos em sua memória fantástica. Um mundo novo se desdobrava em nossa mente. Não precisávamos nos preocupar em assinalar o que ouvíamos e víamos. Tudo estaria registrado em nós mesmos.

O atentado

JOHN WHITE estava há muitos anos na Alemanha. Junto com ele outros agentes foram assinalados como peças-chave dentro de um esquema que envolvia vários países. É claro que eles próprios sabiam os motivos de toda a trama, porém não podiam de forma alguma deixar transparecer para qualquer um a verdade por detrás de seu trabalho na terra de Kant e Goethe. Hábil e experiente, John White representava os interesses de uma agência de atuação mundial, comprometida até os cabelos com os eventos mais obscuros do noticiário internacional. Mas não era só isso que ele ocultava por trás de seus olhos azuis e seu 1,90m. Havia muito mais — muito mais mistério e armação atrás de tudo.

Já há bastante tempo que a política norte-americana consistia em manter um jogo duplo com diversos países: uma coisa no campo da diplomacia, outra no dia a dia, fora das embaixadas e do *glamour* dos coquetéis e recepções.

Agora, entretanto, John se via diante de um problema complicado demais para solucioná-lo sozinho. O verdadeiro motivo pelo qual fora enviado a Frankfurt transformara-se repentinamente em objeto de interesse de agentes dos mais variados países. Justamente o que eles pretenderam esconder, ou melhor, ofuscar diante das potências estrangeiras era agora percebido por agentes da contraespionagem. O problema é que isso só seria possível caso houvesse alguém infiltrado no time de que fazia parte; um agente duplo, que fizesse vazar as informações mais sigilosas.

Não poderia ser! Como explicar, então, a desconfiança geral que pairava entre os emissários dos maiores laboratórios mundiais, que se reuniam periodicamente em Frankfurt? Ali mesmo não havia um laboratório que desenvolvesse tecnologia capaz de produzir o medicamento definitivo contra o câncer ou que combatesse outra doença tão destruidora como essa. Era o caso do HIV e de outros vírus, que estavam arrolados desta vez na convenção mundial. Mas se a própria reunião na cidade alemã deveria ser tratada como um segredo de imensa importância...

O que parecia ainda permanecer sob sigilo é que todo esse burburinho sobre a convenção em Frankfurt tinha a finalidade mesma, entre outros objetivos menos confessáveis, de atrair agentes terroristas. O ar confidencial do evento, em que se pretendiam revelar as mais recentes descobertas e avanços no campo do combate a doenças infectocontagiosas, tornava-o um prato cheio para a nata da criminalidade internacional, de olho na guerra biológica. A armadilha fazia parte do circo para combater planos ilícitos, traçados pelos bandidos há longo tempo, e que colocavam em risco a segurança mundial. Requintes e meandros da segurança pública, a que John estava familiarizado.

Por outro lado, o fato de permitirem que outros países tivessem conhecimento de qualquer descoberta era parte de uma estratégia utilizada pelos Estados Unidos com as demais nações. As reais motivações por trás de toda essa política só o tempo poderia mostrar. A melhor maneira de despistar aquilo que desejavam encobrir era exatamente franquear o acesso controlado à informação à indústria farmacêutica, tanto quanto aos terroristas que nela se infiltravam, em busca de uma possível droga superpoderosa. Jogada perigosa, que poderia sair errado caso as forças internacionais de segurança e inteligência perdessem o controle da situação — o que, consequentemente, comprometeria a legitimidade e a credibilidade dessas agências, muito embora suas credenciais respeitadas nesta e em outras áreas, em qualquer parte do mundo. Nem tudo estava nas mãos dos escritórios de inteligência, porém; havia outros fatores e pormenores com os quais eles não contavam.

Justamente ele, John White — cuja carreira na agência de segurança se dera de maneira tão incomum e, ao mesmo tempo, com uma ascensão tão rápida aos mais elevados postos de confiança —, encontrava-se diante do fim de muitos de seus planos. Embora fosse aproveitada sua experiência num outro âmbito da segurança mundial, sua carreira chegava a uma encruzilhada. Atividades mais amplas e que se mostrariam mais preciosas para ele acabaram por se descortinar a sua frente, mas naquele momento ignorava o desenrolar do dilema que o atormentava. Vivia o pavor da ignorância. Ele não sabia do porvir; somente desconfiava. Apenas isso: desconfiava, ressabiado e, paralelamente, desesperava-se com a situação. Aqueles fatos já lhe tinham causado muita dor de cabeça, e a ansiedade ameaçava tomar conta dele.

Foi-lhe confiada uma missão especial: acompanhar certo brasileiro que viria para a Alemanha, cuja presença ali era muito importante para desencadear certos acontecimentos em escala mundial. John desconfiava de que o brasileiro não possuísse sequer uma pálida ideia do que estava acontecendo. E estava certo.

A memória de John White retornara ao passado. Nesses momentos de estresse emocional ele costumava se lembrar dos fatos mais importantes de sua vida e entrava numa espécie de transe, quando atingia o auge da agonia e da pressão a que estava submetido diuturnamente.

Seu pai, Joseph C. White, vivia com a pequena família num povoado próximo...

"Ah! Meu Deus, como me meti nisso tudo?! Não imaginava que hoje eu estaria tão comprometido com essa política absurda só porque presenciei tudo aquilo. Estou de mãos e pés atados. Nunca poderia imaginar que, de simples expectador, me transformaria num agente. Não, agora não posso voltar atrás — é tarde demais. E, ainda por cima, esse Maurício Bianchinni; tinha de ser ele. Não consigo mais dormir direito de tanto pensar nessa porcaria."

John White consumia-se, e seus passos nervosos demonstravam sua impaciência em aguardar o voo ligeiramente atrasado que traria os dois brasileiros a Frankfurt. Estava distraído e, devido às suas inquietações íntimas, não se preocupara com sua segurança; porém, estava disfarçado. Ninguém poderia saber de sua relação com a trama internacional.

Após o pouso do avião e a espera incômoda pelo aval da Imigração, foi ao encontro de Maurício e Irmina, conduzindo os dois para o hotel onde se hospedariam. John fizera questão absoluta de ir pessoalmente encontrar os dois, pois desejava sondar Maurício a respeito de seus interesses.

— E então? — perguntou John ao médico brasileiro, na intenção de quebrar o gelo. — Como transcorreu a viagem? Alguma novidade do Brasil?

— Somente as dificuldades que você conhece, caro John, nada mais... — Maurício foi reticente. Não estava disposto a falar muito e não sabia por que, mas um sentimento estranho dominara-o desde que o avião aterrissara em Frankfurt. Aliás, tinha a impressão de que, de uns dias pra cá, estava sempre às voltas com sensações e sentimentos inexplicáveis, que não sabia como interpretar.

Irmina tomou então a palavra e, mostrando-se mais animada, resolveu conversar, enquanto efetuavam o *check-in* no saguão do hotel.

— Nosso amigo não está lá muito disposto hoje, caro John — falou Irmina, referindo-se ao jovem Maurício. — Deve querer se recolher por algum tempo antes de interagir mais conosco.

Tão logo Maurício se retirou rumo ao toalete, Irmina procurou tirar proveito da situação.

— Ele não é de muita conversa — disse o agente John. — Mas sempre me pareceu uma pessoa de confiança irrepreensível.

— Não sei, não — asseverou Irmina. — Ele me parece estranho demais. É como se vivesse em outro mundo.

— Não entendi o que quer dizer...

— É uma expressão comum no Brasil. É como se Maurício vivesse com constantes preocupações. Algo que o incomoda de tal maneira que tenta a todo custo disfarçar, ou então...

— Ou então...

— Não estou afirmando nada, mas tenho razões para supor que ele anda metido com gente muito estranha. Tem uma conversa meio insólita para alguém que exerce uma função de tal magnitude.

Nesse meio tempo, Maurício apontava ao final do amplo e imponente saguão, vindo dos toaletes em direção ao local onde estavam John e Irmina. Era um hotel luxuosíssimo, decorado até com certo exagero e muita pompa, próprio da opulência da virada do século XIX. Não que chegasse a cair no mau gosto, mas aqueles lustres enormes, com dezenas ou centenas de lâmpadas cada um, pendendo daquele teto todo rebuscado... não eram muito o estilo de Maurício. O ambiente em que se encontrava a recepção era muito amplo, com a mais fina tapeçaria à moda antiga. Era pura ostentação.

Tudo fora muito rápido para que pudesse perceber alguma coisa diferente.

Primeiramente, ouviu-se forte estrondo na avenida em que se localizava o hotel. Parecia uma bomba que explodira, causando tremenda confusão. John White saiu apressado, unindo-se a dois outros agentes que o aguardavam na entrada do hotel. O tumulto foi generalizado. Os hóspedes que se encontravam no *hall* saíram em disparada, e o pânico ameaçava tomar conta de todos. Em instantes, o caos se estabelecera. Irmina e Maurício buscaram esconderijo, enquanto John e sua equipe partiam em direção ao centro da comoção.

Uma loja na movimentada avenida havia sido atingida por uma bomba de fabricação caseira, como seria revelado mais tarde. Os autores do atentado? Não havia como saber àquela altura. John White ficou apavorado, pois o incidente o pegara despreparado. Além do mais, só agora se recordava de haver deixado os hóspedes brasileiros no hotel. Sua atenção fora distraída com o atentado. Destroços estavam por todo lado, e a multidão já se ajuntava, atraída pela explosão, que felizmente não provocara nenhuma morte.

Mas havia algo errado com aquilo tudo. Algo mais, além de uma simples explosão. John tinha de descobrir. Afinal, estavam há apenas um dia da grande convenção na qual se encontrariam diversos representantes de outros países. Ele sabia que a reunião era parte de uma estratégia de seus superiores para despistar os verdadeiros motivos de sua ação na Alemanha. De modo que os próprios representantes dos países envolvidos, como Maurício e Irmina, não desconfiavam do que estava por trás de tudo aquilo. Não podia dar mostras tão evidentes de sua tensão. E John se deixara descuidar com um mero atentado a bomba.

Não poderia se escusar caso algo acontecesse com os membros da comunidade internacional hospedados no hotel, que eram um total de 72 pessoas da mais alta hierarquia na indústria farmacêutica. Felizmente a bomba explodira do outro lado da rua e, ao que parece, não provocara nenhum estrago no local onde seus protegidos se hospedavam.

John deixou-se envolver pelos fatos ocorridos e ordenou a um dos seus agentes que assessorasse a polícia local nas questões relativas ao aparente atentado terrorista. Teria aquela bomba alguma ligação com suas suspeitas? Ele não saberia dizer naquele instante e resolveu deixar para mais tarde qualquer especulação, pois se sentia desgastado com tudo aquilo. Agora, ainda por cima, mais esse estorvo.

"Bobagem", pensou. Talvez nem guardasse relação com a convenção — ao menos era nisso que ele queria acreditar. E assim retornou ao hotel, sem dar maior importância ao ocorrido. Foi o seu erro.

Irmina e Maurício, atemorizados com o incidente, esconderam-se atrás de uma peça no saguão do hotel. Era um enorme hibisco artificial, de gosto duvidoso, que decorava o salão. Havia ainda barulho e corre-corre por toda a parte. A confusão reinava por ali, e vários hóspedes continuavam apavorados, sem se acalmar. Muitos correm em direção ao elevador panorâmico, que contrastava com o ambiente, devido a sua modernidade, e dirigiam-se às respectivas suítes. Ao lado de Irmina, Maurício esperou que a confusão chegasse a termo. Aguardaram por longo tempo.

Enquanto John estava do lado de fora verificando o atentado mais de perto, o hotel onde se encontravam os visitantes internacionais ficara desprotegido. Há vários dias estava de plantão uma equipe composta por três agentes, disfarçados de hóspedes. Durante a explosão, no entanto, dispersaram-se todos. Já havia a expectativa de um atentado, mas não sabiam onde se realizaria. Quando ouviram o forte estrondo, não hesitaram em rumar para o local em frente. Tudo foi muito rápido, e não raciocinaram devidamente.

Lá fora as pessoas estavam a princípio paradas, em silêncio. O humor sombrio, por causa da explosão, parece que paralisara a multidão que passava na rua; só minutos depois, o tumulto se seguiu à explosão. Igualmente, os agentes no hotel se sentiram paralisados por questão de segundos. Apesar da expectativa, surpreenderam-se com algo assim tão violento, uma afronta tão declarada, e do lado de fora, bem às portas do hotel. Vencendo a inércia dos instantes iniciais, causada pelo choque emocional, saíram de seus postos, como se fossem hóspedes encurralados. Para trás deixaram Maurício e Irmina, que acabavam de chegar, bem como os outros hóspedes renomados que se registraram naquele hotel. Mas não poderiam mais ficar parados ali, e saíram depressa. De qualquer modo, isso era necessário para não levantar suspeitas, pensaram, e preservarem o disfarce de hóspedes regulares. Essa atitude irrefletida também fora um erro grave.

Irmina apoiara-se contra a parede, pois estava entre esta e o hibisco que decorava o *hall*. Estava aterrorizada, pois jamais havia vivenciado algo semelhante. Ouvira falar e lera acerca de atentados nos mais diversos países, mas não os havia presenciado e nunca encarou essa possibilidade como uma alternativa real. Seu rosto estava pálido, e ela respirava de forma ofegante, como se fosse sofrer um ataque cardíaco a qualquer minuto. A sensação se agravou exatamente no momento em que Maurício a deixara sozinha para ver o que se passava e buscar ajuda. A alguns metros do hibisco, ele observou que Irmina começara a tremer e seus dentes batiam descontroladamente. Teria de agir com urgência.

Maurício saiu imediatamente do outro extremo do salão, próximo à parede onde se encontrava naquele instante. Acotovelou-se com a multidão alvoroçada, que não sabia se entrava ou fugia do hotel, subia para os apartamentos ou descia para o *lobby*. Caminhou alguns passos, até que finalmente algo o atingiu na nuca, sem que soubesse o que se passava. Teve a impressão de que estava caindo em um túnel e viu fagulhas dançarem diante de seus olhos. Desmaiou.

Em meio à turbulência geral — executivos dando escândalo na recepção do hotel, madames sendo acometidas por chiliques e indisposições de toda sorte, em todo canto —, o golpe que atingiu o médico brasileiro passou despercebido, dada também a ação sorrateira dos atacantes.

Maurício acordou mais tarde em um lugar totalmente desconhecido. Não era nenhuma suíte do hotel, afinal ele já havia se hospedado lá antes e conhecia a decoração do ambiente. Com certeza algo acontecera com ele, embora não tivesse explicação para o fato no momento. Tentou levantar, mas sentiu-se mal e resolveu ficar ali mesmo, deitado no sofá sujo onde se viu ao despertar. Esperou algum tempo para ver se ouvia alguém e logo a imagem de Irmina lhe veio à mente. Olhou para os lados; ela não estava ali. Na verdade, encontrava-se sozinho no quarto. Não se sentia bem, mas, mesmo assim, resolveu tentar se levantar novamente. Lembrou-se do estrondo violento do lado de fora do hotel. Mas não estava no hotel, com certeza.

Pôs-se de pé bem devagar e então pôde ver uma porta decorada com símbolos estranhos. Resolveu abri-la. Foi só uma tentativa. Não conseguiu nada.

Deitou mais um pouco no sofá, única peça de mobiliário presente no quarto, que lhe provocava aversão. Ameaçou desmaiar uma vez mais, porém resistiu.

Irmina, em razão do susto ao presenciar o ataque a Maurício, recuperou-se de seu mal súbito. Saiu correndo e gritando por ajuda. Havia visto apenas que recebera forte golpe na nuca e fora arrastado pelo saguão do hotel por dois homens, dos quais conseguiu enxergar somente as costas. Percebeu de relance quando um deles deixou cair algum objeto — ou será que o largara no chão de propósito?

Não era hora para tentar compreender isso tudo. Ela apenas honraria sua condição de mulher, fadada, pelos comentários machistas, a ser o sexo frágil. E Irmina representaria bem esse papel. Gritaria, gritaria, quanto se fizesse necessário, como gritou e bradou até se jogar nos braços de John White, que retornava de sua breve exploração da área externa do hotel, embora não conseguisse saber muita coisa a respeito do suposto atentado terrorista.

— Maurício, Maurício! — berrava Irmina, ofegante. Na verdade ela não estava tão preocupada com o destino de Maurício Bianchinni. Não. Estava era assustada mesmo com tudo o que poderia significar a bomba e o fato de ela estar inserida no contexto em que ocorria tudo aquilo.

John White tomou-a nos braços, ainda esbaforida, e perguntou-lhe:

— Onde está seu companheiro, o Maurício? Diga-me, temos de sair imediatamente daqui...

— Ele foi capturado por um daqueles homens — disse, apontando em direção ao local onde há instantes Maurício fora visto pela última vez. Mas ele não estava mais por ali.

— Que homens?! Diga-me, fale logo!... — exigia John, furioso com toda aquela situação.

Com muito esforço Irmina Loyola tentou explicar o ocorrido com Maurício. Mesmo após intensas buscas, que varreram o hotel de cima a baixo, ele permanecia desaparecido. John White e sua equipe não teriam como se manter disfarçados por mais tempo. Era necessário deixar cair as máscaras e empregar todo esforço para solucionar o misterioso sequestro do brasileiro. Havia muita coisa envolvida naquilo tudo. Não dava mais para esconder o jogo.

— Veja o que derrubaram — falou Irmina, apontando para o estranho objeto que os sequestradores deixaram para trás.

John White aproximou-se, juntamente com outro oficial da segurança e, olhando perplexo para o achado, tomou-o nas mãos logo em seguida.

— O Quarto Poder — disse para o companheiro. — Eles estão envolvidos com isso tudo.

O agente John White deixou-se desanimar diante da situação. A conferência deveria ser adiada imediatamente. Nenhum dos representantes dos laboratórios deveria se reunir mais naquela cidade. Todos corriam grande perigo.

Atenta, Irmina Loyola ouvira as últimas palavras faladas por John e seu amigo Leroy. O que significava o Quarto Poder? Ela teria de descobrir.

Ouvira também quando murmuraram entre si que a conferência deveria ser adiada ou transferida para outra cidade. Mas dali Irmina não se afastaria — teria de adiar seu regresso e permanecer em Frankfurt por mais tempo. Resolvera usar todo o seu charme naquele momento. Tudo dependeria de sua capacidade de convencer os agentes. Tinha habilidade de sobra para isso e se considerava portadora de um argumento irresistível.

Fingiu desmaiar e caiu ali mesmo... Logo após deixá-la deitada numa poltrona, os agentes da segurança saíram do local, cientes de que Irmina repousaria à vontade. Ledo engano; ela fugiu, desapareceu.

— Como faremos com os brasileiros, meu caro Leroy? Sinceramente não vejo como resolver a situação deles por agora.

— Precisamos solucionar esse caso imediatamente, John; você sabe o que está em jogo por aqui.

— Sim, mas e daí? Veja só como tudo ocorreu. Nossos agentes estão até agora atrás de pistas do tal Bianchinni e da moça que desmaiou. Após a levarmos a um local considerado seguro no próprio hotel, ela consegue escapar, bem debaixo de nossos narizes, e fugir para não sei onde. Esses brasileiros parecem cheirar a encrenca e atrair para si — e para nós — apenas situações de perigo.

— Creio que podemos eliminar qualquer hipótese a respeito da participação deles no atentado — asseverou Leroy. — Lembra-se do que achamos no local onde Maurício foi atacado pelos homens do Quarto Poder?

— Malditos neonazistas! Parece que eles estão por toda parte. A suástica estampada naquela peça de metal não deixa dúvidas quanto à autoria do sequestro. Por que não imaginamos logo? Agimos feito crianças! — protestava John, lamentando-se. — Não havia motivos suficientes para abandonarmos nossas posições no hotel daquele jeito...

— Mas se estávamos disfarçados de hóspedes, não tínhamos alternativa a não ser correr dali, como todo mundo fez. Caso contrário, levantaríamos suspeitas, John.

— É verdade, mas não prevíamos que os brasileirinhos fariam exatamente o contrário do que os demais hóspedes sob nossa guarda fizeram. Em vez de fugirem, conforme foram instruídos antes mesmo de saírem do Brasil, em caso de algo anormal ocorrer, resolveram ficar escondidos por ali mesmo...

— Numa situação dessas não podemos imaginar as reações de cada pessoa.

— Está agora defendendo a atitude desses sujeitos? Onde já se viu?

— Não é isso, John... É que, diante do perigo, somos todos imprevisíveis. Veja o que ocorreu conosco. Todos nos dispersamos diante o impacto da bomba que explodia. Posteriormente, tentamos levar a brasileira Irmina para a sala *vip* do hotel, a fim de ser socorrida. Ela deu um jeitinho e fugiu! Fez-nos de palhaços... e falhamos pela segunda vez.

John White olhou o amigo com a expressão sisuda e, após breve momento de silêncio, falou:

— Você sabe como se chama esse tipo de atitude da tal Irmina, lá, no Brasil?

— Não conheço o Brasil, John... Como posso saber?! — Leroy se sentia pressionado toda vez que o amigo trazia aquela expressão no rosto.

— Eu também não conheço o Brasil, mas conheço a fama dos brasileiros.

— Vamos, diga logo: como se chama isso, lá, no Brasil, afinal?

— Bem, Leroy, a seu modo, Irmina passou a perna em nós, driblando a segurança; fugiu, e nós ficamos a ver navios. É o popular *jeitinho* brasileiro...

O entardecer

No reino dos deuses

*Dois sóis chamejantes produziram
a madre que nos gerou.
Entre as constelações está a deusa
dos nossos encantos.
É Capela, a terra da esperança,
o paraíso dos bem-aventurados.*

Fragmentos das memórias de Mnar, o capelino

Estamos vivendo momentos de grandes decisões. Nosso mundo parece agonizar em meio a revoltas e conflitos sociais. Os povos de nossa raça parecem haver chegado a uma situação de tal dificuldade que se justifica uma intervenção drástica dos superiores.

Eu sou Mnar, o guardião. Minha tarefa é observar e registrar os acontecimentos para as gerações futuras. Desde muitas revoluções siderais que o nosso povo entrou em estado crítico.

A ciência e a tecnologia dos povos de Capela cresceram assustadoramente, oferecendo à população recursos amplos para o conforto e o progresso. A religião de nossos povos encontrou o caminho da verdadeira fraternidade, e, com o conhecimento de certas leis universais, os sacerdotes orientam a população, iniciando-a na sabedoria espiritual. A morte já não é temida há muito; devassam-se outras fronteiras vibratórias.

As relações sociais são muito boas, considerando-se o conjunto; entretanto, enfrentam-se problemas com os amaleques. Constituem uma classe de seres que definitivamente não se adapta ao progresso realizado. Representa aqueles capelinos que não se modificaram interiormente, conforme o progresso de nossa raça exigiu. Seus integrantes permanecem prisioneiros de si mesmos, de seus vícios e de suas ideias errôneas. Infiltrados no meio do povo, no governo, nos negócios do dia a dia, os amaleques são criaturas que ainda teimam em se agarrar à retaguarda. Instigados ou envolvidos por consciências extrafísicas, mantêm no planeta seus redutos de sombras e pretendem o domínio do nosso povo. Somente não promovem a guerra declarada porque as leis dos três planetas habitados do sistema aboliram-na efetivamente, desde épocas imemoriais.

Entretanto, a ação dos amaleques causa constrangimento aos dirigentes do nosso povo. Penetraram na casta sagrada, responsável pelas questões de natureza transcendental, e colocaram seus representantes contra os sacs, os sábios piedosos que auxiliam nosso povo nos contatos psíquicos com as consciências extrafísicas. Como a casta sagrada não avaliou ser de direito realizar punições, permitiram que os desajustados continuassem até que os superiores tomassem alguma medida de emergência em relação ao caso. Os amaleques penetraram igualmente no governo, de modo sorrateiro, promovendo silenciosamente a sua intromissão na coordenação dos destinos de nosso povo.

A situação era inquietante, e, na época, a influência dos amaleques abrangia mais ou menos um terço da população do nosso mundo. Era uma guerra silenciosa, mas, por isso mesmo, perigosa, porque influía nos destinos dos povos do nosso mundo de maneira lenta, porém constante, eficaz.

Em toda parte se sentia a ingerência dos rebeldes. Era uma época de transição, e os povos capelinos deveriam passar a uma vivência mais ampla da era cósmica. A civilização do Cocheiro já havia alcançado um estágio tal que justificava medidas de saneamento geral na atmosfera da morada planetária. Precisávamos nos libertar das últimas expressões de materialidade e alçar voos mais amplos.

Diziam os sacs, os sábios de nosso povo, que os amaleques, quando consciências extrafísicas — isto é, após a morte de seus corpos —, haviam criado redutos de sombras nas regiões próximas vibratoriamente da crosta dos três planetas. A sintonia mental em que se demoravam alterou, ao longo do tempo, as partículas eletromagnéticas do nosso mundo, formando uma camada pesada e densa, na qual viviam mergulhados e de onde tiravam a inspiração para suas atividades.

Os pensamentos desequilibrados dos capelinos rebeldes acabavam por influenciar os destinos do nosso povo. Pensamento é vida e cria forma. Em meio aos filhos de Capela, havia aqueles que não falavam a mesma linguagem da fraternidade e do amor. Criam que eram deuses, e o orgulho da posição ilusória de que julgavam gozar os fizeram seres de difícil convivência com os demais. Nasceu assim, com o correr dos anos e décadas, uma classe perigosa de almas rebeldes. Formavam a temida elite espiritual das trevas, uma espécie de dirigentes dos planos sombrios. Eram conhecidos como dragões.

Esses espíritos eram inteligências sofisticadas, que há muitas épocas não encontravam campo mental propício para assumirem corpos no meio de nosso povo. No passado remoto, especializaram-se na prática do mal, utilizando sua inteligência refinada para deter a marcha do progresso geral. Desejavam dominar o povo e deter, com exclusividade, o conhecimento das leis do mundo oculto. Também alcançaram grande habilidade em manipulações genéticas e tentavam a todo custo alterar a evolução dos capelinos, movimentando recursos para modificar a conformação dos corpos. Realizavam experiências com muitos do nosso povo, chocando-se frontalmente com códigos de ética e moralidade vigentes. Pretendiam desenvolver uma raça diferente, híbrida — segundo eles, superior. Em razão disso não se intimidavam diante de nada, não se rendiam a nenhuma autoridade, determinados a alcançar seus objetivos.

Declaravam-se deuses e diziam poder manipular as leis da vida em benefício próprio. Visando atingir seus intentos, utilizavam todo o conhecimento científico conquistado por nossa gente, desde eras que remontam à mais longínqua história dos povos do Cocheiro. O resultado de seu desvario foi a produção de verdadeiras aberrações da natureza, com as quais eles mesmos se escandalizaram e das quais se envergonharam, ainda que não dessem jamais o braço a torcer. Depois que abandonaram as formas físicas do nosso mundo, estabeleceram-se em dimensões diversas da nossa; de lá, seu reduto sombrio, obstinavam-se em levar avante as experiências diabólicas. Não tinham mais como entrar em contato direto com os que estavam em corpos físicos; depois de tanto tempo renitentes no mal, suas formas energéticas se adensaram tanto que se tornou perigoso para o povo relacionar-se diretamente com eles. A situação agravava-se à medida que transcorriam os dias.

Embora os dragões tenham sido alijados, o influxo de seus pensamentos ensandecidos era captado pelos amaleques. Da base que haviam formado — vasto império no submundo astral —, os dragões inspiravam-lhes o descontrole. Seu chefe colossal dominava impiedoso, e a permanência desses seres nas regiões etéricas de nosso mundo impedia nossa civilização de encetar maiores avanços, prendendo-a ao passado que já havia superado.

Urias, um dos superiores do nosso mundo, como consciência extrafísica que era advertiu-nos várias vezes, através de mensagens enviadas por meio dos sábios, a respeito da necessidade de saneamento geral de nossa humanidade. Era iminente e inadiável pôr fim à situação incômoda. Não obstante, de modo algum se podia negar que tanto a legião dos dragões quanto os amaleques, seus intérpretes que permaneceram entre os povos de nosso mundo, eram também filhos do Criador supremo. Em contato com a população do Cocheiro, alcançaram um progresso relativamente alto, embora essa evolução tenha se realizado apenas horizontalmente, com predominância do aspecto intelectual, desprovido da verticalização que promove a verdadeira sabedoria e felicidade. Não podiam ser desamparados, de qualquer modo.

Com o passar dos séculos, entretanto, a vibração densa dessas consciências desajustadas começou a afetar o destino dos povos capelinos. A força mental desorganizada alastrou-se e passou a irradiar-se com mais força pelo espaço sideral, fato que gerou imensa preocupação entre os nossos sábios.

— A situação é grave — sentenciou Zulan, um

sábio do nosso povo. — Os instrumentos acusam uma alteração muito drástica nas emissões eletromagnéticas de nosso mundo. Lemir, o mundo agrícola, onde desenvolvemos trabalhos específicos para garantir a sobrevivência de nossos povos, está sendo seriamente abalado.

— Meu caro Zulan — falou Tura, o cauteloso — sabemos que há milênios nosso povo decidiu utilizar o segundo e o terceiro planetas, respectivamente, para a produção industrial e o cultivo de vegetais, o que garante à nossa civilização a continuidade de sua evolução; talvez, contudo, seja hora de reavaliar esse posicionamento. O Primeiro Mundo, como planeta de habitação, traz uma situação mais grave, pois é daqui que partem as vibrações e energias que estão sensibilizando nossos instrumentos.

— Sei o que diz, venerável Tura, mas acontece que há algum tempo venho observando nossas medições. Como sabe, foi recentemente inventado um aparelho que funciona a partir de vibrações pentadimensionais. Esse novo instrumento é capaz de detectar radiações difusas de astros distantes e relacioná-las com a nossa posição no universo. Não é tão complexo, mas acredito que os superiores não teriam inspirado os nossos cientistas para a construção do aparelho se isso não tivesse algo a ver com a conjuntura atual. Você sabe que as ideias e invenções que constantemente chegam ao mundo partem dos superiores, que dirigem nossos destinos.

— Não entendi o que pretende, sábio Zulan.

— É que há algum tempo venho observando e realizando algumas aferições com o aparelho. Veja os resultados — convidou Zulan, apresentando um registro para Tura. — Vê-se aqui claramente a aproximação de um rastro pentadimensional. Refere-se à presença de uma bólide, uma espécie de asteroide. Note este ponto — apontou outra área. — Este é o nosso planeta. Observe como as irradiações mentais que partem de nosso sistema traçam linhas diretas para o astro errante. Não sabemos ao certo o que acontecerá no futuro, mas posso afirmar, venerável Tura, que as emissões eletromagnéticas do Cocheiro estão alterando sensivelmente a trajetória da bólide.

Tura pegou os documentos e registros e afastou-se um pouco para examiná-los mais detidamente. Preocupado com o rastreamento magnético, olhou para Zulan pensativo, enquanto, juntos, pronunciaram a mesma frase:

— Os dragões e os amaleques!...

— Algo tem que acontecer, sábio Zulan — declarou Tura, apreensivo. — Procuremos imediatamente o conselho dos sábios e anciãos do nosso povo. Levemos a eles o resultado de suas pesquisas. Vejamos o que têm a dizer.

Saindo do vasto centro de pesquisas, os dois representantes da sabedoria milenar lançaram mão de um veículo e dirigiram-se a Centra. Era o local onde se reuniam os sábios piedosos e o colegiado, composto de seres do nosso povo que tinham poderes mentais mais desenvolvidos e por isso formavam algo semelhante a uma elite espiritual. Ligavam-se mais diretamente aos superiores, como chamamos as consciências extrafísicas que orientam nosso povo, as quais têm sua existência em outras dimensões, além das fronteiras vibratórias em que atuávamos, então. No caminho para Centra, os dois conversavam:

— Sábio Zulan, talvez esteja me precipitando, mas estou convencido de que há algo extraordinário acontecendo e nem sequer suspeitamos a gravidade da situação. Não sei exatamente o que, mas alguma providência deve ser tomada, e com urgência, em relação aos dragões e aos amaleques, senão sua influência irá alterar com veemência os destinos de Capela. Não consigo deixar de pensar nisso.

— Amigo Tura, ouvi falar que Urias, da elite dos superiores, já está com algumas ideias. Talvez o colegiado e os sábios tenham algo a nos dizer. O momento é de gravidade, e, se não houver uma ação conjunta dos superiores e nossa, não progrediremos como necessário.

— A situação mundial é constrangedora. Os capelinos se acham numa encruzilhada. Temos condições de crescer mais, de progredir em várias áreas, mas está claro que a presença dos dragões e de nossos irmãos amaleques tem dificultado severamente a nossa marcha.

Tura estava realmente preocupado:

— Há muito tempo parece que estamos andando em círculo, sem progredir. Nossa população está sendo prejudicada, pois tudo o que fazemos é tentar apaziguar os ânimos, evitando confrontos mais diretos e buscando sanear os problemas causados à sociedade pelos amaleques. Sabemos que não agem sozinhos. Os emissários do Império — nome alternativo como era conhecida a falange dos dragões — os envolvem em seus pensamentos transtornados. É tudo questão de sintonia de suas energias mentais. De fato não sei como proceder.

Aproximaram-se rapidamente de Centra, o edifício gigantesco onde se reuniam os anciãos, os sábios sacs e o colegiado.

Os sábios ficaram conhecidos, com o tempo, pela denominação de Irmandade Shantal, pois eram seguidores dos ensinamentos do primeiro sábio regente da comunidade capelina, no período em que vivíamos.

Tempos antes desses eventos, quando nossa raça ainda estava, em sua maioria, situada vibratoriamente como os amaleques, lutando pelo poder e perdida ante as questões efêmeras da existência, materializou-se entre nós o representante supremo das consciências superiores, o bem-aventurado Yeshow. Trouxe-nos, através de seus exemplos e ensinamentos piedosos, outra proposta de vida. Sua forma de tratar as questões políticas, administrativas, sociais e transcendentais estabeleceu as bases de conduta da nova civilização. Yeshow viveu como nenhum outro de nossa humanidade, e sua vida constituiu-se em um sagrado roteiro de luz para nossa gente. Desde sua vinda, temos nos pautado por seus ensinamentos.

Ocorre que, transcorrido um período de tempo mais ou menos longo, os amaleques tentaram deturpar o conjunto de leis que nos regia o progresso. Foi quando renasceu Shantal, o primeiro sábio regente, que conduziu o nosso povo de volta aos ensinamentos de Yeshow.

Naqueles tempos, muitos dos amaleques, inspirados pelo império dos dragões, começaram a desenvolver a chamada magia da ciência. Utilizando-se de certos conhecimentos de leis transcendentais, objetivavam exclusivamente o domínio das consciências. Inspirados pelos poderes do Império, os amaleques tentaram também a manipulação do código genético dos capelinos, buscando produzir corpos mais perfeitos. Segundo acreditavam, incrementariam assim a força mental, de maneira a favorecer a manipulação das mentes dos capelinos em geral.

O sábio regente Shantal assumiu a forma entre nós e conduziu os povos do Cocheiro aos ensinamentos superiores. Seu nascimento na dimensão das formas marcou uma nova etapa de progresso para nossa humanidade. A partir de então, seus seguidores, reacendendo a chama do ideal de Yeshow — o bem-aventurado e venerável, também conhecido como Autoevolucionário ou Consciência Superior —, pouco a pouco modificaram o panorama social, político e espiritual de Capela. As mentes, libertas das questões grosseiras que as prendiam à retaguarda evolutiva, passaram a integrar-se no ideal de amor. Foram abortados os planos dos amaleques de manipulação genética e mental, eliminando-se dessa forma a possibilidade de desenvolverem-se as experiências que visavam à "raça superior" dos deuses de Capela.

O novo cenário mundial conduziu o povo a um estágio de progresso inédito até então. Os povos do Cocheiro, a constelação da qual nossos mundos fazem parte, renovaram-se na sintonia com os superiores. De tempos em tempos, alguns deles assumiam forma em nosso meio, a fim de desempenharem alguma tarefa relevante.

A ciência progrediu sob a inspiração dos orientadores de nossos mundos. Aquilo que os amaleques desejavam fazer, de modo a alterar bruscamente o curso da natureza, inspirados pelos dragões, foi em certa medida conquistado pelas gerações futuras, passo a passo e com maior qualidade. É que os cérebros dos capelinos desenvolveram-se gradualmente, de forma a oferecer maiores condições para a manifestação de suas consciências. Pudemos notar, ao longo desse processo, como determinados poderes latentes em nossas mentes passaram a se expressar com maior facilidade.

Não obstante, os amaleques permaneciam descontentes; queriam mais. Desejavam modificar radicalmente o padrão evolutivo dos corpos capelinos, para que pudessem reencarnar somente nesses corpos alterados geneticamente e atingir, assim, a tão sonhada superioridade em relação aos outros habitantes do Cocheiro.

Mais tempo à frente, experimentamos novo ciclo evolutivo. Nessa ocasião, a maioria absoluta da nossa humanidade sintonizava com os ensinamentos superiores, e enfim a guerra foi abolida definitivamente do nosso meio. Então, somente então, é que fizemos o primeiro contato com irmãos de outros mundos do espaço sideral.

Um dos nossos quatro satélites naturais transformou-se em base de apoio para os primeiros contatos, quando se deu a aproximação com os vergs. Seres que guardavam relativa semelhança com nosso povo, habitavam outro planeta, que desenvolvia sua trajetória em torno de uma estrela verde. Auxiliaram nossos povos com conhecimentos de biologia transcendental, de astronáutica e de certas leis que ainda não havíamos descoberto. Começou uma nova era para a humanidade do Cocheiro.

Contudo, a presença dos amaleques e do Império na atmosfera energética de nosso orbe constituía, para nós, motivo de embaraço perante as consciências de Verg. Nosso mundo não estava completamente renovado. Ainda havia redutos de sombras que emperravam a marcha de progresso de nossos povos. Não era possível, entretanto, desprezar ou simplesmente descartar aqueles que não se renovaram para o eterno bem. Era preciso amá-los, conforme os ensinamentos de Yeshow e de Shantal. Algo tinha que ser feito, mas o quê? Como conciliar o amor que deveríamos dedicar àqueles que não sintonizavam conosco com a necessidade de reeducação que se impunha? Puni-los seria incorrer em um castigo indevido ou, ao contrário, consistiria importante medida reeducativa? Estávamos diante de um dilema que clamava por solução.

though
A FUGA

P ENHASCOS de tonalidade cinza desfilavam por baixo do pequeno avião. O gelo cintilava embaixo, refletindo a luz pálida da lua cheia. Era uma noite fria, e o céu parecia mais limpo do que de costume. O brilho das constelações na Via Láctea parecia desafiar a imaginação dos tripulantes do avião.

Maurício Bianchinni havia sido conduzido, de olhos vendados, a um pequeno passeio, a lugares que ele nunca imaginaria. Sobrevoava agora a paisagem gelada da Alemanha em direção ignorada.

O avião, com suas linhas aerodinâmicas no mínimo excêntricas e a parte frontal inclinada, assemelhando-se a algo entre um bico de papagaio e de tucano, parecia uma engenhoca saída de um conto de ficção científica. Em suas quatro nacelas havia motores que o capacitavam a voar como um helicóptero, dispensando pista de pouso e decolagem, embora pudesse voar também como um avião comum. Ocorrendo qualquer pane em um de seus motores, poderia voar por muito tempo com os outros três. Tudo havia sido planejado pelos sequestradores, inclusive os paraquedas duplos.

A visão de Maurício era limitada, pois estava amarrado, impedido de movimentar-se. E, dos demais ocupantes, Maurício Bianchinni apenas escutava a voz. Teria de se conformar com seu destino ignorado. Mas se não sabia para onde o levariam, muito menos por que razão o capturaram. Era muito estranho ficar sentado, amarrado, em uma poltrona de avião sem ver quem estava atrás de si, no comando da situação. A presença silenciosa na poltrona de trás o incomodava profundamente.

Vez ou outra o avião enfrentava uma turbulência, que era controlada, porém, pelas pás embaixo dos motores.

Maurício cogitava haver um esquema ou uma armação que envolvia os laboratórios no Brasil... Ou aquele sequestro era obra do acaso? Aqueles homens teriam se enganado quanto a ele? Não sabia dizer.

Com muita atenção e grande esforço de sua parte, Maurício ouviu duas pessoas que conversavam logo atrás de si:

— São 420km desde que deixamos Frankfurt.
— Falta muito ainda para chegarmos?

— Pouco tempo — respondeu a outra voz, em alemão. As horas que o médico dedicou ao aprendizado do idioma se mostravam cada vez mais válidas.

— Você sabe o que irá acontecer com o nosso passageiro? — perguntou um deles, referindo-se a Maurício.

— Não sei! Novas instruções serão dadas quando chegarmos ao nosso destino.

Com um esforço maior ainda, Maurício tentou virar-se para a direita, onde se localizava uma das janelas do avião. Julgou ver algumas luzes, um tanto difusas, mas eram luzes. Afinal — pensou ele —, ainda estava no mundo civilizado.

— Estamos nos aproximando — falou um dos homens atrás de Maurício.

— Logo agora que eu já estava quase pegando no sono — lamentou-se o outro.

— Calma! Ainda lhe restam mais ou menos 15 minutos. Aproveite, pois depois que pousarmos tudo pode acontecer, e não sabemos quando você poderá dormir novamente.

O avião voou ao encontro das luzes de um pequeno aeroporto. Maurício parecia haver se conformado com a situação. Já não desejava sequer olhar para fora novamente. Foi apenas nesse momento que viu pela primeira vez os homens que o sequestraram.

Levantaram-se das poltronas atrás de Maurício e se apresentaram:

— Somos Ralph e Alfred — disseram a Maurício. — Vamos folgar as amarras e lhe dar um pouco de liberdade, mas veja bem se não tenta algo por desespero. Você não terá chances para isso. Verá que não somos inimigos, embora os métodos que utilizamos para trazê-lo até aqui.

Maurício falava o idioma alemão com alguma fluência, mas fazia certo esforço para compreender o que diziam. Parecia que aqueles homens se expressavam num dialeto alemão, que não lhe parecia familiar. Maurício entendia apenas o essencial.

Saíram do avião após a aterrissagem, sem que Maurício reconhecesse o local. Era noite, e as sombras dificultavam qualquer exame mais detalhado. O médico brasileiro permanecia o tempo todo calado.

No fundo, no fundo, ele sentia medo, verdadeiro pavor. Contudo, não pensava em fugir. Afinal, para onde iria?

— Nunca me senti tão indefeso em toda minha vida — falou em voz alta.

Os dois homens que o conduziam olharam para ele sem entender o que dizia. Maurício notou que pensara alto. Decidiu ficar calado como antes. Conduziram-no a um veículo e, do saguão do aeroporto, partiram em direção a uma colônia, uma cidade pequena de mais ou menos 30 mil habitantes. Mas ainda estavam na Alemanha.

Aproximaram-se de um galpão nos arredores

da cidade, e Maurício fora prontamente conduzido a uma sala ricamente decorada. Deveria esperar ali.

— VOCÊS COMETERAM vários erros, seus... — falou um dos agentes, muito sério, esforçando-se por manter a compostura. — O brasileiro Maurício Bianchinni foi sequestrado, e a mulher que o acompanhava fugiu.

— Pensei que os seus agentes eram mais competentes — disse outro alemão, visivelmente irritado. Sua observação não agradou muito aos demais agentes. Isso ele pôde perceber pelos olhares agressivos que lhe foram dirigidos.

Contornando a situação crítica de um dos agentes, John White falou:

— Tudo o que sabemos é que Maurício foi sequestrado aparentemente pelo mesmo grupo terrorista que provocou a explosão da bomba. Sem pistas, sem suspeitos. Absolutamente nada. Quanto a Irmina Loyola, ela forjou a própria fuga. Ninguém poderia imaginar que a brasileira fugiria daquela forma...

— Quer dizer — disse o agente Leroy — que os brasileiros foram os únicos envolvidos nesse caso? Isso não lhe parece suspeito?

— Acredito que você vai perder todo o seu equilíbrio quando souber o resto da história — falou John White.

— Comece a falar logo, John...

— Irmina parece agir por conta própria...

— Ela não veio à Alemanha acompanhada de Maurício?

— Isso é verdade, mas certos agentes da inteligência alemã andaram fazendo algumas observações e descobriram que Irmina veio com objetivos diferentes dos de Maurício. Na verdade, ele está sendo usado pelos donos do laboratório ao qual está vinculado, lá, no Brasil. É um "laranja", como dizem. Quanto a Irmina, ela veio com um projeto bem definido. Suspeitamos seriamente que iria tentar um contato com um agente duplo, aqui, na Alemanha.

Leroy mexeu nervosamente com a mão sobre a mesa do escritório.

— Ela parece muito bem informada quanto às atividades dos nossos agentes...

— Mas nem ela, nem Maurício contavam com o fato de que a convenção em Frankfurt era apenas uma fachada para desviar a atenção de certas pessoas importantes em alguns países.

— Preocupa-me mais, John, o fato de que entre nosso pessoal pode haver alguém que faça um papel duplo. Não sabemos até que ponto há vazamento de informações...

— Uma coisa eu ainda não compreendo em todo esse jogo... — falou Stall, o alemão.

— Agora que tudo está claro quanto às intenções de Irmina e a inocência de Maurício, você tem ainda alguma dúvida?

— Não é bem isso, John White. Quanto ao brasileirinho, aceito o fato de que ele é uma espécie de bode expiatório nesse jogo entre os representantes dos laboratórios. O que não compreendo é como ainda não foram identificados os sequestradores de Maurício ou como não há pistas da fuga de Irmina Loyola. Afinal, seus agentes não instalaram câmeras tanto no *hall* do hotel quanto no local onde Irmina Loyola estava descansando? — a pergunta de Stall foi uma espécie de desabafo, refletindo irritação.

— Claro que as câmeras estavam operando perfeitamente. O que ocorreu na entrada do hotel e o que se passou no local onde Irmina descansava: tudo era monitorado, segundo a segundo. Estou tão chocado quanto você, Stall. Devo lhe dizer que nossos técnicos ainda não encontraram uma explicação sequer para o fato de que nada ficou registrado, apesar do aparente funcionamento perfeito da aparelhagem.

— Tanto os sequestradores quanto Irmina talvez tenham se desmaterializado — falou Leroy. — Ou podemos começar a admitir que houve falhas em nosso sistema de segurança.

— Não creio que tenha sido nada disso — retrucou John White. — Creio que nos dois casos houve interferência do tal agente duplo. Somente descobrindo o paradeiro de Irmina e Maurício nós teremos algo de concreto.

— Tudo o que sabemos de concreto, meu caro John, é ainda muito duvidoso. Nessa história toda, ficamos sabendo da decolagem de um pequeno avião num aeroporto particular. Só isso. Nem mesmo a direção pôde ser confirmada.

— Também acredito que não será sem muito suor que ficaremos sabendo para onde levaram Maurício Bianchinni ou o paradeiro de Irmina Loyola.

— A tal Irmina deve ter aprendido a escorregar por baixo da porta! — falou Stall num misto de raiva, decepção e deboche. — Ou então os brasileiros desenvolveram a fórmula da invisibilidade.

O concílio

*"Capela é o mundo dos deuses.
Ninguém tomará nosso poder..."
Um mundo diferente foi concebido na
imaginação dos rebeldes.
Cidades e reis, soberanos e magos,
homens e heróis, todos eles foram escravizados
pela consciência da culpa.*

Fragmentos das memórias de Mnar, o capelino

A CIDADE localizava-se entre as barreiras dimensionais. Isto é, entre os mundos físico e espiritual, propriamente dito, estava a colônia de entidades perversas — o mundo astral. As construções afiguravam criações bizarras, que certamente eram o reflexo do estado moral de seus habitantes. Não se via beleza, cor, vida ou harmonia nos traços arquitetônicos. A estranha cidadela parecia haver saído de um pesadelo, ou de algum conto de terror. O mundo não conhecia aqueles sítios sombrios da paisagem etérica. Os capelinos tinham notícia da existência desses antros, mas não os conheciam de fato. É que ali residiam almas torturadas pelo remorso, dirigentes das sombras; legiões de capelinos que se rebelaram contra as leis superiores.

A cidade dos rebeldes achava-se mergulhada

em intenso nevoeiro. Uma sombra parecia envolver toda a população, e no local não se viam espíritos de crianças nem qualquer outro atrativo que pudesse amenizar a paisagem cinzenta, triste, tenebrosa. Era a morada dos párias. A luz dos sóis de Capela parecia não querer iluminar o antro do mal. Uma sombra, que dava a impressão de ser eterna, pesava sobre a atmosfera fria e lúgubre daquelas paisagens sinistras das dimensões extrafísicas.

As vibrações emocionais e mentais do ambiente, naturalmente advindas de seus habitantes, pesavam na paisagem e refletiam-se em todo o derredor. Formava-se uma fuligem densa, que parecia aderir às construções envelhecidas, que se viam esparsas.

Muitos espíritos de capelinos rebeldes que ali se encontravam pareciam gostar de se trajar de forma a chamar a atenção. As ruas pareciam cobertas de lama pegajosa, que agarrava nos pés dos habitantes da estranha cidadela. Sensualidade desmedida, algazarra e barulho excessivo constituíam o clima favorito dos rebeldes, que estavam sob o comando de inteligências sombrias.

Doze entidades capelinas pareciam se destacar entre a multidão de espíritos revoltosos — e não somente pelos seus trajes. Quando passavam pelas vias da cidadela, todos se curvavam, num gesto de reverência, e silenciavam-se, para retornar, logo após, à algazarra reinante.

Bandos de capelinos eram conduzidos, em completa desordem, por uma equipe que parecia ser de soldados, armados com lanças e tridentes.

Eis os espíritos responsáveis pela desordem e pela indisciplina reinantes em muitos lugares da superfície do planeta. Considerados a escória do submundo astral, trazem como característica toda a espécie de sentimentos e pensamentos aviltantes, os vícios e as paixões desenfreadas, que constituem o elemento comum dessa colônia de almas delinquentes dos mundos do Cocheiro. Procuram atuar, a partir do mundo extrafísico, sobre as comunidades de seres encarnados que buscam melhorar-se. Os espíritos mais comuns entre eles são denominados amaleques, e seus dirigentes, mais esclarecidos do que moralizados, são temidos e conhecidos como a falange dos dragões. Estes guardam ascendência sobre os demais e os dominam, utilizando-os em seus planos maquiavélicos de domínio. É uma hierarquia que não pode ser ignorada.

Os amaleques que vibram no mundo extrafísico, ou os rebeldes, são servidores dos dragões. Como soldados, cumprem-lhes as ordens, muitas vezes sem saber que são apenas marionetes nas mãos das temíveis legiões de cientistas, magos e governantes do submundo astralino. Mas a maioria dos amaleques são espíritos incautos e maldosos. Embriagados pelo prazer sensual, capelinos desprevenidos, deixaram-se entregar ao império do medo e do terror.

    O vulto negro de uma construção erguia-se entre as sombras densas da paisagem extrafísica. Perto do local parecia haver silêncio; intenso silêncio. Estranha assembleia acontecia nesse lugar, que estava ornamentado para uma reunião especial dos representantes das trevas. Doze entidades sentavam-se em cadeiras com espaldar alto, esculpidas em material astralino de cor preta, com gárgulas entalhadas. Era a reunião dos dirigentes desse covil. O espírito de um capelino mais sombrio que os demais principiou:

    — Companheiros das trevas, há muito planejamos investidas para levar os capelinos à ruína e à destruição. O mundo prepara-se lentamente para inaugurar uma nova era, em que os homens de Capela esperam ver reinar a paz e a harmonia; consequentemente, desejam a nossa derrocada espiritual. Como sabem, se essa nova etapa evolutiva se fizer presente nos mundos capelinos, não teremos mais lugar para nossa ação nas mentes e nos corações do povo. Essa é a razão de nosso projeto de desenvolver corpos mais perfeitos, com cérebros mais e mais avançados e que nos permitam expressar melhor nossa natureza divina. Tentamos inspirar os amaleques para que, no plano físico em que se movimentam, continuem com as pesquisas científicas e façam por nós aquilo de que mais necessitamos. Do lado de cá da barreira vibratória estamos estudando cada vez mais e tentamos inspirar a todo custo os aliados para executarem nossos planos.

A expressão daquele e dos demais representantes do Império era algo indefinível, tamanha maldade e endurecimento. O espírito diabólico prosseguia:

— Só poderemos assumir novos corpos se estes forem superiores aos atuais, dos demais capelinos. Somos seres especiais e merecemos ser tratados de forma especial. Como sabem, os superiores tentam uma ação para deter nosso poder. Para atrapalhar seus planos, tentaremos ressuscitar a guerra entre os povos do Cocheiro e aí distrairemos a atenção dos dirigentes do mundo até que consigamos nosso intento. Se não conseguirmos executar nossas ações, não nos restará outra chance. Só restaria para nós sermos exilados em regiões desconhecidas. Para que planeta? Não sabemos. Sabemos apenas que não queremos sair de Capela e não podemos permitir que os superiores ganhem a batalha, que já está em andamento.

"Depende de nós, os dirigentes deste subplano, adiar a marcha do progresso dos mundos de Capela, utilizando-nos de recursos que possam afetar a moral daqueles que pretendem encabeçar o movimento de renovação da humanidade, tornando, assim, patente para todos quanto são hipócritas, fracos. Trabalharemos naquilo que fala mais alto aos instintos dos capelinos; teremos, para isso, os amaleques como aliados. Através da sensualidade exacerbada, do orgulho e da discórdia, faremos o nosso trabalho devastador.

"Aproveitem a permissividade reinante entre os amaleques e a tolerância dos governantes para com eles; então, insuflem o desenvolvimento de pesquisas que possam nos auxiliar em nossa empreitada. Utilizem os modismos que imperam nas religiões capelinas, distraindo-os da ideia central, que é a renovação; treinemos nossos enviados para influenciar os dirigentes religiosos do povo de Capela. Estes devem sucumbir ao império dos dragões a qualquer preço e sentir nosso poder.

"Muitos capelinos acreditam que jamais serão enganados; nesse caso, sua presunção é nossa aliada. Façam-nos cegos ante sua prepotência; desse modo cumprirão nossos desígnios, e assim será fácil trazê-los para o nosso lado. Devemos instigar o surgimento de movimentos de reforma entre os dissidentes amaleques, e, aos poucos, grande parte da população estará do nosso lado. E lembrem-se: a melhor receita é usar aquilo que já existe naquele que se diz renovado. Agindo corretamente, mesmo diante de notícias divulgadas pelos cientistas de Capela, espalharemos o medo e a angústia. Os povos tremerão ante o poder dos dragões. Enquanto isso, prosseguiremos com nossos planos.

"Grupos aliados, especialistas nas questões políticas, estarão ao lado dos governadores do povo, inspirando-os para desestabilizar o poder político do planeta. Com a economia abalada, os cidadãos capelinos, angustiados e aflitos, não terão tempo para a sua renovação moral e espiritual; estarão ocupados em salvar o que lhes resta de suas posições sociais. Nesse ponto, qualquer doutrina ou filosofia que prometa a salvação obterá a adesão das massas. O domínio será definitivo quando finalmente enviarmos nossos medianeiros, que lhes inspirarão os pensamentos que desejamos. Nós nos manifestaremos em número cada vez mais expressivo e assim determinaremos como se dará o progresso dos povos de Capela — a história será moldada à nossa maneira. Então nos tornaremos os deuses do mundo e inauguraremos uma nova era para a população do Cocheiro: a era dos dragões.

"De nada adiantará a ação dos religiosos, pois eles são frágeis e desunidos; seus conceitos estão muito mais em suas bocas que em suas ações. E, de mais a mais, tudo que pretendem é corroído por seu ego avassalador, o que vem a calhar. Surgirão movimentos de renovação espiritual orientados diretamente por nós, e, à medida que ganharem popularidade, inspiraremos os religiosos a se utilizarem de muletas psicológicas. Gurus e mestres estarão sob nosso jugo, e teremos um nova era espiritualizada, que encobrirá a condição íntima real dos moradores de Capela. Somos mais confiantes nos próprios ideais do que os que se dizem religiosos. Enquanto a população estiver estressada, deprimida pelos problemas políticos e sociais, angustiada pelas dificuldades da vida, esquecerá as verdadeiras realizações, que poderiam libertar seus espíritos de nossas garras. A ação contra o poder dos superiores deve ser uma constante, e assim fatalmente esmagaremos o progresso e a ordem social.

"Nossos planos não podem falhar, pois investiremos naquilo que está dentro do próprio capelino: seus medos, conflitos e angústias. Apenas realçaremos o que já existe em seus corações, fazendo sobressair sua natureza. Nada poderá nos deter."

Silêncio sepulcral reinou na assembleia das trevas, após as palavras de seu dirigente demoníaco. Os outros dirigentes do império draconino vibraram em uníssono junto ao seu chefe. Começava nova ofensiva, sob o patrocínio do mal. Capela entrava em tempos de intensas dificuldades. Era o início do fim.

O Quarto Poder

Muito feliz pelo êxito da empreitada, Max dirigiu-se para o galpão que disfarçava as atividades de seu grupo. Toda vez que passava pelas salas de computadores sentia-se feliz, porque — pensava — estavam cada vez mais próximos de seus objetivos. A rede de computadores estava perfeitamente disfarçada numa antiga construção embaixo do galpão. Nos tempos do iii Reich o local fora utilizado pelos militantes do partido nazista como um dos pontos de controle da política de Hitler.

O tempo, entretanto, passou, e a guerra também. Mas não morreu o sonho desvairado de muitos e muitos homens.

Durante o período da Guerra Fria, quando o mundo se dividia entre áreas de dominação socialista ou capitalista, os Estados Unidos e a antiga União

Soviética mantiveram uma política intervencionista em diversos países. Graças a isso, a espionagem crescera de forma assustadora, e desde essa época homens especiais já preparavam o porão onde agora se encontrava Max. Sabia que ali eles não poderiam ser encontrados. Caso houvesse uma investigação no local, o máximo que encontrariam seria uma antiga fábrica e o velho galpão, conservados nos mínimos detalhes há várias décadas. Poucas pessoas sabiam o que havia embaixo da velha construção.

Gênios da computação mantinham os dados sempre atualizados. Dali estavam conectados ao Egito e ao Afeganistão, no Oriente; ao Brasil e aos vizinhos Argentina, Chile e Venezuela, na América Latina, bem como aos Estados Unidos. Mais que isso. Com o avanço da internet, poderiam acompanhar os interesses de diversos grupos de terroristas e de religiosos. Isso mesmo, religiosos. Max sorria ao pensar em como certos líderes religiosos trabalhavam para sua organização. Assim todos ganhavam.

Mas isso tudo não era para ser compreendido por esta geração. Eles preparavam algo bem maior do que os agentes da inteligência poderiam pensar. Max se orgulhava por pertencer ao restrito grupo de pessoas que seriam os eminentes representantes do Quarto Poder: o IV Reich.

— Você é Maurício Bianchinni? — perguntou Max ao homem que o aguardava ali sentado. Maurício anuiu com a cabeça, um tanto atônito com o fato de que o homem falava um português quase perfeito. Notava-se apenas um leve sotaque alemão, que não podia ser disfarçado.

Max era um homem muito inteligente. Possuía um humor fino, que não agradava a algumas pessoas e geralmente era confundido com ironia ou sarcasmo. Perspicaz, sabia fazer um jogo com as emoções alheias que fazia ruir qualquer resistência psicológica de seus adversários. Max rodeava Maurício, estudando-o de cima a baixo.

Após a pergunta, que tinha lá suas razões e pretensões, Max apenas observava Maurício. Completo silêncio se estabeleceu naquele aposento ricamente mobiliado, disfarçado dois andares abaixo do velho galpão. O médico brasileiro sentiu-se incomodado com a atitude do alemão, porém não desejava deixar transparecer sua insegurança e inquietação. Por que fora trazido até ali? Toda a parafernália utilizada na explosão à frente do hotel fora apenas para camuflar o seu sequestro? Mas ele não era alguém importante o suficiente para ser alvo desse crime — debatia mentalmente. — Pelo menos não tão importante diante de outros representantes de laboratórios e empresas que estavam hospedados no mesmo hotel que ele.

Maurício não compreendia esses aspectos; todavia, procurava dissimular suas reações.

Max estava convicto: seus objetivos estavam

sendo atingidos. Aprendera a ler a expressão facial e corporal e via, pelos vincos observados na face de Maurício, que o seu interior estava em ebulição, à semelhança de uma caldeira. E o vapor de suas inquietações parecia escapar-lhe por todos os poros. Max era um homem frio, calculista e determinado, cheio de energia no olhar. Quando irado, parecia possesso. Quando estava calmo, parecia demoníaco. Sua personalidade se impunha aos adversários. Talvez por essas características é que fora escolhido por seus superiores para coordenar aquele centro de poder do IV Reich.

Maurício, mal-enjambrado, sentado ali, na cadeira à frente de Max, começava a dar sinais de cansaço psicológico. O jogo do poder estava sendo definido minuto a minuto.

Max, com seus olhos estreitos, barba e cabelos castanhos cintilantes, que pareciam tingidos, demonstrou uma potência e um vigor descomunais no olhar, talvez advindos de uma força de vontade terrível.

— Posso lhe assegurar, Dr. Maurício, que sairá desta sala sem que ninguém lhe toque em um só fio de cabelo — principiou Max. — Para que se situe diante do que está acontecendo, gostaria de apresentar-me, bem como à nossa organização.

O líder alemão era impassível, e sua voz, de uma firmeza atordoante.

— Sou Max e pertenço a uma organização internacional que reúne as melhores mentes do mundo. Na Alemanha, somos conhecidos pelo governo como neonazistas. Mas nossa ação é muito mais ampla do que levam a crer os acanhados atentados que têm por objetivo mascarar nossa verdadeira atuação. O que importa é que sua pesquisa chegou ao nosso conhecimento.

As informações confidenciais acerca da experimentação das vacinas em pacientes no Rio de Janeiro cruzaram a mente de Maurício como um raio. Como a organização germânica conseguira acesso aos testes que sua clínica realizava? Temia por seu futuro próximo, mesmo depois da promessa de seu sequestrador.

— Acompanhamos com grande interesse sua viagem do Brasil à Alemanha juntamente com Irmina Loyola. Não se aflija; você está aqui conosco apenas para alguns esclarecimentos. Talvez possamos ser úteis um ao outro.

— Com certeza eu não me aliaria a seus objetivos — interrompeu Maurício.

— Ah! Meu rapaz... Muitos já falaram isso e com o tempo viram quão insensata era sua posição.

— Não me alio a terroristas. Para mim sua organização sintetiza tudo o que mais repugna à razão e à consciência...

— Basta! — agora foi Max quem interrompeu.

Maurício sentiu a força de sua vontade expressa através da palavra. — Espere até que eu apresente a você certos fatos e depois verá se nos aliaremos ou não. Talvez você não saiba que a tal convenção programada pelos laboratórios é uma farsa, um disfarce de certos órgãos de inteligência dos governos envolvidos. Vocês estavam sendo manipulados durante todo o tempo.

— Diga então, Sr. Max, como os digníssimos senhores ficaram sabendo disso? Quem lhes contou? O Batman? — disse em tom de deboche. — Creio que suas informações podem ser fantasiosas demais.

— Sinto muito por você, Maurício, mas é você mesmo quem está enganado. Mais por fora que o Robin — respondeu Max, retribuindo a chacota. — Alguns representantes dos laboratórios que foram indicados para a tal conferência em Frankfurt — aliás, três deles — são homens considerados perigosos pelo que sabem.

Maurício começou a se interessar, devido ao tom de voz que Max empregara ao falar.

— Não pense que a política dos poderosos deixaria passar algo de importante no mundo sem que eles se intrometessem ou tirassem proveito. Mas isso agora não importa a mim ou a você. O interessante é que você saiba que hoje existe um contato muito intenso entre vários grupos que se intitulam terroristas, em diversas partes do mundo. Todos estamos ligados por interesses comuns. Mesmo no Brasil há aliados nossos que atuam tanto na política, em seu governo, quanto entre os religiosos e os criminosos envolvidos com o tráfico de drogas. A partir deste quartel-general, monitoramos toda a ação desses grupos por computador. Naturalmente, somos apenas uma base de apoio de uma organização cujas dimensões você não compreenderia.

— Por isso vocês se intitulam o Quarto Poder?...

— Ouviu de um dos nossos, certamente...

— Eu entendo seu idioma o suficiente.

— Pois bem — continuou Max —, desde que as cinzas de Hitler e Eva Brown foram identificadas e que foi confirmada a morte do Führer, muitos homens de confiança do III Reich, agora espalhados pelo mundo, decidiram reconstruir o ideal do antigo império. Poder, influência e verba é o que não nos falta. Sabemos que o mundo todo está passando por intensas transformações no cenário político e econômico, porém estamos ao abrigo de tais flutuações da economia mundial.

— Explique-me, por favor: como vocês fazem para conseguir tal milagre?

— Meu caro Maurício, você não é ingênuo a ponto de ignorar que muitos tesouros e obras de arte, ouro e reservas em dinheiro foram destinados à administração do Reich. Pois bem, a lei nos constitui herdeiros diretos desse incalculável patrimônio.

Creio que essa explicação simplifica tudo, sem haver necessidade de entrarmos em detalhes.

— E o que isso tem a ver com os medicamentos? Trabalho com drogas que visam curar doenças, e não provocá-las. Não seriam úteis a nenhum atentado biológico que vocês estejam planejando...

— Atentado biológico? Nem o Batman em pessoa seria tão imaginativo... O que desejamos com você, caro Dr. Maurício, não tem nenhuma relação com a medicina que exerce.

— Não?! Mas essa é a razão da minha viagem à Alemanha! O que desejam, então?

— O que queremos — revelou pausadamente — é a sua ajuda a fim de decifrarmos um enigma relacionado a seus estudos acerca da história do planeta Terra e das antigas civilizações.

Ao ouvir o que sentenciava Max, Maurício sentiu rodopiar a cabeça e por um instante pensou que iria desmaiar. Estava perplexo.

E Max prosseguia:

— Foram descobertas certas inscrições e alguns manuscritos de autoria atribuída aos antigos habitantes da Mesopotâmia, que guardam estreita relação com nossos interesses.

— Não vejo como conciliar seus objetivos com descobertas arqueológicas... — balbuciava Maurício, recuperando-se da surpresa.

— Não é necessário que você compreenda a conexão dos fatos. Apenas ouça nossa história e depois dê seu parecer. Na verdade, essas descobertas não são recentes. Entretanto, fomos despertados para a sua importância porque nossa organização não deixa escapar nada no que concerne a avanços científicos ou descobertas que se relacionem com nossos projetos. Há muito tempo acreditamos que uma nova ordem de coisas deverá ser estabelecida em todo o mundo. Como você é um pesquisador, sabe do que estou falando e de como diversas culturas ao redor do planeta têm fontes que confirmam nossas suspeitas.

Max tocava no ponto alto do interesse de Maurício, que o escutava com atenção.

— Foi baseado em certas informações, consideradas por muitos como sendo esotéricas ou místicas, que Adolf Hitler, o grande herói do Reich, formulou suas teorias a respeito de uma nova raça de seres que dominaria a humanidade. Não cabe aqui discutir os métodos empregados pelo Führer, tampouco aventurar-me em certas hipóteses. O certo é que a nossa organização é herdeira direta de certos projetos baseados na crença de uma nova ordem mundial.

— Vocês acreditam no fim do mundo...

— Não exatamente como os religiosos pregam, mas conhecemos perfeitamente certas coisas que fariam o leigo se sentir chocado se soubesse.

— Por exemplo?

— Por exemplo, a respeito do OVNI, ou UFO, capturado pelo governo dos Estados Unidos no final da década de 1940.

— Isso não foi confirmado e, pelo que sei, não passa de rumores de pessoas aficionadas por discos voadores.

— Mas acredito que você saiba exatamente o que há de certo e de errado nessa história toda. Além desses fatos — continuava Max —, nossa organização se interessa pelo passado do planeta, com vistas a estabelecer uma ação conjunta que transforme o panorama futuro.

— Não entendi — respondeu Maurício, desconfiado do rumo que a conversa estava tomando.

Max, tomando de uma cadeira que estava próxima, sentou-se em frente a Maurício e continuou sua história, conferindo à sua voz uma entonação especial, com ares professorais:

— Como você sabe, os cientistas, após longos anos de estudo, chegaram à conclusão de que, há aproximadamente 65 milhões de anos, um corpo celeste gigantesco se chocou com a Terra, causando a extinção de muitos seres vivos. Há mais ou menos 9 mil anos, outro incidente de proporções cósmicas ocorreu. Um cometa colidiu com o planeta, mergulhando na baía de Hudson, no Canadá. Esse impacto foi responsável pela extinção de grande parte da vida animal e vegetal no mundo todo;[14] um choque aterrador.

— Aonde você pretende chegar com toda essa história?

— Calma, brasileiro, calma. Sei que é longa a história, mas talvez me ouvindo você entenda aonde quero chegar. Bem, na verdade, o cometa que se chocou com a Terra àquela época causou imensas transformações na face do mundo naquele tempo remoto. Todo o equilíbrio do planeta foi alterado; terras férteis submergiram, e outras vieram à tona, modificando a superfície e a paisagem do mundo. A civilização daquele tempo foi em grande parte soterrada, devido às ondas sísmicas decorrentes do impacto, e populações inteiras desapareceram. Até mesmo a inclinação do eixo imaginário terrestre foi alterada, conforme defendem alguns cientistas. Nos dias de hoje, Dr. Maurício, certos homens de ciência descobriram que aquele cometa que se chocou com

---

[14] Embora leitores críticos tenham afirmado que não há evidências da ocorrência de 9 mil anos atrás nos anais da geologia, e que isso exigiria supressão ou alteração deste trecho, optamos por mantê-lo tal qual psicografado por duas razões principais. Primeiramente, não há qualquer compromisso de natureza científica na afirmação do personagem; referir-se a um fato numa conversa trivial, mesmo que de modo impreciso e baseado numa convicção pessoal, não retira do texto a verossimilhança. Quantas vezes não agimos assim no dia a dia? Em

a Terra tinha uma espécie de irmão gêmeo sideral. É um segundo cometa, e está previsto que se aproximará da Terra nos próximos anos.

— Eu conheço a história e ando pesquisando muito a respeito, só que os cientistas já sabem que os tais cometas não são gêmeos. São distintos, com órbitas diferentes, e, portanto, este segundo cometa...

— Este segundo cometa tem uma chance muito grande de se aproximar da órbita da Terra, mas sem atingi-la, como ocorreu no passado. Não obstante, sua presença no sistema solar poderá abalar novamente o ângulo do eixo terrestre e afetar profundamente toda a vida no mundo.

— Tudo é hipótese ainda...

— Sim, mas já se sabe das alterações ocorridas na órbita de Plutão. Através de estudos comparativos, sabe-se que um astro está se dirigindo para o nosso mundo.

— São só teorias...

— Que sejam, mas o fato está ganhando cada

segundo lugar, há, com efeito, estudos que defendem incidente similar, segundo reportagem da BBC Brasil: "Isso aponta para uma explosão há 12,9 mil anos de um objeto extraterrestre, de até cinco quilômetros de diâmetro, segundo os cientistas" (http://www1.folha.uol.com.br/folha/bbc/ult272u62267.shtml. Acessado em 16/11/2010). Como tais notícias datam de 2007, quase 5 anos após a primeira edição desta obra, isso só torna mais interessante a menção do personagem.

vez mais a atenção e a credibilidade de cientistas de todo o mundo.

— O astro intruso.

— Não interessa o nome que lhe foi dado, sabemos é que algo diferente e de consequências drásticas está por acontecer no planeta Terra a qualquer momento.

— Bem, e qual é o ponto que liga esse asteroide com as tais descobertas arqueológicas na Mesopotâmia e qual a conexão disso tudo com as atividades terroristas em todo o mundo? — a troca de ideias e impressões sobre o tema de sua predileção havia deixado Maurício mais à vontade.

— Vamos por etapas — disse Max. — Primeiramente, a descoberta dos manuscritos sumérios não foi obra de nossa organização. Ficamos sabendo dessa descoberta há alguns anos e nos empenhamos por ter a posse desses achados arqueológicos. Nesse contexto, a ação de um cientista que já havia decifrado outros escritos cuneiformes foi crucial. Ele nos auxiliou sobremaneira. Sabemos hoje que os antigos povos da Suméria e da Babilônia previram com exatidão matemática o retorno do cometa e até mesmo a sua trajetória próxima à Terra. Tais dados estão de posse da Nasa, a agência espacial norte-americana. Nosso interesse é exatamente que você nos auxilie na tradução das tábuas encontradas no tal sítio arqueológico. Nós as temos conosco.

— Mas eu não entendo...

— Não adianta disfarçar, Maurício. Você é observado desde a sua última viagem ao Canadá. Sabemos de seu contato anos atrás com o homem que decifrou o código das placas descobertas e temos certeza de que, com seus estudos, você também sabe a chave e é capaz de decifrar certos detalhes, preenchendo lacunas que existem na tradução. O assunto é muito importante para o futuro de nossa organização, e estamos dispostos a pagar um bom preço, apropriado à relevância da missão.

— Mas eu não tive tempo de aperfeiçoar o que aprendi. Estive estudando sim, mas foi algo superficial, pois o meu trabalho não me permitia maior envolvimento...

— Deixe de fazer rodeios, caro Dr. Maurício. Podemos lhe oferecer infra-estrutura completa, necessária para suas pesquisas: laboratório completo, pessoal de apoio e tudo o mais que precisar estará à sua disposição. Você compreende nosso interesse em tudo isso.

— Asseguro que ainda não estou entendendo.

— Nossa organização não pode permitir que haja algo que não saibamos a respeito desses eventos, dessas transformações. Queremos contribuir com a nova ordem mundial.

— Contribuir?

— Segundo os registros sumérios, que contêm

dados já confirmados inclusive pela Nasa, o tal cometa aproxima-se da órbita terrestre de tempos em tempos. O período foi referendado por recentes investigações. Os homens responsáveis por tais estudos chegaram à conclusão de que já passamos do tempo crítico, ou melhor, estamos vivendo agora momentos críticos. As influências observadas nas órbitas dos chamados planetas exteriores — Júpiter, Netuno, Urano e Plutão — são fortes indícios de que algum corpo celeste está se aproximando do sistema solar, e todas as recentes descobertas apenas ratificam os dados trazidos pelos achados arqueológicos. Nosso interesse, talvez você saiba...

 Maurício começou a pensar que Max era um daqueles loucos emersos diretamente de um filme qualquer de terror ou ficção científica. Embora suas teorias tivessem fundamento, Maurício recusava-se a pensar na proporção do perigo dessa tal organização. Para ele, eram um bando de desajustados, de malucos ou visionários. No entanto, apesar de seu ponto de vista, seu raciocínio não resolvia a situação.

Centra— O Centro da Vida Transcendente

*Eu, Mnar, o guardião do Cocheiro,
presencio tudo, anoto todos os fatos,
tudo o que vejo e deixo os meus relatos para o
crescimento das civilizações.
Minha função é registrar,
sem interpretações pessoais.
Que as futuras gerações dos capelinos julguem
e que a luz sideral registre indelevelmente os
acontecimentos de nossa raça.*

Fragmentos das memórias de Mnar, o capelino

SOBERBO EDIFÍCIO se erguia ante as vistas de Tura e Zulan. A construção em forma de pirâmide refletia os raios dos sóis gêmeos. Os efeitos de luz formavam tonalidades indescritíveis, e as plantas ornamentais, nimbadas com os raios de luz dos gêmeos siderais, pareciam flores do paraíso. Em resposta à luz dos astros, emitiam vibrações musicais. Pareciam harpas biológicas, que, ao se dobrarem ao sabor da brisa, produziam sonatas, elevando as almas. Tais plantas foram o resultado de anos e anos de pesquisa dos engenheiros genéticos, que tudo faziam para desenvolver espécies mais sensíveis. Conseguiram, com o tempo, auxiliar o desenvolvimento dos vegetais a tal ponto que estes refletiam o estado emocional dos habitantes do Cocheiro.

Zulan e Tura adentraram o edifício principal,

que se situava em meio a quatro outros prédios de forma igualmente piramidal. Representavam as quatro luas do sistema, que foram a base de apoio para as pesquisas dos povos capelinos.

Quando Zulan entrou no salão principal, notou intensa movimentação. Achou estranho ver alguns representantes do governo presentes em Centra, o que não era comum. Também havia representantes dos vergs, amigos de outra morada no espaço. Algo de muito estranho estava acontecendo. Olhou para Tura inquieto e, pela primeira vez, viu de perto um verg.

Zulan dedicou toda a sua vida às pesquisas transcendentes. Aprendeu desde cedo a lidar com a tecnologia das radiações, utilizando-a para o progresso do Cocheiro. Poucas vezes teve oportunidade de ver algum ser de outro mundo, a não ser através de noticiários, nos monitores familiares.

Agora os via de perto. Eram altos, esguios e tinham olhos vivos. Segundo diziam, eram mais evoluídos que os capelinos. Raras vezes foram vistos no meio do povo; evitavam interferir nas questões sociais ou governamentais do Primeiro Mundo. Vestiam-se com longas túnicas e tinham cabelos brancos, como as flutuações do Mar de Gan, que formavam um espetáculo belíssimo de se ver; assemelhavam-se a espumas flutuantes, que, de tão brancas, chegavam a causar desconforto ao olhar.

A boca dos vergs era pequena. Sorriam prazerosamente e com muita constância.

Zulan e Tura entreolharam-se e resolveram aproximar-se da recepção para maiores informações. Antes, porém, foram contatados por uma representante do sexo feminino do Primeiro Mundo. Seu nome era Dara. Era uma cientista psicossocial, com a função de detectar as emanações psíquicas e as emoções do povo, percebendo o momento evolutivo de cada um. Medidas do governo em relação ao destino da população dependiam de muitas das observações realizadas pelo time de cientistas altamente especializados, como Dara. Trabalhava com uma equipe dedicada de mulheres capelinas. Eram mais sensíveis e amorosas. E a beleza das capelinas fazia com que fossem consideradas verdadeiras deusas.

Dara aproximou-se dos dois e, após se apresentar, falou-lhes:

— Vocês já estão sendo aguardados, veneráveis companheiros. Sejam bem-vindos a Centra. Zulan, Tura, sejam para sempre bem-aventurados.

— Como sabe nosso nome? — indagou Zulan.

— Sou cientista psicossocial e também faço parte do colegiado; portanto, posso perceber as vibrações *mentoemotivas* de vocês dois sem maiores impedimentos.

Estava explicado. Dara era um dos capelinos especiais, com profunda vivência no que se refere às questões da mente e do espírito. Trabalhava diretamente no Conselho de Centra, o Centro da Vida Transcendente, situado no primeiro mundo da constelação do Cocheiro.

— Esperemos alguns instantes — disse Dara. — Os sábios do Conselho estão em reunião com representantes do governo e dos povos de Verg. A reunião está acabando; aguardemos.

— Venerável Dara — principiou Tura —, o que está acontecendo realmente? Decidimos vir a Centra discutir algumas observações realizadas por Zulan. Aqui chegando, notamos essa movimentação intensa, pessoas do governo e de outros povos. Tudo isso não me parece natural em Centra, que é sempre um lugar resguardado da movimentação de nossas cidades. Centra foi sempre uma espécie de santuário para o nosso povo. Por que tanta atividade?

Dara cerrou os olhos, concentrando-se, e tanto Zulan quanto Tura sentiram-se penetrados pelas vibrações de sua mente.

— Meus amigos sempre bem-aventurados — disse Dara —, sinto a preocupação de vocês quanto ao destino de nossos povos e posso lhes afirmar que todos estão aqui pelos mesmos motivos. Urias, o representante do autoevolucionário Yeshow, o governador espiritual do nosso mundo, andou rastreando as mentes de vários seres do nosso povo. Como uma consciência extrafísica muito esclarecida, Urias sabe da gravidade da situação, e parece-me que tem convocado as pessoas que possam ser úteis aos planos cósmicos de redenção de nossa humanidade. O chamado dele é, como sabem, irrecusável por parte daqueles que já despertaram para a necessidade de regeneração de nosso povo.

Antes que Dara pudesse prosseguir, um sinal luminoso e sonoro manifestou-se no salão principal de Centra. Era o chamado do Conselho Superior. Todos se dirigiram para o Salão Evocativo, lugar onde o colegiado, os sábios sacs e os anciãos se reuniam periodicamente. Lá expandiam suas consciências para entrar em contato com os responsáveis espirituais pelos capelinos, que vibravam em outras dimensões da vida universal.

Tura e Zulan adentraram o imenso recinto na companhia da venerável Dara, juntamente com outros capelinos. Ao todo eram 78 pessoas reunidas, além dos vergs.

Uma imensa mesa em semicírculo estava no meio do recinto, que naquele momento era iluminado por uma luz de suave tonalidade azul. Era o símbolo da união superior. Significava que o Conselho estava diretamente ligado a Urias, a consciência extrafísica que orientava os povos piedosos do Cocheiro.

Em torno da bela mesa, estruturada em material transparente, assentavam-se os dirigentes do Conselho.

Após conduzir os amigos a seus lugares, Dara

aproximou-se de um dos anciãos e falou-lhe:

— Venerando mestre de nossa raça, seja para sempre bem-aventurado.

— Fale, nobre Dara! — respondeu-lhe o ancião. — Seja você também bem-aventurada — era o cumprimento entre o povo.

— Venerando, os nossos amigos receberam, pela intuição, a incumbência de nos procurar. Acredito que os motivos dos nossos irmãos são os mesmos que nos preocupam: a situação da nossa humanidade. Como teríamos uma reunião importante hoje, decidi conduzi-los ao Conselho, pois creio que têm algo importante para todos nós.

O ancião olhou em direção a Tura e Zulan, e de seus olhos irradiava intenso magnetismo.

— Falem, nobre Zulan e venerável Tura. Para sempre sejam bem-aventurados.

Tura, tomando a palavra, começou:

— Distintos membros do Conselho, do governo e representantes do nosso povo. Ficamos felizes por vermos que todos vêm a Centra com objetivos idênticos. Isso prova que estamos todos preocupados com o destino de Capela. Há tempos que nossa gente vem desenvolvendo a sua evolução segundo as bases sólidas dos ensinamentos de Yeshow, o governador espiritual de nossa humanidade. Contudo, a presença, em nosso meio, dos irmãos amaleques tem impedido maiores realizações. Igualmente, o Império, com as consciências draconinas, tem se constituído num estorvo para nossa caminhada.

Tura expressava-se com desenvoltura e sobriedade à frente do governo planetário. Continuou:

— Segundo o que pensamos, algo tem que ser feito, com urgência, para que nossa humanidade caminhe tranquila e alcance sua redenção. Não somente esse raciocínio nos traz à presença dos dignos senhores; temos também outras preocupações. Peço-lhes permissão para que meu amigo Zulan as possa transmitir.

O sábio pesquisador tomou a palavra e deu prosseguimento à exposição, iniciada por Tura:

— Como é do conhecimento dos veneráveis irmãos, venho desenvolvendo pesquisas transcendentais em relação ao nosso mundo. Represento alguns capelinos que têm dedicado suas vidas à ciência, e, atualmente, vimos desenvolvendo estudos com base em radiações pentadimensionais. Recebemos das consciências extrafísicas a inspiração e as ideias necessárias para a construção de um aparelho de rastreamento magnético. Nossas pesquisas mais recentes com tal tecnologia revelam algo que nos trouxe sérias preocupações. É que detectamos a presença de uma bólide espacial, uma espécie de astro errante, cujas emanações magnéticas afetaram sensivelmente os nossos instrumentos.

Neste momento Zulan fez uma breve pausa e

notou que os vergs se entreolharam. Em seguida, continuou:

— Rastreando as emanações do astro intruso, pudemos detectar que as energias magnéticas que o estão atraindo partem diretamente de Capela, do nosso mundo. Isso nos levou a raciocinar mais detidamente com relação à nossa situação. Se a grande maioria da nossa humanidade tem se esforçado para melhorar e manter suas consciências sintonizadas com o bem, de onde poderiam estar vindo essas vibrações e emanações mentais inferiores? São de tal maneira intensas que chegam a atrair o corpo intruso para o nosso sistema. Pensamos muito e chegamos à conclusão de que, infelizmente, tais energias, por serem bastante densas a ponto de alterar a órbita do astro errante, hão de partir de seres que ainda se encontram renitentes no mal. O Império e os amaleques formam a escória dos nossos povos e, por sua persistência naquilo que chamamos de mal, adensaram a atmosfera psíquica do nosso planeta. Há que se fazer algo urgentemente, mas não sabemos o quê. Alguma medida há de ser tomada, senão a presença do astro em nosso sistema poderá causar uma catástrofe sem precedentes, e cremos não estar preparados para tais eventos.

Todos naquela assembleia ficaram preocupados com a situação. Afinal, o que Zulan falara foi uma confirmação do que já sabiam. Algo estava para acontecer na constelação do Cocheiro. Momentos de decisão estavam por vir. Os sábios pesquisadores apenas comprovaram, com suas observações e pesquisas, o que as pessoas ali presentes já haviam discutido antes. Os povos piedosos de Capela entravam numa crise sem precedentes. Os ânimos de todos daquela humanidade estavam alterados.

Os seres que sintonizavam com os dragões não se preocupavam com a situação vibracional do planeta. Não se envolviam com as questões espirituais. Aqueles dentre os amaleques que tiveram contato com as leis ocultas ou transcendentes formavam uma espécie de grupo de magos, que, utilizando de modo inescrupuloso suas faculdades, tentavam o domínio das consciências que sintonizavam com eles. Mais maldosos do que maus, resistiam a toda tentativa de esclarecimento. Queriam manter o povo na ignorância, pois, sem conhecimento, estava pronto o campo para o domínio mental e psicológico.

Foi Dara quem pediu a palavra na assembleia:

— Veneráveis companheiros, como sabem, a maioria de nosso povo se encontra concentrada no primeiro mundo do nosso sistema, o qual transformamos em um planeta muito agradável para habitação. Foi necessário transformarmos o segundo em um centro industrial, e o terceiro, em estância agrícola. Os grandes continentes de Lemir, o terceiro planeta, abrigam tudo o que é necessário para o progresso e a manutenção da vida de nossa civilização. Uma de nossas luas foi convertida no centro de pesquisas de biotecnologia de Capela. Nesse satélite, os médicos, engenheiros genéticos e outros sábios desenvolvem suas pesquisas, a fim de manter a saúde física e psicológica da nossa humanidade. Esse expansionismo foi necessário, em vista do aumento demográfico dos povos do Cocheiro. Era preciso espaço, e não podíamos deter a marcha do progresso. A especialização, por outro lado, foi essencial para que não mais nos detivéssemos na retaguarda tecnológica.

Dara era suave e notadamente doce ao expor suas ideias, mesmo com a gravidade do assunto em pauta. Continuou sua exposição:

— Nos últimos anos, entretanto, temos observado algumas reações em Lemir, o planeta agrícola. A terra, que antes produzia com variedade e abundância, começa a rarear a produção, e, quanto à qualidade, tem mostrado baixos índices de desempenho. Das entranhas do planeta, constantes abalos sísmicos, jamais observados em nossa história, têm perturbado o equilíbrio do sistema. O clima, sempre temperado, está mostrando grandes oscilações, o que tem preocupado os capelinos que trabalham por lá. Há algo ocorrendo em Capela, que merece mais cuidado de nossa parte. As constantes investidas dos dragões contra as obras de nossa civilização têm produzido intrincadas questões, tanto no âmbito psicológico como no social, de difícil solução.

Neste ponto da fala de Dara, um membro do colegiado, o sábio Lern, pediu a palavra:

— Tenho estado, juntamente com uma equipe de estudiosos, em contato com outras dimensões do nosso mundo. Realizamos algumas excursões ao mundo astral e notamos que as consciências que sintonizam com os propósitos dos dragões têm se manifestado com intensa rebeldia, como era de se esperar. Mas os planos inferiores têm desenvolvido surpreendente atividade; pressentem também que há transformações iminentes em nosso planeta. Ainda que ignorem o que nos aguarda, especulam acerca de alguma catástrofe que se aproxima. Tais espíritos planejam uma ofensiva em longa escala às obras piedosas da comunidade do Cocheiro, pois a conjuntura lhes transmite certa sensação de urgência.

Os dirigentes do povo capelino ouviam com atenção as novas que Lern trazia. O membro do colegiado prosseguiu:

— Esses espíritos têm resistido duramente à reencarnação e conservam-se apegados às más tendências que caracterizam sua história; preferem manter-se como consciências extrafísicas. Não querem corpos como os nossos. Entretanto, estão tentando inspirar os amaleques a desenvolver experimentos genéticos e construir corpos adequados a seus planos. Pudemos notar, nos momentos em que nos projetamos do outro lado da barreira dimensional, que essas almas desajustadas tentam de toda forma penetrar nos conselhos e nas reuniões governamentais, além de disseminar ideias religiosas errôneas, para confundir a população capelina. De acordo com nossas fontes, planejam uma ação geral, num misto de desespero e ignorância, pois supõem que haja alguma coisa no ar. Os dirigentes do império draconino conservam seus adeptos na ignorância e se utilizam dessas consciências, sem que elas o suspeitem, para deter a marcha ascendente dos povos do Cocheiro.

Lern calou-se, enquanto, um a um, pronunciaram-se os responsáveis pelos diferentes segmentos da sociedade capelina.

O ancião Ginal assumiu a palavra, encerrando a assembleia:

— Venerandos companheiros que sustentam nossa humanidade, é claro o interesse que todos vocês têm demonstrado com relação ao que está acontecendo com nosso povo. Os amigos do mundo de Verg nos procuraram e participam conosco da assembleia de Centra, com a finalidade de nos auxiliarem. Eles mesmos nos alertaram quanto à situação magnética de nossos planetas, e, no espaço distante, em sua própria morada, já sentem a influência vibracional de Capela. Como sabem, tudo no universo está ligado por fios tênues, que alguns chamam de força magnética e outros, com mais propriedade, denominam de amor. Sabemos que as ligações são tão intensas que determinado evento num extremo do universo seguramente afeta outros mundos disseminados no espaço.

Ginal era de uma serenidade que reanimava sua plateia, pois as dificuldades eram apontadas por ele como desafios a serem vencidos, demonstrando confiança inabalável de que iriam chegar a uma solução. Seu otimismo era revigorante:

— O que Capela vive, veneráveis companheiros, é consequência de nossa integração à comunidade universal. O que nos diz respeito acaba por afetar outras vidas, por processo de repercussão vibratória. A situação de nosso orbe é, enfim, preocupante. As bases dimensionais sobre as quais repousa o equilíbrio do sistema do Cocheiro estão instáveis, e isso preocupa muito tanto os vergs quanto povos de outros mundos. Para chegarmos a uma resolução, sugiro que voltemos a nossas atividades e que, depois de alguns dias, nos reunamos uma vez mais. Enquanto isso, cada um fará suas pesquisas e observações dentro de sua área de atividade. Na ocasião em que nos encontrarmos novamente, haverá uma reunião especial. Talvez consigamos tranquilizar nossas mentes e tenhamos a felicidade de contatar outras dimensões do nosso mundo. Procuremos manter a calma e unamo-nos vibratoriamente, no plano mental. Estejamos ligados com as ideias que nos são sugeridas diretamente pelos emissários de Yeshow. O sábio Urias, ser a quem muito devemos, com certeza se manifestará, trazendo-nos maiores esclarecimentos. Sejam todos, para sempre, bem-aventurados.

Um a um, os representantes da sociedade capelina foram se dispersando. No Salão Evocativo ficaram os anciãos e os vergs. Conversavam a respeito das medidas que seriam tomadas para amenizar a situação.

Dara retirou-se na companhia de Zulan, Tura e Lern, um dos membros do colegiado que se pronunciara anteriormente. Fariam suas observações e pesquisas. Procurariam dedicar-se mais intensamente para ver o que poderiam realizar em benefício de seu povo. Decidiram dirigir-se para a capital do planeta. Lá encontrariam maiores recursos para auxiliar.

Estavam todos ansiosos e cansados do dia de atividades intensas. Precisavam de repouso e refazimento; para isso, a convite de Dara, dirigiram-se a sua residência. Enquanto isso, fecharam os olhos e ligaram-se, através da mentalização, à Suprema Consciência, pedindo a orientação de Yeshow e Urias, que dirigiam os povos do Cocheiro.

Sob o signo do terror

— Nossa organização patrocina diversas pesquisas científicas, como, por exemplo, os experimentos para se desenvolverem vacinas contra a aids e o câncer — continuou Max, levantando-se da cadeira junto a Maurício. — Existem vários laboratórios, em todo o mundo, que recebem de nós auxílio de diversas maneiras. Também mantemos muitos grupos na Venezuela, fomentando revoltas civis entre o povo. Na Irlanda, há vários dos nossos atuando segundo os interesses do grupo, e até mesmo a Al Qaeda recebe nossa influência direta.

— Parece que vocês estão em todas as áreas, não é mesmo? — Maurício impacientava-se com o exibicionismo de Max.

— Esta é uma organização milenar, caro Maurício. Muita coisa já foi feita por nossos representantes. Mas ainda há bastante a ser executado. Em suma, nosso objetivo principal é auxiliar a nova ordem, estabelecer no mundo o IV Reich, e para isso faremos o impossível.

— Onde eu entro nisso tudo? Ainda não entendi minha possível atuação e o porquê de seu interesse em mim.

— Precisamos da chave para decifrar os últimos escritos. Sabemos que não existe nenhuma catástrofe iminente que ameace o sistema solar, mas algo está para acontecer. Caso possamos prever nos mínimos detalhes os acontecimentos, teremos o mundo em nossas mãos. Queremos antever cada detalhe, cada lance desse jogo de xadrez cósmico. Nada poderá dar errado desta vez...

— Desta vez?

— Foi um jeito de falar — disfarçou Max. — Queremos estar de posse de toda a informação possível, a fim de auxiliar quanto pudermos.

— Mas como vocês pretendem auxiliar, espalhando e patrocinando guerrilhas, atentados terroristas e tanta coisa considerada anti-humanitária?

— Você não compreende, ainda, porque se mantém prisioneiro do velho jogo de sombra e luz. Em nossa guerra não há ética, moral, nem situação alguma que limite nossa ação. Aquilo que, para você, soa como anti-humanitário, para nós, é questão de sobrevivência; só isso. Somos obrigados a vencer sempre. Para isso, possuímos representantes nos gabinetes de todos os governos e em muitas das principais religiões do mundo.

A prepotência de Max era quase convincente, pensava Maurício.

— No Oriente — prosseguiu — a organização à qual pertenço tem o maior número de adeptos. O Ocidente, todavia, é ainda um lugar que merece maior trabalho, especialmente devido às ideias, que correm mais livres.

Maurício começava a esboçar um pensamento em sua cabeça. Algo descomunal estava tomando forma. Ele, porém, afastava a ideia do seu consciente, recusava-se mentalmente a aceitar suas conclusões. Já desconfiava de algo; contudo, ante o horror que aquela ideia lhe causava...

— Caso os cientistas e os governos continuem com seus experimentos atômicos, certos fatos nos favorecerão — Max o impressionava. — Veja que o clima da Terra está se modificando à medida que passam os anos.

— Isso é mesmo algo que ninguém pode negar.

— As geleiras dos polos vão aos poucos derretendo, e o nível dos oceanos aumenta em consequência disso. Com o degelo das calotas polares, a mudança climática e os cataclismos, cidades inteiras terão seu fim decretado. Ficarão inundadas.

— Isso seria o fim de boa parte da civilização.

— E para isso o mundo não está preparado. Por isso queremos todo o material que tivermos à disposição. Decifrar os escritos dos antigos sumérios é para nós de máxima urgência. Teremos maiores informações em nossas mãos. No mundo de hoje, quem domina o conhecimento domina o próprio mundo; ou seja, as vidas de milhões de pessoas. Quanto ao que você chama de atentados terroristas, guerrilhas e coisas semelhantes, há um objetivo definido por trás de tudo isso.

— E qual é o objetivo, se posso saber?

— Enquanto distraímos a atenção dos governos para o combate ao narcotráfico, aos atentados de toda espécie ou mesmo aos regimes despóticos ou anarquistas que patrocinamos, tanto o povo quanto os governantes não percebem o que está acontecendo nos bastidores. Dominamos as informações e, aos poucos, o próprio mundo. Toda essa onda de terrorismo é um disfarce necessário: é a estratégia de nossa organização.

— Os neonazistas!...

— Nada disso, Maurício; nada disso. O neonazismo é apenas uma fachada, para que possamos atuar com mais segurança. Os tolos participantes de tais atentados terroristas não sabem o quanto estão sendo manipulados por nós. São marionetes em nossas mãos. Porém, cumprem seu papel na ordem atual.

— Mas e a suástica?

— É apenas um símbolo de nosso compromisso com a nova ordem de coisas que logo se estabelecerá. O Quarto Poder, ou o IV Reich, para nós já é uma realidade. Preciso agora saber de sua decisão. Creio que lhe dei muitas informações a nosso respeito. Somos transparentes, e nossa forma de agir é não esconder nada: apenas o necessário é mantido circunscrito a poucos de nós, que sabem mais que a maioria. Diga-me, qual a sua decisão quanto a nos ajudar?

— Você disse-me que não tocariam em mim — falou Maurício desconfiado —; nem mesmo num único fio de cabelo...

— Isso mesmo. E mantenho a promessa, seja qual for a sua decisão.

— Me deem algum tempo, preciso refletir; afinal, são muitas informações.

— Pois bem, brasileiro, lhe darei algum tempo. Mas, cuidado; não posso demorar demais. Sou cobrado por meus superiores, e eles agem de formas imprevisíveis.

Max retirou-se do ambiente e deixou para trás um homem cuja consciência cobrava algo em favor de si mesmo e da humanidade. Maurício Bianchinni ficou a sós com seus pensamentos conturbados. Como agir? Eis a dificuldade da decisão.

Cidadãos do infinito

Todo mundo tem a sua lenda.
Todo ser tem o seu destino.
Assim, os mundos passam na imensidão
com o seu cortejo de humanidades,
de lendas, de deuses e de heróis.

Fragmentos das memórias de Mnar, o capelino

Os anciãos ficaram no recinto sagrado, onde conversavam com os vergs. Nos tempos antigos, os cientistas e o povo de Capela julgavam que o seu mundo era o único planeta habitado no universo. Não tinham contato com outros povos do espaço e julgavam-se os privilegiados da criação. Os povos do Cocheiro haviam alcançado um grande conhecimento em vários ramos da ciência. Com o passar dos anos, quando o diretor espiritual de Capela, Yeshow, resolveu assumir forma entre os habitantes do Primeiro Mundo, as coisas começaram a mudar. Entre seus ensinamentos, revelara que aquele não era o único mundo habitado no universo. Outros campos de evolução existiam, tanto na mesma faixa vibratória, como em outras, muito além daquilo a que chamavam dimensão física.

A própria estrutura material dos mundos capelinos não era a mesma do restante do universo. A base em que se realizava a evolução era bem diferente daquela em que viviam outros seres. A matéria não se manifestava da mesma maneira em todo lugar. Os mundos capelinos poderiam até ser materiais, mas tal matéria — quem sabe? — poderia ser diferente do estado vibratório de outras matérias de mundos ao redor do universo. Entretanto, somente a conquista do amor e da consciência cósmica poderia preparar os povos capelinos para o contato com outros irmãos do espaço. Precisavam primeiramente colocar ordem na casa planetária; depois, então, conseguiriam vencer as barreiras dimensionais ou espaciais que os colocariam em contato com outras inteligências da criação. Seriam visitados ou visitariam mundos distintos, habitados por outras inteligências.

Começaram por se melhorar intimamente. Os ensinamentos de Yeshow constituíam uma espécie de código moral, pelo qual pautavam suas vidas e seus costumes. Dedicaram-se ao progresso de suas consciências. Contudo, nem todos pensavam de maneira igual. No passado remoto, quando o planeta vivia em estado primitivo, muitos espíritos estagnaram, perpetuando-se na prática do mal. Milhares de ciclos haviam se passado desde então. Essas consciências prisioneiras do orgulho e da indisciplina conseguiram arregimentar forças e aumentar o seu império de medo e terror.

Então veio Yeshow, o Divino. Sua presença em meio ao povo colocou fim ao período negro da civilização. Sua voz ressoava na bela paisagem daquelas terras do espaço, e suave vibração pôde ser sentida pelos habitantes do mundo. Seus ensinamentos e seu exemplo de conduta, elevados a um padrão cósmico de tão grande amor, conseguiram, em apenas alguns anos, suavizar os corações da raça capelina. Trouxe uma nova proposta de vida e deu sentido às existências daquelas criaturas.

Mas Yeshow, como governador supremo do sistema do Cocheiro, não poderia ficar para sempre prisioneiro da forma física. Como uma libélula de luz, libertou-se do casulo que o mantinha jungido ao corpo e elevou-se novamente às dimensões extrafísicas, celestiais, de onde continuava dirigindo os destinos daqueles povos do Cocheiro.

No entanto, aqueles espíritos que não responderam ao seu chamado de amor mantiveram-se retardatários na imensa revolução espiritual de Capela. Receberam o nome de amaleques,[15] expressão

---

[15] *Amaleque* também é uma expressão que aparece diversas vezes na Bíblia. Os amalequitas formam uma descendência, contra a qual se volta a ira do "Senhor dos exércitos" desde o momento em que guerreiam contra Moisés e os israelitas (Ex 17:8-16; Dt 25:17-19; 1Sm 15:3; 28:18; 1Cr 4:43 etc.).

que significa "os rebeldes", "os retardatários". Além deles, nas faixas dimensionais próximas à crosta planetária, permaneciam outros espíritos, sem a forma física, prisioneiros de si mesmos, mergulhados em seus desvarios. Formavam um vasto império que resistia à força do amor. Eram os dragões, como se autodenominavam. Desde eras remotas que se cristalizaram no mal; ao encontrar nos amaleques aqueles que captavam sua influência, pretendiam estabelecer definitivamente o seu reino.

A ignorância só foi vencida quando os povos assimilaram as verdades universais trazidas por Yeshow. A partir de então, os dragões foram perdendo o domínio, pois mais e mais seres eram conquistados pela força soberana da luz. Retraídos e acuados aos subplanos dimensionais, formaram lá a base de sua ofensiva às obras da humanidade capelina.

Com a renovação da mentalidade da população, a abolição da guerra e a derrocada dos poderes dos dragões, a paz foi definitivamente estabelecida.

Determinado tempo se passou, e coisas estranhas começaram a acontecer nos céus do Primeiro Mundo. Em vários lugares, luzes apareciam e se materializavam, ora aparecendo e ora sumindo, assustando os desavisados, os membros do governo e a população.

Certo dia, preparando-nos para estabelecer bases de pesquisas na segunda lua de Axtlan, muitas luzes foram avistadas, aproximando-se da atmosfera do planeta. Um dos membros do colegiado, por ser dotado de certas faculdades mentais e da facilidade de libertar a sua consciência da forma física, sentiu intensa energia envolvendo-lhe a mente.

Serenou sua consciência e colocou-se à disposição das forças soberanas. Leve torpor invadiu-lhe a mente, e ele libertou-se da forma e da prisão biológica, projetando-se no espaço. Nesse estado, estabeleceu-se o primeiro contato direto com outros seres, que diziam chamar-se vergs. No intercâmbio estabelecido, esses seres determinaram um lugar em que deveriam se manifestar visivelmente aos capelinos. Estavam há tempos visitando o Primeiro Mundo. As luzes que avistavam, na realidade, era o reflexo dos campos de força magnéticos de suas naves. Eram irmãos, irmãos das estrelas, que vinham dar o atestado de maioridade aos povos do Cocheiro.

A data do encontro foi estipulada, e, no local e tempo combinados, manifestaram-se em seus veículos esféricos, que desceram ao solo daquele orbe. Lágrimas de alegria, emoções diferentes dominaram aquele momento, que ficou para sempre registrado nos anais da história capelina. A partir de então, no local do encontro, foram erguidas as pirâmides que compõem o conjunto arquitetônico de Centra — o Centro da Vida Transcendente do Cocheiro. Foi um monumento erguido à paz da família universal. Naquela ocasião desceram do veículo de Verg três representantes de sua raça. Um deles, vestindo imensa túnica branca e trazendo os cabelos irradiantes de luz, falou pela primeira vez aos capelinos, expressando-se no idioma do povo visitado:

— Povos do Cocheiro, saudamos a todos em nome da Suprema Ventura, aquele ser cujo nome não somos dignos de pronunciar. Somos amigos, somos irmãos. Não estão sozinhos em meio às estrelas da Via Láctea. Nós, os irmãos das estrelas, trabalhamos e lutamos, como vocês, para a evolução da paz nas consciências de todos os mundos.

A voz dos vergs parecia um sussurro, um sibilar. Em nada soava semelhante à palavra articulada dos capelinos.

— Há muitas eras que vimos observando os seus avanços. Temos acompanhado os lances da história capelina. Mas certas leis cósmicas nos impediam de nos fazermos visíveis aos seus olhos e nos comunicarmos. Quando o povo resolveu acatar os ensinamentos da moral cósmica e abolir a guerra em seu meio, alcançou a maturidade espiritual. Desde então, entramos em contato, primeiramente com os dirigentes espirituais de seu mundo, pedindo permissão para incentivarmos mais de perto a comunidade do Cocheiro. Aqui estamos, para inaugurar uma nova etapa em sua história e dizer-lhes: Irmãos, vocês são filhos do universo, cidadãos do infinito.

Desde aquela data memorável os povos do Cocheiro estabeleceram relações mais intensas com os filhos das estrelas. Os vergs têm incentivado os capelinos em sua marcha evolutiva e promovido intercâmbio precioso para ambos os povos.

Os anciãos do povo conversavam com os vergs, estabelecendo um tratado de ajuda para os povos capelinos e auxílio de emergência para a humanidade, ante os tempos difíceis que se aproximavam.

Venal, o chefe do Conselho, falou para o cidadão verg:

— Estamos em momentos de crise, e sei que vocês observam-nos com atenção. Temo pelo destino de nossos povos e peço-lhes auxílio para a humanidade. Acredito que os próximos dias serão muito difíceis para o nosso povo, por isso considero de emergência o nosso caso.

— Estão protegidos — disse o verg. — Capela é constantemente assistida pelos seres que a dirigem de outra dimensão da vida. Nós não podemos interferir em sua história. Colocamo-nos à disposição do seu povo; podem contar conosco em qualquer emergência. Entretanto, repito: existem leis que nos obrigam a respeitar os momentos críticos de decisão em outros mundos.

O cidadão verg trazia revelações surpreendentes até mesmo para Venal:

— Há muitas eras viemos a seu mundo semear

a vida, que floresce através dos tempos. Desde o momento em que suas consciências despertaram para a razão, não pudemos mais interferir diretamente. Tivemos que nos limitar a observar a jornada da evolução até o momento de abraçar-lhes e receber a população do Cocheiro entre os filhos do universo. Apesar da nova fase iniciada, passam por um momento importante, decisivo na história do povo. Escolheram um caminho que fatalmente levará Capela à redenção final de sua humanidade. Estamos aqui como numa grande família de dimensões cósmicas. Contudo, as experiências graves, têm que passá-las sozinhos, para elevar o mérito de suas vidas. Auxiliaremos, tenha certeza, mas não podemos impedir as provas difíceis, que tornarão sua gente mais robusta. Saibam que terão sempre em nós os amigos devotados, filhos do mesmo Pai.

— Compreendo, meus amigos, compreendo... — respondeu Venal, o chefe do Conselho.

— Mais breve do que imaginam — continuou o representante verg — nós estaremos auxiliando o seu povo. Esperem e permaneçam atentos, bem-aventurado Venal.

Os membros do Conselho se retiraram do ambiente e, retornando aos seus afazeres, integraram-se à vida do povo. Os vergs retiraram-se para o edifício do governo, onde estavam alojados. A vida em Centra parecia haver voltado ao normal.

Ao longe, avistavam-se três das quatro luas de Axtlan, o primeiro mundo dos capelinos. Pareciam translúcidas, feitas de material cristalino, refletindo as luzes dos sóis gêmeos do Cocheiro. Era tarde, e principiava nova vida sob os céus da humanidade estelar.

O barulho da tempestade que estava por vir apenas prenunciava a alvorada de uma nova era. Eram tempos difíceis, mas necessários. O mundo seria renovado para a habitação de seres mais esclarecidos.

Momento de decisão

— Por quê? — perguntou John White. — Por que levaram exatamente Maurício Bianchinni, com tantos outros homens mais importantes do que ele? Será que se enganaram os tais sequestradores?

— Não sei, caro amigo, mas também não podemos tentar entender os motivos de uma gente que age dessa forma tão extravagante no trato com seres humanos.

— Extravagante? Creio que você está usando de muita delicadeza em relação aos neonazistas.

— Creio que a única resposta mais prática para nossos questionamentos é que os tais terroristas precisam de algo que somente Maurício possui.

— E o que seria tão importante assim, que somente o brasileiro possui? Gingado? — satirizava John, exaltado. — Não consigo pensar em algo a não ser conhecimento. Afinal, que mais?

— Exato, senão não faria sentido algum o tal sequestro. Maurício detém conhecimento de algo que é muito importante para eles; do contrário, não se dariam o trabalho. Acredito que aí está toda a chave do mistério envolvendo a ação do grupo terrorista.

— Mas saber disso não nos adianta nada. Estamos sem recursos para agir. Nenhuma pista, nenhum pronunciamento da organização criminosa, nada que nos indique qualquer rastro do homem.

— É algo difícil de dizer para uma equipe como a nossa, mas creio que o que podemos fazer no momento é apenas rezar, nada mais — Leroy agoniava o colega com seu jeito impassível.

— Sem elementos de ligação que nos esclareçam certos fatos, não temos muito a realizar, a não ser continuar esperando que nossos agentes descubram algo.

— Isso me irrita — falou John. — Todo o nosso planejamento ficou afetado, e teremos de adiar muita coisa, devido ao acontecido. E você ainda quer que eu reze?

— Bom, algo está vindo à minha cabeça neste momento. Se nós, com toda a nossa equipe, não conseguimos localizar Maurício Bianchinni e seus raptores, também Irmina Loyola não conseguirá sozinha descobrir nada, nem ao menos se localizar em meio a tanta confusão. Ela terá de aparecer, não lhe resta alternativa.

— Por um momento me esqueci da tal Irmina!... Mas você tem razão. Ela não poderá se virar sozinha. Não há como se movimentar em meio aos alemães sem conhecimento da língua e sem conhecer alguém por aqui. Ela só terá essa alternativa.

— Ela vai aparecer, não resta dúvida.

ENTREMENTES...

— Você terá de voltar, Irmina! Sua fuga do local do evento apenas complicou a situação para nós. Contamos com sua ajuda.

— Eu não sei como me meti nisto tudo. Vocês complicaram minha vida. Eu nada tenho a ver com vocês, nem com esta história toda. Não acredito em nada do que me falam... Por que fui entrar nesta?

— Você foi escolhida para esta missão porque tem capacidade de tomar decisões rápidas e é a pessoa mais competente para o nosso caso. Maurício depende de você; o equilíbrio dele está em jogo, e ele é um importante elemento para nossos planos. Pedimos que você reconsidere a possibilidade de nos assessorar.

— Maurício é um louco! Suas ideias são ridículas, considerando o potencial que ele tem, e, mais ainda, eu não sei como ele não desconfiou de nada até agora. Aliás, sei sim: ele é uma toupeira! Fui obrigada a inventar uma história falsa, e ele caiu direitinho em tudo o que lhe contei. Não entendo mesmo. Por que vocês não arranjam alguém que acredita em vocês, em suas histórias e tenha um mínimo de afinidade com suas teorias absurdas? Eu nem sequer tenho sintonia com o trabalho e o pensamento de vocês...

— Neste caso não precisamos de alguém que acredite em nós. Maurício está envolvido com gente complicada e altamente perigosa. Necessitamos de uma pessoa especializada e que tenha facilidade de ir e vir sem impedimentos, e você é a mais indicada neste momento. Não temos tempo de treinar mais alguém. Além disso, Irmina, você possui conhecimento estratégico, já ganhou a confiança de certos elementos ligados à rede de laboratórios no Brasil e tem um treinamento militar.

— Vocês não largam de meu pé um minuto...

— Precisamos de você, Irmina...

— Tudo bem, se me prometerem que não me importunarão mais depois de realizar este trabalho.

— Claro, claro, prometemos sim...

— E mais, exijo liberdade para utilizar métodos próprios.

— Bem... Creio que teremos de falar mais a respeito de seus métodos.

— Sem fala mansa em cima de mim! Não venha com essa! Quero ter liberdade de agir e não abro mão disso em hipótese alguma, ouviu?

Irmina foi irredutível em suas condições; não cedeu em momento algum. O homem com quem ela falava não teve alternativa a não ser se sujeitar a tais exigências. Irmina Loyola levantou-se do leito e tomou uma refeição leve antes de prosseguir seu trabalho.

O contato de Irmina, após o diálogo controverso, reportava a seus companheiros:

— Não temos como interferir na decisão de Irmina Loyola — falou. — Teremos de utilizá-la a despeito de suas manias e de sua impertinência.

— Não há problema quanto a isso, amigo. Todos temos nossas limitações, e creio mesmo que o gênio intempestivo de Irmina Loyola poderá nos ser muito útil nesta situação; afinal, Maurício está lidando com gente muito perigosa. Precisamos nos calar e confiar na capacidade de Irmina. Ela não falhará em sua tarefa. Podemos confiar.

MAURÍCIO Bianchinni ficou só, no aposento onde antes falara com Max. Estava pensativo quanto aos últimos acontecimentos. Sua conversa com Max o deixara muito abatido, pois não via como sair daquela situação.

— Esses caras são fanáticos pelo fim do mundo. E o pior é que levam a sério tudo isso — falou em voz alta.

— Claro que levam a sério — respondeu uma

voz feminina. — Mas, afinal de contas, você também leva a sério tudo isso.

Maurício quase teve um colapso nervoso. Era de Irmina Loyola a voz que ele ouvira atrás de si. A mulher estava deslumbrante, altiva como só ela sabia ser. Mas não interessava tanto assim a aparência de Irmina. Como ela chegara ali Maurício não fazia a mínima ideia, mas ele estava de certa forma contente com sua presença.

— Não fique assim feito bobo, parado aí. Não tenho tempo para explicações. Tenho amigos importantes em toda a parte, por isso consegui chegar até aqui. Levante-se, homem, ponha sua cabeça para funcionar. Temos poucos instantes, antes que seus sequestradores voltem. Vamos, corra...

Caso John White visse Irmina naquele momento, diria que ela tinha facilidade para aparecer e desaparecer sem deixar vestígios. Senão, como se explicaria o aparecimento da moça, assim tão repentino?

Maurício percebia a urgência da hora. Ele teria de aproveitar o momento, em que Irmina lhe oferecia oportunidade de fugir. Caso Max retornasse com seus homens, ele teria de dar uma resposta e, sinceramente, não acreditava nem um pouco na promessa de Max de que ele sairia incólume daquele esconderijo, caso sua resposta fosse negativa. Por outro lado, Max poderia começar uma perseguição implacável, interpretando a fuga de Maurício como sua negativa aos serviços propostos. A situação estava cada vez mais confusa, e Maurício titubeava ante as perspectivas que se desenhavam em sua mente.

A decisão não podia esperar. E Irmina? Como aparecera por ali daquela forma? Como descobrira o quartel-general secreto da organização dos terroristas? Maurício sabia demais a respeito dos terroristas e tinha uma certeza bem firme de que Max e sua gente não o deixariam escapar assim, sem mais nem menos.

Irmina Loyola, não aguentando mais esperar Maurício Bianchinni — que parecia mover-se em câmara lenta —, tomando-o pela mão, saiu a arrastá-lo rumo à mesma porta por onde parecia haver entrado. Com aquela atitude dinâmica e presença de espírito marcante, finalmente Maurício parecia acordar de um longo sono.

— Vamos, rapaz! Corra o quanto puder. Tenho amigos que vieram junto comigo.

Maurício corria conduzido por Irmina Loyola, sem saber ao certo para onde iriam. No corredor por onde passavam, ele pôde notar três homens, armados com uma espécie de rifle que ele nunca tinha visto antes. Seriam armas de verdade? Não importava agora, pois ele percebera que os homens eram amigos de Irmina; portanto, estavam do seu lado.

Saíram em disparada, aparentemente sem serem notados. Havia mais pessoas por onde passavam, porém pareciam mover-se em câmera lenta, não se dando conta da rapidez com que os fugitivos passavam por elas. Seria algum efeito alucinógeno, provocado por alguma droga que lhe fora ministrada durante o sequestro? Ou uma ilusão dos sentidos? Maurício não poderia saber naquele momento. Mas toda aquela sucessão recente de eventos estava mexendo com ele profundamente. Sua mente parecia registrar o fato sem conseguir digerir ou interpretar o que ocorria. De repente, durante a fuga, Maurício imaginou se ele não estaria sendo vítima de algum pesadelo. Era conduzido pela equipe que auxiliava Irmina Loyola. Parecia que essa operação havia interferido em sua capacidade de raciocinar.

Maurício estava sendo exigido até os nervos. Resistiria à pressão psicológica?

— Depressa, nos descobriram e estão dando o alerta — falou um dos homens, que parecia um militar experiente.

— Não se preocupe, eu darei um jeito neles — gritou por sua vez Irmina, deixando o jovem doutor a cargo do segundo homem que a acompanhava.

Irmina Loyola ficara para trás, e, num relance, em meio à confusão, Maurício viu Irmina tirar algo de dentro do bolso. Seria uma bomba? Uma granada? Não poderia ser de jeito nenhum. A menos que Irmina fosse uma agente da CIA ou do FBI, disfarçada o tempo todo... Seria possível? Mas como ela conseguira todo aquele armamento e aqueles homens?

Nos momentos que se seguiram, Maurício não saberia definir como o tempo se passava e os acontecimentos precipitaram-se daquela maneira. De um lado, pareciam encurralados por mais homens — na certa, os terroristas de Max. De outro, um terceiro grupo vinha em sua direção, e, mais afastada, Irmina, parada, gritava com toda a força de que dispunha:

— Venham, malditos! Corram, miseráveis, suas crias do inferno...

Foi a última coisa que Maurício ouvira dos lábios de Irmina Loyola. Depois de todo esse pesadelo, ele desmaiara, precisamente quando escutou uma forte explosão atrás de si. Todo o acampamento de Max e sua organização pareciam abalar-se com o forte efeito da ação de Irmina. Em seguida, apenas sonhos e escuridão se alternavam na mente de Maurício. Ele escapara ileso. Mas, e Irmina? E os homens que a ajudaram? Maurício não tinha a mínima condição de raciocinar naquele momento. Estava dormindo. Dormia profundamente, sem saber qual mistério envolvia a ele, Irmina Loyola e aquela gente toda, louca, mas intensamente real.

Maurício sonhava com a própria vida. Eram sonhos diferentes e alguns pesadelos...

O CREPÚSCULO

Projeções e ensinamentos

Ela foi a madre de nossa raça.
A mãe que nos gerou.
Em seus braços o Cocheiro viu
o primeiro raio da luz geminada.
Ela foi considerada a bem-aventurada.

Fragmentos das memórias de Mnar, o capelino

Dara era cientista psicossocial. Filha de Neor e Quasam, desde cedo se tornou evidente sua vocação para estudar o comportamento de seu povo e a influência do psiquismo na formação da atmosfera espiritual. Seus estudos foram coroados de êxito, e muitas vezes fora premiada pelo Conselho, pelo muito que fizera, contribuindo para o progresso dos mundos do Cocheiro.

Empreendera também pesquisas a respeito da vida no intermúndio. Estudara com os vergs a história da evolução de outros povos e interessava-se de maneira acentuada pelo intercâmbio entre as diversas humanidades do universo, embora só conhecesse os vergs.

Sua vida, passara-a em dedicação à nação capelina, à qual amava de forma especial. Desenvolveu faculdades psíquicas desde a infância e, mais do que os membros do seu clã, dedicara-se aos experimentos psíquicos. Para isso, baseara suas observações nos ensinos de Shantal, o ser que ressuscitara os princípios de Yeshow e promovera uma reforma psicossocial nos mundos do Cocheiro.

Dara havia experimentado o privilégio de realizar mais de um contato psíquico com a consciência extrafísica de Urias, e isso a havia inspirado de modo definitivo à dedicação plena aos ideais superiores.

Lern, Tura e Zulan eram agora companheiros de Dara, a cientista psicossocial. Aproximaram-se do prédio residencial onde ela se alojava.

A capital do planeta era uma metrópole soberba. Entremeando o conjunto arquitetônico, grandes jardins suspensos ornamentavam as construções, muitas delas em forma de pirâmide. Fontes e rios preservados pela ciência do Cocheiro compunham a paisagem magnífica.

Era noite. Ao menos era o que se poderia dizer da leve variação de tonalidades coloridas, quando a atmosfera dos planetas de Capela mergulhava no matiz de cores que ia do lilás ao azul cerúleo. Não havia escuridão propriamente dita. A noite assemelhava-se à serenidade do entardecer, do crepúsculo. Com a diferença de que havia dois sóis: os gêmeos do Cocheiro. As cores resultantes dos raios dos sóis formavam uma espécie de fim de tarde, que mais parecia a sombra benfazeja de uma árvore amiga.

A capital fora embelezada com parques e jardins, e as ruas eram construídas de tal maneira que pareciam trilhas floridas em meio a bosques.

O edifício residencial onde Dara se instalara era de nobre aparência. Por dentro o espaço era simples, aconchegante e sobretudo prático; não se encontrava em seu apartamento nada que fosse supérfluo.

Após se acomodarem, Lern, representante do colegiado, começou a falar, recostado em um tipo de poltrona:

— Creio que estamos todos cansados demais e sobremaneira preocupados. Por isso, corremos o risco de tomar algumas decisões precipitadas. Precisamos descansar. Nossas mentes necessitam do repouso, a fim de que amanhã estejamos bem dispostos.

— Não creio que conseguirei tanto, nobre Lern — falou Tura. — Não posso me permitir tanto sossego. Prevejo tempos difíceis e não consigo a tranquilidade necessária para o repouso.

— Ora, venerável Tura — respondeu Dara —, não se perturbe tanto assim. Descanse! Repouse sua mente e seu corpo para que as intuições e as correntes de pensamento dos superiores possam orientá-lo também.

— Além do mais — continuou Zulan —, temos muito que fazer amanhã; precisaremos de força e disposição. Não resolverá nada ao permanecer em estado de alerta durante tanto tempo.

Tura, o cientista da mente, resolveu ceder aos conselhos dos companheiros, e juntos repousaram suas formas físicas, esperando por novos dias, que definiriam suas vidas.

As vibrações de Dara ultrapassaram os limites da forma. Na verdade, ela não percebia mais o corpo físico. Pairava acima do edifício de Centra. Sua mente estava liberta do peso da forma. Olhava, mas não tinha olhos. Tateava, mas sem braços ou pernas. Era apenas sensibilidade; era mente pura, eterna, imortal, desligada da chamada dimensão física.

O conceito de matéria física entre os capelinos era bastante distante daquele que tinham outros povos. O que para os capelinos significava matéria física era algo comparável, talvez, com aquilo que muitos mundos denominariam antimatéria; ou melhor, era um estado radiante da matéria universal. Portanto, a circunstância tida como sendo extrafísica entre os capelinos correspondia a uma dimensão superior ao próprio estado radiante. Ou seja, Dara estava vibrando e pensando além do universo dimensional conhecido sob a designação de mundo físico pelos habitantes de Capela. Projetara-se, enquanto sua forma feminina repousava aquém.

Percebeu outras pessoas, outros seres. Pareciam amigos, companheiros. Acostumara-se a utilizar suas percepções para reconhecer as pessoas.

Sentia intensamente a presença dos companheiros. Flutuava num espaço mental indefinido e junto de si anotava a presença das consciências de Lern, Zulan e Tura; além dos três, uma quarta presença. Sim! Ela sabia quem era. Era Venal, o chefe dos anciãos e diretor do Conselho. Sua consciência desprendera-se também, abandonando a forma, e manifestavam-se numa espécie de existência puramente mental, holográfica. Tudo indicava estarem flutuando sobre Centra, o centro de atividades dos anciãos e dos sábios. Mas era apenas uma impressão. O que se passava realmente? Apenas pressentia.

Mergulhados nesse estado, perceberam uma luz. Era apenas uma percepção de pensamento e, junto a isso, vinha a sensação de ouvir uma voz. Era uma voz diferente: inarticulada, interna, mental, telepática. Ouviam, simplesmente, sem ninguém lhes falar. Percebiam extasiados a presença da luz, um foco de consciência imortal.

— Meus filhos! — falou a voz inarticulada. — Bem-aventurados sejam aqueles que vêm em nome de Yeshow. Sou Urias, o chefe das legiões superiores, diretamente ligado aos destinos da humanidade do Cocheiro.

A voz penetrava no âmago de suas consciências. Se estivessem integrados na forma física, certamente derramariam lágrimas, ante a ternura das vibrações.

Continuando, Urias transmitiu o pensamento:

— Sou apenas um servidor e cumpro ordens do Alto, como vocês. Aproxima-se o tempo de redenção do povo de Capela. O conselho dos superiores decidiu promover a obra de saneamento geral nos mundos do Cocheiro. As medidas, por serem drásticas, causarão alvoroço entre as populações das diversas faixas vibratórias dos planetas envolvidos. Contudo, a situação atual torna-se insustentável, e é necessário que realizemos o juízo, com a aferição dos valores íntimos das consciências. Temos muito trabalho à frente e precisamos nos unir para estabelecer a paz definitiva nos mundos capelinos. Os párias serão deportados. Tanto os amaleques quanto as consciências draconinas serão exilados de Capela.

Era a solução que os dirigentes de Centra tanto rogaram aos superiores. Venal, Dara, Lern, Tura e Zulan ouviam atentos a consciência de Urias:

— Localizamos um orbe distante, em cujo solo abençoado viceja a vida sob outras formas, guardando, porém, certa semelhança com nosso mundo. Esse novo planeta está sob a jurisdição de Yeshow, o Bem-Aventurado, que também orienta os destinos da nação planetária nascente. Para lá serão banidas as legiões do dragão, bem como aqueles que sintonizam com suas ideias.

"Capela não mais sofrerá a influência imediata dessas almas desajustadas, que, no novo ambiente para onde serão deportadas, sofrerão as provas dolorosas em razão de suas atitudes. Entretanto, essa medida saneadora não se passará sem a intervenção da misericórdia de nosso Pai. Sem dúvida, se farão necessárias providências enérgicas, que farão sofrer muitos do povo capelino. Todavia, essa comoção é inevitável, a fim de que os povos piedosos do Cocheiro não encontrem tanta resistência para empreender seu progresso consciencial."

Urias trazia as orientações dos superiores com tanto amor que arrebatava de modo irresistível os sábios de Capela, sensibilizados ao extremo. Ele prosseguia:

— As legiões luciferinas serão localizadas num mundo mais primitivo. Lá, terão novas oportunidades de reajuste e, quando suas consciências estiverem redimidas pelo trabalho, poderão então retornar para as estrelas do Cocheiro, reintegrando-se à pátria natal. Nenhum de vocês está sozinho — afirmava com extraordinária ternura na voz. — Mantenham os ânimos elevados, pois as bênçãos de Yeshow, que nunca os esquece, estarão com cada um neste momento de gravidade.

A voz mental silenciou. O espírito dos cinco ouvintes havia sido sensivelmente impressionado pela presença daquele ser de luz. Não podiam duvidar: todas as coisas, todos os acontecimentos eram direcionados pelas consciências extrafísicas que dirigiam os destinos de Capela. Estavam amparados e não poderiam vacilar nas decisões e providências a serem tomadas.

Suas consciências se reintegraram às formas materiais. Estavam lúcidos, porém apreensivos. Aguardavam os acontecimentos.

Dara levantou-se; observava ao longe as flutuações do Mar de Gan. A visão produzia nela uma serenidade íntima difícil de definir. Cores e luzes se confundiam na tarde-noite serena do Primeiro Mundo. Era apenas o prenúncio das dores de parto. Nascia um novo mundo, começava o crepúsculo dos deuses.

O ALTO-COMANDO

— Até hoje não sabemos o paradeiro de Hitler — falou um homem de aparência imponente. — Procuramos notícias suas em todos os recantos do mundo.

— Muita gente acha que ele não morreu. Dizem alguns que os restos mortais encontrados carbonizados não pertencem a Hitler e Eva Brown.

— História que contam para enganar aqueles que estão em busca de novidades — respondeu um dos 12 homens presentes na base do poder do IV Reich, como eles se referiam a sua organização.

— Hitler era muito inteligente, perspicaz e inspirado naquilo que fazia. Não se deixava abater facilmente nem se submetia ao jogo do acaso.

— Não entendo aonde você quer chegar...

— Adolf Hitler anteviu várias possibilidades,

caso ocorresse um revés em seus planos. Diria que ele era demoníaco em suas maquinações.

Atrás da mesa de reunião do alto-comando terrorista, havia uma enorme bandeira com o desenho da suástica nazista. Poltronas ricamente decoradas estavam à disposição de todos. De um lado e de outro havia mais homens, fortemente armados, compondo a elite da guarda que protegia os dirigentes do alto-escalão.

— Mas, enfim, se não conseguimos localizar o paradeiro daquele que foi nosso maior representante na atualidade, devemos nos ocupar com as questões da política internacional e com a forma de perpetuarmos nosso poder e nosso domínio sobre os fracos. Como andam, por exemplo, os preparativos para o ataque aos americanos?

— Está tudo combinado. Nossas bases na América do Sul e no Oriente já têm tudo esquematizado.

— O importante é que os louros do atentado sejam imputados a nosso pessoal de influência na região árabe. Eles já estão preparados para o que vier logo em seguida?

— Claro que ninguém sabe ao certo a reação dos políticos de todo o mundo, porém essa ação conjunta fará com que o chefe dos peles-vermelhas tome decisões precipitadas e entre definitivamente para nosso time. Se contarmos ainda com a ação daqueles de nós que o influenciam na Casa Branca...

Peles-vermelhas — essa era a alcunha utilizada para se referir aos norte-americanos, tanto quanto se empregavam outros nomes para designar diversos países ou povos. O Brasil, por exemplo, era ali lembrado com o nome de Cruzeiro, enquanto os países do Oriente Médio, de forma geral, eram denominados de Camelo. O grupo terrorista havia criado vários codinomes, ao longo do tempo, para facilitar o intercâmbio entre os diversos representantes de sua organização. Quando queriam se comunicar entre si, utilizavam esses símbolos com a finalidade de preservar o sigilo dos planos de ataque preparados sob seus auspícios.

— Isso será muito bom para nós; geopoliticamente, é dos aliados mais preciosos no mundo atual. Precisamos precipitar os fatos ao redor do globo para que o caos se estabeleça logo. Nossos homens de negócio com certeza darão um jeitinho na economia. Temos muito interesse nas bolsas de Tóquio, Nova Iorque, Paris, São Paulo e algumas outras que nos servem de base de operação. Não há quem desconfie de que estamos infiltrados tão intimamente em meio à sociedade de tantos países... Discrição essa que é fundamental. Que ninguém saiba de nossa rede de comunicação, tampouco desconfie de nossa organização.

— Gostaria mesmo é de saber como vai o andamento da situação no Brasil e na Venezuela...

— O Brasil é um caso sério para nós, porém temos várias parcerias no narcotráfico e em alguns setores da religião. Não obstante, existem algumas dificuldades. Veja bem: no Rio de Janeiro, um de nossos mais competentes aliados está sendo preso neste momento.

— Mas isso não é problema. Podemos remediar a situação escalando alguém dentro da própria polícia que sirva de conexão com o restante de seu pessoal. De onde ele estiver, na prisão, poderá comandar a rede de tráfico da mesma forma. Talvez até consigamos agilizar a questão do armamento do grupo, visando criar uma frente de extermínio com sede no Rio de Janeiro.

A naturalidade com que falava de assuntos perturbadores era impressionante:

— Também não devemos nos preocupar tanto com o setor religioso. Parece-me que no Brasil há um grupo cada vez maior de religiosos radicais que estão assumindo a política. A ação e a influência desses religiosos no Congresso Nacional já são levadas muito em conta lá, no Cruzeiro. É só uma questão de tempo, e tudo estará resolvido. Como são indivíduos intolerantes com aqueles que não professam os mesmos princípios que adotaram, imaginem o que vai ser quando forem maioria absoluta no poder e a voz deles for aceita oficialmente no parlamento brasileiro... Creio que não precisamos nos ocupar diretamente com o Brasil. Eles cuidarão de si mesmos. Possivelmente por lá nascerá o anticristo, como diz a linguagem profética, produto da fusão da religião com o poder temporal.

— Quanto à Venezuela e aos outros países da América Latina, não estou me preocupando, pois a situação econômica precária da Argentina nos favorecerá junto ao povo. Destacada pela mídia — sensacionalista e aterrorizante, em muitas ocasiões inspirada pelo nosso pessoal especializado nas comunicações —, é certo que a crise abalará pelo menos os países do Mercosul. Devemos confiar em nossos representantes, que estão dando duro por lá.

A conversa do alto-comando terrorista estava apenas principiando quando Max entrou, acompanhado de dois outros homens, que o escoltavam.

— Então, ficamos sabendo que você falhou conosco desta vez...

— Desculpem, senhores. Eu não podia suspeitar que Maurício Bianchinni fugiria de nossa base. Ninguém nunca escapou de lá antes, e muito menos entrou ali pessoal que não fosse de nossa confiança...

— Não queremos saber de desculpas, Max, você falhou, e isso já é o suficiente para que seja punido. Você sabe que em nossa organização não admitimos nada que contrarie nossos planos. Sabe o que isso significa?

Max permaneceu calado diante da ameaça que

fora pronunciada em meio às palavras.

— Diga-nos, o que Maurício sabe a nosso respeito? Esperamos que você não tenha falado nada sobre nossa organização, não é?

— Não, senhor! Vocês sabem quanto dei a minha vida pela suástica e por tudo o que significa nossa ordem — Max disfarçou, sem responder muito claramente.

— De hoje em diante você será rebaixado em seu comando. Ficará por aqui até que tenhamos elementos mais concretos para julgarmos seu caso.

— Mas senhores...

— Cale-se, Max, e se dê por satisfeito por enquanto, que não empregamos métodos de tortura em você. Temos algo mais urgente no momento para nos ocuparmos. Ficará recluso, sem entrar em contato com ninguém, até que um dia nos lembremos de você. Se acharmos que você nos pode ser útil outra vez, o chamaremos; se não...

Max foi conduzido a um lugar especial, reservado àqueles que falhassem em suas atribuições. Mal sabia ele que ficaria ali por longo tempo... Até que ele mesmo resolvesse enfrentar a situação. Enquanto baixasse a cabeça, submisso, não sairia de lá. Não poderia fazer mais nada.

Depois da decisão de punir Max, o grupo dos 12 continuou sua conversa como se nada tivesse acontecido. Como disseram, tinham coisas mais importantes a fazer, no apoio à política armamentista, aos grupos terroristas de todo o mundo e nas intrigas planejadas e levadas a efeito pela organização, em âmbito internacional.

Não que não se importassem com Maurício. Não era isso. O conhecimento que adquiriu em interpretar certos escritos cuneiformes e associá-los a certos eventos históricos seria de imensa utilidade para o grupo de terroristas; afinal, eles queriam prever todos os detalhes da situação mundial. Apenas adiariam o caso Maurício, enquanto se dedicavam a um plano que abalaria a economia e a opinião pública mundial. Avaliaram que valia a pena protelar o caso do brasileiro que sabia demais por algum tempo — apenas um pouco de tempo. Afinal de contas, tinham duas grandes torres esperando por eles. Duas torres que despertavam neles lembranças antigas. Torres gêmeas que desafiavam o mundo por sua imponência. Era o dia 11 de agosto; portanto, faltava apenas um mês para o grande dia, que todos aguardavam. A besta perderia seus chifres, e o símbolo da águia seria derrubado no abismo. Palavra final.

Prenúncio
de um novo tempo

*Avistei ao longe as flutuações do Mar de Gan.
Além, vibravam as energias de outras dimensões.
Era o Império, a cidadela do mal.
Ele é o reflexo da grande luz.
Sua tarefa é conduzir, esclarecer, consolar.
Desde eras remotas que ele assiste o nosso povo.
No livro sagrado estão registrados seus feitos.*

Fragmentos das memórias de Mnar, o capelino

O PALCO DOS acontecimentos foi transferido para outra dimensão. Estamos no ano das transformações operadas no Cocheiro. Convivendo com a existência do plano das formas, outro mundo, sutil, etérico e supradimensional existe, além do espaço e do tempo. São as mesmas leis que governam ambos; mas constituem dimensões diferentes.

Urias, o ser de luz, cruzou o espaço e dirigiu-se às regiões densas da atmosfera do Primeiro Mundo. Sua aura era composta por irradiações eletromagnéticas de sua consciência. Formava uma espécie de campo de força em torno dele, que se assemelhava a duas asas de luz. Sua força moral era tal que ninguém daquele mundo poderia resistir-lhe à influência superior. Ele era Urias, o Cherub, representante do governo oculto dos povos capelinos. Somente a presença dele era suficiente para deter a marcha dos dragões. O império luciferino temia-lhe a autoridade moral.

Urias descia velozmente rumo ao abismo das consciências culpadas. Quando cruzava o liame entre as dimensões, deixava um rastro luminoso que varava a escuridão espiritual daquelas regiões, como se fosse uma rota traçada rumo ao país de luz. Dirigia-se ao império dos deuses — os deuses decaídos do Cocheiro. Seu rastro parecia a cauda de um cometa que descia para iluminar por pouco tempo a morada dos párias.

Amava seu povo, aquela humanidade e sua escalada evolutiva, que acompanhava desde muitas eras. Dedicara-se, há milênios, à educação e à orientação dos povos capelinos. Agora era necessário intervir. Eram humanos e deuses, os deuses de Capela. Uma raça que encontrara o seu lugar entre as estrelas da Via Láctea e alcançara a época de redenção espiritual. Mas existiam outros deuses, os decaídos, aqueles de sua raça que não se integraram ao grande plano evolutivo. Estagnaram na escuridão e na ignorância, e a circunstância a que se entregaram exigia uma solução enérgica por parte dos administradores do mundo. Talvez o choque de realidades acordasse suas consciências nebulosas.

Urias interrompeu seu voo em cima de uma elevação dos montes etéricos. Pairava acima do mundo sombrio. Sua face parecia iluminada por um relâmpago, e sua forma resplandecia, à semelhança de chamas vivas. Sua aparência lembrava a dos seres redimidos de Antares e as formas esvoaçantes de Órion.

A sombra diluía-se à sua volta. Fechou os olhos por um momento e intentou diminuir sua luz. Todavia, por mais que tentasse, seu corpo extrafísico irradiava potentes energias, que não poderiam ser ignoradas. Reiniciou sua jornada sobre as cidades do Império.

— Eu sou Urias. Sou príncipe e governante dos povos do Cocheiro. Fui estabelecido pelo poder supremo de Yeshow, o Mestre do nosso mundo. Sou o guardião da eternidade. Por milênios acompanho a marcha evolutiva dos povos de Capela. Como eu os amo... Sei que por muito tempo permaneceram na barbárie. Afinal, eram crianças espirituais. Nunca exigi nada deles. Quem ama não exige, apenas ama. Agora, na plenitude dos tempos, merecem o título de filhos do Altíssimo. São estrelas. Cresceram nas experiências planetárias; aprenderam com muito sofrimento. Por seus esforços coroaram a civilização com a aura da paz, e, hoje, me rejubilo com o rastro de luz imortal que marca sua trajetória.

Urias era arrebatador em sua elevação.

— Chamo-me Urias. Amo meu povo. Mas sofro também; sofro por aqueles, entre eles, que se equivocaram na caminhada. São os deuses que decaíram. Sofro pelos amaleques, os dragões e a multidão de consciências desprevenidas que se deixam dominar. Eu os amo a todos e elevo o meu pensamento ao Supremo, ao Altíssimo, para que me conceda o poder de conduzir meu povo rumo ao brilho das estrelas. O mundo aproxima-se do termo de uma era. Acaba-se um tempo, prenuncia-se outro.

"Eu, Urias, sei disso e conduzirei a transição dos filhos de meu povo. Compreendo que o sofrimento coletivo virá e saberei esperar. Sou o Cherub, incumbido pelo Autoevolucionário de conduzir os povos capelinos para as regiões do Sol. Outro mundo, outras vidas, novas oportunidades. Será dolorido, mas sei que a misericórdia do Altíssimo se fará presente nos séculos e milênios que aguardam os filhos de meu povo em outra terra do espaço."

Concluindo, sereno, mas tomado de emoção, pensava: "Eu os amo e não poderei me separar deles. Sou Urias, o Cherub do Cocheiro".

Urias parou em cima de um edifício portentoso, o símbolo do império dos dragões. Era uma construção erguida nos limites entre as dimensões, e sua aparência lembrava dois grandes chifres, os chifres que simbolizavam os dragões.

Os guardiões do mundo

Leroy trabalhava há algum tempo com John White. Desta vez, porém, fora convocado para auxiliar em um problema, que no início não entendera muito bem. Pensava que fora rebaixado. Desde o início de sua atividade, dedicara-se com tanto afinco ao que fazia que o comando de inteligência o designara para auxiliar em assuntos internacionais.

Ele sempre estivera envolvido com questões políticas. Sabia muito bem a respeito de sua condição. Porém, agora, estava envolvido com um problema aparentemente simples, mas que desafiava sua capacidade de agir. Estava ligado exclusivamente ao caso Maurício Bianchinni. Teriam-no rebaixado tanto assim para que não mais participasse de assuntos de fato relevantes?

Leroy parecia um empresário bem-sucedido.

Não tinha aparência de um homem comum, ou mesmo de um agente de segurança. Vestia-se de maneira impecável e comportava-se como um homem extremamente elegante. Ninguém diria que comandava uma equipe numerosa de agentes, soldados e guardiões, que prestavam serviço em todo o mundo. Com seu cabelo preto-azulado, sempre bem aparado, e seu sorriso farto, enganava quem não o conhecia. Sua especialidade era, entretanto, envolver-se com assuntos internacionais.

Agora se sentia podado em seu potencial — dedicava-se a um assunto que, mesmo dando mostras de, no início, ser algo de grande alcance mundial, apresentava-se diminuto em seu desenrolar. Desde a ocorrência do sequestro, tinha a impressão de estar se ocupando apenas de um assunto de ordem pessoal. Assim ele pensava a respeito de seu envolvimento com o caso Maurício Bianchinni. E agora que alguns homens trouxeram Maurício desacordado para o quartel-general da inteligência, com sede na Alemanha, Leroy não entendia mais nada.

Os superiores não costumavam dar muita explicação para suas instruções, porém ele agora percebia que deveria haver algo mais sobre esse tal Maurício do que julgara.

— Está na hora de voltar à realidade — ouviu a voz de John White. — Creio que os acontecimentos dos últimos dias nos deixaram frustrados, Leroy.

Não sei quanto a você, mas, para mim, há muita coisa relacionada a nossa atividade que não nos foi informada ainda.

— Será que não temos condições de entender todas as implicações de nosso trabalho? Será que nossos superiores sabem que somos capazes de administrar muito mais do que nos confiam?

— A esse respeito andei falando com Stall, meu caro. Ele pensa algo semelhante ao que ambos pensamos. Nossa equipe é muito maior do que nós conhecemos. Creio mais: sem o sabermos, fazemos parte de um projeto muito mais grandioso do que simplesmente o de tomar conta de um grupo de pessoas ou de agir como os chamados federais, agentes secretos, ou coisa que o valha.

— Como assim? Suspeita que estamos servindo a outros objetivos, diferentes daqueles que acreditamos servir? Estaríamos, porventura, nos comprometendo com pessoas que se dizem nossos superiores, mas que não os conhecemos perfeitamente? Será que é isso que entendi?

— Não é bem assim, Leroy. O que digo é algo bem mais simples do que supõe. De qualquer modo, nossa atuação é bem maior e mais relevante do que acreditamos. Veja bem: nosso serviço secreto não se intimida jamais diante de qualquer situação que venhamos a enfrentar. Temos à nossa disposição muitas informações preciosas e catalogamos em todo o mundo diversas pessoas que são nossos auxiliares, embora nem se deem conta disso, na maioria das vezes. Trabalhamos pela ordem, combatendo o caos. Sem nossa atuação, que seria de muita gente importante por aí?

— Mas note o caso de Maurício Bianchinni. Ainda não me conformo com o fato de que estamos envolvidos com ele e nem ao menos conseguimos solucionar o mistério de seu sequestro.

— É claro, Leroy. Maurício representa para nós uma peça importante num jogo de poder. Embora não compreendamos ainda toda a extensão do caso em que nos metemos, veja como tudo se esboça, agora que Maurício reapareceu. Primeiramente, ficamos tão envolvidos com o caso dos laboratórios que não percebemos que os nossos superiores haviam designado outro grupo para nos auxiliar, caso falhássemos em nossa tarefa. Só que a tal reunião de laboratórios era apenas uma fachada que nossos superiores elaboraram para atrair a atenção da elite do grupo terrorista, que acabou atacando o hotel e levando Maurício.

— Eu não tinha pensado nisso!

— Claro que é isso, e o Stall também chegou à mesma conclusão que eu. Enquanto fomos chamados para assumir o caso dos laboratórios e da convenção que se realizaria aqui em Frankfurt, outro grupo semelhante ao nosso estava dedicando-se à segurança pessoal de Maurício e, quem sabe, de outros homens envolvidos na dita conferência. O argumento utilizado afirmava que a convenção debateria um suposto soro ou vacina, que combateria o vírus do câncer e verificaria os progressos no combate ao HIV. Era apenas uma isca. Esse cenário servia apenas para atrair os terroristas e sua organização, que não tinham interesse de que o mundo se beneficiasse. Sabemos do envolvimento de laboratórios de todo o mundo com a máfia. Na verdade, existe uma máfia de laboratórios químicos e farmacêuticos. É claro que essa organização e os vários grupos terroristas espalhados ao redor do globo têm um objetivo comum. Nós funcionamos como guardiões dos interesses da humanidade, e eles...

— Eles, sabendo da tal conferência — tornava Leroy — e percebendo que ela ocorreria sem o controle de sua organização, evidentemente tentariam de qualquer jeito impedir sua realização ou infiltrar alguém em nosso meio para saber dos detalhes da reunião.

— Exatamente! Aí está toda a intriga desvendada. O que não compreendi ainda foi a atuação de Irmina Loyola.

— Ela é muito estranha. Uma bela representante do sexo feminino, mas muito misteriosa. Também não consigo encaixar Irmina nisso tudo.

— Sabemos que nenhum de nós, pelo menos

do grupo mais íntimo, jamais esteve frente a frente com um de nossos superiores. Sempre recebemos as incumbências através de outras pessoas, cuja responsabilidade está acima de qualquer suspeita. Contudo, desconhecemos círculos de atividade semelhantes ao nosso que estejam em contato direto com seus respectivos dirigentes; o que não quer dizer que não existam tais equipes.

— Já estive pensando nisso algumas vezes e cheguei à conclusão de que somos todos peças muito pequenas, embora essenciais, de um grande quebra-cabeças. Muitas vidas dependem de nosso trabalho, mas nós mesmos não sabemos dizer com precisão o alcance daquilo que realizamos.

— Eu diria que temos apenas uma intuição e não a plena comprovação de nosso envolvimento nisso tudo.

Maurício Bianchinni permanecia deitado em uma cama ali mesmo, próximo dos dois agentes. Nesse momento, estava despertando. Acordava para enfrentar a realidade.

Visita às sombras

*Sombra e escuridão. Luz e trevas.
O eterno transformismo. O real e o irreal. Tudo
no mundo, a sua aparência e o seu poder,
são ilusões da mente.
É preciso se libertar do mal, das aparências.*

Fragmentos das memórias de Mnar, o capelino

Desde eras remotas que eles se cristalizaram no mal. Eram cientistas, estudiosos, magos do conhecimento espiritual. Inicialmente pensaram estar sendo injustiçados pela civilização. Queriam o poder e não se submetiam à lei maior.

Eras se passaram, e, nos milênios que se seguiram, aos poucos sedimentaram sua conduta, voltando sua vontade sempre para as questões inferiores. Formavam a escória espiritual da humanidade capelina. Investiram seu poder e conhecimento contra as obras da civilização e arregimentaram forças entre os habitantes imprevidentes do Primeiro Mundo.

Ergueram suas cidades sombrias nos subplanos das dimensões etéricas. Uma multidão de almas desajustadas e aflitas, marginais do submundo espiritual, estava sob seu comando. Era o império das mentes que se especializaram na oposição às leis da evolução.

Intensa negritude dominava aquelas regiões do Império. Nuvens sombrias deslizavam de tempos em tempos sobre as construções grotescas do plano astralino. Eram massas nebulosas de fluidos mórbidos, acumulados durante os milênios de rebeldia, os quais, neste momento, na plenitude dos tempos, haveriam de ser expurgados do ambiente astralino de Capela.

Milhares de consciências desfilavam em meio às construções energéticas e fluídicas da região das trevas. Eram trevas morais e espirituais. De repente, um facho de luz é avistado iluminando a noite triste daquelas falanges de almas desditosas. Atrás dele, podiam identificar um fenômeno que se assemelhava a uma fogueira atômica, que consumia os fluidos grosseiros do ambiente e ameaçava a segurança enganadora das almas infelizes. As consciências enfurecidas fugiam agitadas, sem compreender o que sucedia. Era Urias, o chefe supremo das consciências esclarecidas, o Cherub. Dirigia-se ao império dos dragões para alertá-los quanto às medidas que seriam tomadas para o expurgo coletivo.

O fogo devorador parou o seu percurso. É que Urias detivera por um instante o seu voo. Concentrava-se, para diminuir o efeito de seu magnetismo nos fluidos ambientes. Sua luz, aos poucos, foi diminuindo, mas não conseguiu apagá-la de todo. As irradiações energéticas de sua alma superior envolviam-no, expandindo-se para muito além.

Urias, o guardião da eternidade, retomou sua volitação e agora descia como potente cometa, rasgando a escuridão dos planos inferiores do Primeiro Mundo. Parou em cima de altíssimo edifício, localizado nas regiões daquela dimensão, e sua augusta presença atraiu para si a atenção daquela turba de almas delinquentes. Os chefes da falange sombria não podiam furtar-se à presença do anjo guardião daquele sistema estelar. Suas almas experimentadas em séculos de lutas pressentiam que algo estava acontecendo.

Urias anunciou solene:

— Irmãos do Cocheiro, que a grande presença de Yeshow, o Sublime, possa iluminar suas consciências. Desde longos milênios vocês têm permanecido à margem dos progressos espirituais; têm desenvolvido ação intensa no sentido de nublar a evolução dos povos capelinos. Os apelos do Alto foram rejeitados, e sua ação na civilização dos nossos mundos tem sido de todo prejudicial aos propósitos dos seres superiores. Há necessidade de proceder a um expurgo coletivo. Serão deportados para outra pátria no seio do cosmo. Não poderão mais continuar detendo a evolução. Aproximam-se momentos dolorosos, e o império dos dragões encontra sua derrocada final, ante os desígnios do Eterno.

Todos assistiam mudos à presença magistral de Urias, que prosseguia, com sua voz sublime:

— Aproxima-se do sistema um astro, que os atrairá para sua aura magnética. Serão expatriados por longos milênios, até que suas consciências venham a integrar-se novamente à família universal pela vivência do amor. A pouco mais de 40 anos-luz de distância, foi localizado um mundo novo, primitivo, cuja população recentemente encontrou a luz da razão. Para lá serão transferidos, e os povos da constelação do Cocheiro serão liberados de sua presença para prosseguirem na jornada de aprendizado espiritual. Entre as lágrimas e as dores que certamente experimentarão no novo mundo, poderão relembrar as estações abençoadas do Cocheiro e contar aos seus descendentes a história do degredo do paraíso.

Silêncio profundo se fez na assembleia das consciências desditosas. Urias observava a reação diante de suas palavras enquanto os dragões recebiam sua sentença. Capela aproximava-se de sua redenção.

A face de Urias reluzia em chamas de energia, e os fluidos do mundo pareciam desfazer-se em labaredas vivas diante de sua presença. O Cherub levantou o olhar rumo ao infinito, rogando as bênçãos do Pai para aquelas almas do degredo.

Continuando, asseverou:

— Meus irmãos, bem sabem que há muitos séculos velo por vocês, chamando-os às claridades do amor. Rejeitaram o divino chamado, e, agora, ante a urgência do tempo, suas oportunidades somente se renovarão em outro ambiente, num mundo distante. Lá encontrarão um planeta em condições compatíveis com seu estado íntimo. Séculos e milênios esperam cada um de vocês na nova morada, e espero que possam um dia retornar, renovados pelo amor e pela fraternidade.

Modificando a entonação, demandou:

— Procuro pelo dragão dos dragões — anunciou Urias.

— Eis-me aqui, nobre Cherub — respondeu um dos párias capelinos. — Eis que sou um dos dominadores do Império. Sou um amaleque, um dragão que reina.

— Preciso de você para servir à humanidade.

— De mim? Acaso pensa que sou fraco a ponto de voltar atrás com minhas ideias, Cherub? Serei eu, por acaso, um capelino qualquer, que se deixa tocar por suas palavras doces?

— Bem sabe, dragão, que não tem mais tempo em seu império do mal. Sei bem que não é tão ingênuo, ou porventura se faz de ignorante? Seu tempo e de seu império já passou e não mais haverá contemplação para si e seus seguidores. Portanto, apelo para sua lucidez. Será de qualquer maneira banido para o espaço e, no lugar para onde irá, poderá continuar com suas pretensões. Não estará mais, porém, no ambiente paradisíaco do Cocheiro. Ofereço-lhe a possibilidade de continuar à frente de seus seguidores e, simultaneamente, assistir os povos capelinos nesta hora difícil para todos.

O dragão viu-se vencido pela força moral de Urias e pela verdade representada pelas suas palavras. Bem sabia que o fim se aproximava e que não havia como deter por mais tempo o progresso. Sabia que não havia mais retorno. Teria de ceder aos apelos de Urias.

— Que ganharei com isso, nobre Cherub? Bem sabe que não faço nada sem obter algo em troca...

— Obterá a consciência tranquila por haver colaborado com a lei suprema. Sabe bem, amaleque, que possui condições de se impor às legiões de rebeldes. Sua tarefa será a de reuni-los e comandá-los durante o processo de degredo. No novo mundo será líder e poderá, com o tempo e a depender do aprendizado, retornar aos povos de Capela.

Os olhos de Urias pareciam relâmpagos congelados no tempo. Ninguém, nenhuma alma conseguia furtar-se ao magnetismo daquele ser elevado.

O império dos dragões fora abalado com a notícia do êxodo. Nenhuma daquelas consciências endurecidas poderia dizer que estava sendo injustiçada. No fundo, sabiam merecer semelhante sentença.

Iludiam-se quanto à eternidade de suas pretensões e achavam que o Alto, usando de misericórdia, os toleraria indefinidamente, sem as manifestações da justiça, que torna a colheita obrigatória.

— Será que tenho alguma outra opção que não a de ser obrigado a servir aos superiores?

— Com certeza tem sua liberdade, que jamais será contrariada; no entanto, não ignora que a sentença já foi promulgada pela divina justiça. Será de qualquer forma deportado para o mundo distante. Cabe a você definir as circunstâncias em que se dará seu êxodo e de seus seguidores, ou ao menos quão sofrido será.

— Então não vejo como há respeito à minha liberdade, nobre Urias...

— Há livre-arbítrio para você, dragão, mas é livre somente dentro dos limites traçados pela suprema lei. Ela lhe concede uma liberdade diretamente proporcional à sua capacidade de administrar esse recurso sublime.

— Que devo fazer, então? Qual a sua proposta?

— Bem sabe, amaleque, que, no meio onde vivem, sua voz é obedecida e seu poder tenebroso é temido por aqueles que se submetem à influência de suas ideias. Compete a você se utilizar de sua persuasão e liderança, ajuntando as legiões de espíritos rebeldes e assistindo-os na sua condução ao degredo. Será, então, como um rei na nova pátria. Embora estrangeiros, será um líder das legiões capelinas durante o exílio no novo ambiente planetário.

— Como se dará o transporte desses infelizes? Como os superiores resolveram a questão das distâncias siderais que nos separam do novo planeta? Por acaso produzirão algum milagre?

— Temos recursos para transportar as almas rebeldes. Eu mesmo acompanharei de perto a descida vibratória dos capelinos para o mundo distante. Contamos com a influência magnética do astro errante que se aproxima da constelação do Cocheiro. Serão atraídos pelo magnetismo primário do astro intruso, cuja trajetória inclui as proximidades do novo mundo, para onde serão expatriados. De outros recursos mais dispomos também. Quanto àqueles amaleques que sobreviverem às catástrofes naturais que abalarão os mundos do Cocheiro durante a passagem do cometa, serão levados em comboios que os transportarão pelo espaço. Tudo está preparado.

O amaleque chefe dos dragões via na sentença de Urias algo contra o que não tinha condições de resistir. Tudo já estava preparado nos mínimos detalhes. Pela sua inteligência invulgar, sabia que não dispunha de recursos para se opor à suprema lei que os regia. Sua ira era apenas um recurso de rebeldia. Tinha de admitir: Urias havia planejado tudo. Só lhe restava colaborar, afinal. No lugar para onde iriam, no mundo distante, procuraria tirar proveito da situação.

O dragão não tinha ideia do que os aguardava no mundo primitivo.

Urias levantou seu olhar novamente e partiu daquela região sombria, elevando-se nas alturas. Seu rastro luminoso rasgava a escuridão e a densidade dos fluidos grosseiros daquele sítio tenebroso.

Regressava às regiões superiores das estrelas do Cocheiro, em meio ao brilho dos sóis. Para trás ficava a malta de espíritos luciferinos, o império do mal, abalado em suas convicções e em seus fundamentos.

Conscientização

Maurício Bianchinni acordava do pesadelo aterrador. Sim, para ele toda aquela história de sequestro fora um terrível sonho, quase sem fim, que ainda não conseguia compreender.

Notou logo a presença de Leroy e John White, os dois agentes de segurança que, desde sua chegada à Alemanha, acreditara serem agentes da CIA e do FBI. Demorou um pouco a se ambientar, pois ainda estava sob o impacto emocional que abalara seus nervos. Não resistira e desmaiara justamente quando Irmina parecia tomar uma atitude desesperada, salvando-o dos terroristas.

— Até que enfim acordou, brasileiro. E então? Estamos todos curiosos quanto ao seu sequestro.

— Onde está Irmina Loyola? — perguntou Maurício. — Ela morreu na explosão?

— Irmina? Logo que você foi sequestrado, poucos minutos depois, ela fugiu, e não temos informações a respeito do paradeiro dela desde então.

— Não pode ser — falou Maurício, ainda meio tonto. — Foi ela que me libertou lá do galpão onde eu me encontrava prisioneiro! E Max? Conseguiram pegá-lo?

— Não conhecemos nenhum Max, e, quanto a Irmina Loyola, é bom que você nos atualize quanto à ação dela. Acredito que você trás muitas informações importantes para nós.

Maurício Bianchinni levantou-se com certo cuidado e, ao assentar-se numa poltrona, encarou os dois agentes. Somente agora teve absoluta certeza de que algo estava errado naquela história toda. Leroy e John White não sabiam de nada a respeito de sua fuga do esconderijo neonazista; portanto, Irmina agira sozinha e misteriosamente desaparecera.

— Muito bem — iniciou Maurício. — Eu fui conduzido para outra cidade pelos sequestradores. Esse tal Max parecia ser o responsável pela base de operação dos neonazistas. Aliás, segundo entendi, a organização deles tem um alcance internacional, e, pelo que me disseram, estão envolvidos com gente grande e de projeção por aí.

Maurício contou cada detalhe da conversa que tivera com Max, bem como o desfecho do sequestro, quando foi libertado por Irmina Loyola. Tentou levantar-se da poltrona para andar um pouco pelo apartamento, porém sentiu-se mais tonto ainda. Colocou a mão na cabeça. Uma vertigem o acompanhava há algum tempo, mas agora parecia ter se agravado. Não tivera tempo de ir ao médico antes da viagem para a Alemanha... Assim que retornasse ao Brasil procuraria um serviço médico para checar isso.

Maurício equilibrou-se no espaldar da poltrona, sendo amparado por John White.

— Parece que você não está se sentindo bem — falou John. Olhando então para Leroy, sentenciou — Talvez esteja sendo atraído para o corpo.

— Atraído para o corpo? Não entendi... — estranhou Maurício.

— Deixemos isso para depois, pois agora temos de resolver o caso de Irmina e entender a sua participação nisso tudo. Mais tarde voltaremos a falar disso. Por enquanto, interessa-nos saber os detalhes de sua conversa com o tal Max e sua ligação com os eventos ocorridos em todo o mundo. Por outro lado, creio que você merece também algumas explicações, Maurício.

— Você fala de uma forma enigmática.

— Está na hora de você saber da verdade quanto a nós e nosso trabalho. Somos agentes de segurança, conforme você pôde constatar...

— Não será melhor explicar a ele desde o início, devagar, John?

— Isso mesmo, Leroy; bem lembrado. Assim Maurício compreenderá melhor o assunto.

Mesmo tonto, o médico brasileiro quase se exaltou, impaciente, ansioso por entender tudo aquilo. John falou:

— Você veio à Alemanha para participar de uma conferência de um grupo internacional envolvido com laboratórios, medicamentos e pesquisas. A conferência foi, na verdade, uma espécie de isca, utilizada por nós para atrair a organização que sequestrou você. Já temos conhecimento da ação desses marginais em todo o mundo e formamos uma espécie de agência ou inteligência, segundo o vocabulário que lhe é familiar, com o objetivo de capturarmos alguns integrantes desse grupo. Com tal finalidade, estabeleceu-se que deveríamos realizar uma reunião, que chamaria a atenção dessas facções terroristas. Fontes seguras atestavam sua atuação criminosa, no intento de manipular medicamentos, mantendo laboratórios em várias partes do mundo. Um deles, na região da Antártida, entrou em operação com o objetivo de desenvolver um vírus muito mais forte e resistente do que o HIV ou o ultravírus do câncer.

— Mas como a organização deles conseguiu estabelecer bases na Antártida, um continente totalmente inóspito e desabitado? Isso é impossível! E o transporte de material, de mão de obra e todo o resto? E mais: não consigo entender como uma organização com uma elite de assassinos internacionais tem êxito em driblar a segurança mundial durante tanto tempo... e ainda desafiar o mundo com tantos recursos tecnológicos!

— Essa é uma outra história, meu caro brasileiro — interveio Leroy. — Mas creio que não há como deixar para depois: você terá de saber, cedo ou tarde. Retornaremos um pouco ao passado para que compreenda, Maurício. Vou lhe dar apenas um resumo. Acredita-se que, na época da Segunda Guerra Mundial, Adolf Hitler tinha especial interesse na Antártida. Ele acreditava que, se dominasse essa área, poderia construir ali uma importante base militar aérea e naval, de onde dominaria o mundo. Portanto, decidiu, já no início da guerra, que um dos porta-aviões do III Reich seria totalmente modificado, adaptando-o para explorar o continente antártico. Do passado, restaram algumas lendas e muitas fantasias a respeito da pretensa base de Hitler. É por isso que muitos nazistas procuraram a Argentina e o Brasil para seu exílio no pós-guerra, acreditando que ficariam mais próximos da tão venerada base de operações do Reich. Acreditamos que é justamente lá, no hemisfério sul, entre o pólo e o Trópico de Capricórnio, que se localiza a rede de laboratórios da tal organização terrorista. Possuem, é claro, outras bases, espalhadas pelo mundo.

— Pois bem, dando continuidade ao que dizia —

tornou John —, a tal reunião ou conferência que seria realizada em Frankfurt foi a isca necessária para atrair os terroristas. Queríamos impedir algo monstruoso que estavam tramando. Ficamos sabendo da tentativa de se utilizarem de seus aliados do Oriente para detonar uma bomba no Congresso dos Estados Unidos, o que levaria a humanidade a uma guerra de proporções mundiais, devido às implicações políticas envolvidas.

— E conseguiram alguma coisa além de meu sequestro durante a conferência?

— Claro que conseguimos. Seu sequestro nos pegou de surpresa, é fato, pois não sabíamos que a organização deles tinha interesse em seus conhecimentos a respeito de línguas antigas ou em descobertas arqueológicas.

— Não sei como uma organização dessas tem interesse por um pedaço de tábua de barro, descoberto há algum tempo. Mais que ninguém reconheço seu valor para a ciência arqueológica e como documento histórico; no entanto, é um paradoxo, considerando que investem pesadamente em recursos tecnológicos, que a tônica de seu trabalho não esteja em pesquisas dessa natureza. Não consigo entender também o interesse deles por mim, já que devem ter elementos altamente capacitados em sua equipe, especializados em traduzir e decifrar inscrições como essas.

— Ocorre que você é bem mais velho do que imagina, Maurício, e por isso mesmo tem arquivada na memória muita coisa que muitos de nós nem suspeitamos ainda...

— Não entendi direito aonde quer chegar.

— Eu, pessoalmente, fui incumbido de tomar conta de você há muito tempo — disse John White. — Acompanho sua trajetória há alguns anos e sei muito mais sobre você do que pode suspeitar.

— Mas...

— Aquiete seu espírito um pouco e deixe-me continuar a história. Tenho de lhe falar algo muito especial, que definirá o seu futuro para sempre, Maurício. Ocorre que, já há algum tempo, você sofreu um acidente...

— Eu? Acidente? Creio que estão enganados, e, se são mesmo especialistas em investigação, deveriam reavaliar suas carreiras. Nunca sofri nenhum acidente, John White. Vocês erraram feio! Estão vigiando a pessoa errada...

Maurício fez menção de sair do ambiente, deixando os dois para trás sozinhos, envolvidos naquilo que ele considerava uma história fantasiosa. Foi então detido por Leroy.

— Pare, Maurício! Deixe-nos ao menos contar a nossa história; depois você poderá sair e deixar-nos, se desejar. Continue, John!

— É isso mesmo, Maurício Bianchinni. Você sofreu um acidente no Rio de Janeiro. Na verdade, foi vítima de uma bala perdida que lhe feriu a cabeça, causando-lhe um estrago permanente...

À medida que John White falava, Maurício parecia hipnotizado. Reaparecia, com intensidade, a sensação de estar vivendo em câmera lenta. Colocou a mão na cabeça instintivamente, descobrindo aí algo que o incomodava.

A OFENSIVA

*Os espíritos são filhos do Grande Senhor. Todos
são criação sua e filhos do seu amor.
Alguns, porém, escolheram caminhos difíceis
e pensamentos sombrios.*

FRAGMENTOS DAS MEMÓRIAS DE MNAR, O CAPELINO

Em qualquer situação que envolva o relacionamento humano, há que se ponderar que ninguém age sozinho. Atrás de toda ação há um pensamento, um sentimento. Como a sintonia é a lei que rege todas as forças do universo, há sempre inteligências extrafísicas em atuação, inspirando os acontecimentos no plano físico. A humanidade não caminha sozinha. Aliás, poderíamos considerar a humanidade como sendo um termo aplicável às populações visível e invisível.

Assim se procedeu em Capela. As forças que se opunham à luz começaram a se movimentar, a fim de envolver os capelinos rebeldes, os amaleques, na teia negra de seus pensamentos. O mundo que se aproximava de sua redenção enfrentou muitas dificuldades antes de consolidar sua posição espiritual ante os outros orbes do espaço. Os espíritos vândalos que viviam nas regiões mais próximas da Crosta invadiram a morada dos capelinos, fazendo de tudo para inspirar pensamentos de revolta na população, em especial nas pessoas que sintonizavam com seus propósitos sinistros. A partir desse fato, teve início a primeira manifestação de revolta contra o governo capelino. Daí, à semelhança de um fogo destruidor, espalhou-se o sentimento avassalador entre os habitantes rebeldes do Primeiro Mundo.

Capela enfrentava uma situação delicada. Embora não houvesse guerra declarada, multidões de almas desajustadas se uniam e espalhavam medo e terror. Os espíritos das sombras patrocinavam o estado de rebeldia dos amaleques. Cientistas renomados, representantes do povo, homens sábios ou o simples capelino da multidão — estavam todos mostrando sua verdadeira condição espiritual.

Nos tempos de crise é que se conhecem os valores do espírito. Enquanto a situação social ou econômica reflete uma aparente quietude, é comum que se disfarce o real estado da alma. Nesse contexto, as crises são por vezes benéficas, pois fazem com que ecloda, em um pequeno intervalo de tempo, o que levaria anos. Funcionam como uma espécie de cirurgia para a alma.

Somente após as crises, entretanto, é que se pode observar com clareza o crescimento, o progresso. As amizades verdadeiras se manifestam nos momentos graves. Sem tais momentos nas experiências cotidianas, não conheceríamos os amigos de fato, os verdadeiros companheiros de ideal, ou aqueles que desejam honestamente o bem. É fácil para qualquer um ser bom nos momentos de euforia dos sentidos, de prazer, de fama e glória. Contudo, manter a fidelidade aos princípios, a amizade constante e sadia, dando mostra dos valores morais, éticos ou espirituais alcançados, é algo bem mais profundo — só os momentos de gravidade, nas crises que visitam a todos, revelarão a natureza dos sentimentos e das pessoas. Por mais difíceis que pareçam os tempos de tumulto e inquietação, eles indubitavelmente promovem a renovação moral e social.

Nessas épocas de intensa atividade, de descontentamento, a população invisível do mundo igualmente se agita, devido ao tipo de sintonia. No momento em que as mentes captam as energias que se movimentam entre as diversas dimensões da vida, evidencia-se isto: tudo está interligado. A sociedade é o reflexo da situação espiritual do mundo. Não há como encobrir, como mascarar as questões íntimas em tempos de crise.

Axtlan, o primeiro mundo, passava por uma situação sem precedentes em sua história. Aqueles capelinos que não haviam sedimentado os valores eternos, a ética cósmica, deixaram-se arrastar pelos atropelos e pelas ideias extravagantes. O mundo parecia revolto em meio a intensas dificuldades, que colocavam em risco o destino de dezenas ou centenas de milhões de seres.

Essa época foi propícia para que os crimes se alastrassem. A subversão dos valores morais foi cada vez mais acentuada entre os seres que se conservavam na retaguarda evolutiva.

De nada adiantavam o desenvolvimento intelectual, os títulos ou as posições sociais: a crise acentuava a vida íntima de cada um. As barreiras sociais, econômicas ou psicológicas foram quebradas de tal forma que multidões de capelinos deixavam-se influenciar pelas ideias estranhas que lhes eram inspiradas.

O governo nunca enfrentara uma situação de tal emergência. Aqui e ali, reuniam-se os revoltosos em assembleias, promovendo o estremecimento das relações sociais e aumentando a crise mundial. Os dragões atacavam as obras da civilização com força total. De um lado a outro iam os mensageiros capelinos, tentando amenizar a situação ou acalmar os ânimos.

Como se não bastasse a euforia a que se entregavam os amaleques, os revoltosos, a aproximação de um astro intruso no sistema do Cocheiro provocou mudanças climáticas e geológicas no Primeiro Mundo, fazendo a população agitar-se ainda mais.

Maremotos, enchentes e descongelamento dos pólos, a princípio de maneira incipiente, depois de forma pronunciada, transformaram-se no elemento que detonou a grande crise dos deuses de Capela. A órbita do planeta sofria alterações com a presença do visitante do espaço. O tal cometa estava ainda muito distante, mas sua força gravitacional começava a ser sentida aos poucos.

O clima, que até então era ameno, temperado, modificou-se sensivelmente, a ponto de provocar a interferência dos vergs, os povos irmãos de outros mundos. Eles tentavam, com sua tecnologia superior à dos capelinos, amenizar a situação geral. Lugares onde nunca antes houvera frio experimentavam quedas bruscas de temperatura: a neve caía e assustava os habitantes. O Mar de Gan, que representava a madre geradora da vida, também parecia revoltado. Ondas gigantescas ameaçavam a população litorânea, e os constantes abalos sísmicos, em terras aparentemente estáveis, contribuíram para aumentar a insegurança de muitos. O clima psicológico estava propício à manifestação da intimidade de cada capelino.

O mundo físico é o retrato do mundo espiritual. Em épocas de mudanças intensas, ambas as dimensões, visível e invisível, juntamente com suas populações, se ressentem, uma influenciando a outra. Para os que ignoram certas leis — e muitas verdades —, o pânico passa a ser o companheiro de todas as horas.

Capela enfrentava a revolução. Diante da crise social, que se agravava cada vez mais, o alimento rareava, pois o mundo agrícola, Lemir, não produzia com a intensidade de antes, e os alimentos não conservavam as qualidades de outrora. A economia estava abalada, e, enquanto o cometa gigante se aproximava do sistema solar capelino, incrementavam-se os esforços do Conselho dos Sábios e do governo para manter a tranquilidade a todo custo.

Dara estava apreensiva. Juntamente com Zulan e Tura, fizera algumas excursões a vários recantos do planeta. Era de fato bastante alarmante a situação.

— Veneranda Dara — falou Tura —, temos que nos manter atentos nestes momentos difíceis. Nunca tivemos tempos tão tumultuados como estes, mas acredito que as forças superiores haverão de nos socorrer.

— Por certo a situação se estabilizará. Mas, por enquanto, isto a que assistimos é só o começo, nobre Tura. Veja como a aparente tranquilidade demonstrou-se ilusória. Diante de uma ameaça global, a população despreparada encontra-se em franco desequilíbrio; e veja que nenhum fato realmente extraordinário aconteceu... ainda. Este é apenas o início das dores coletivas de nosso povo.

— Aqueles que não desenvolveram valores morais, através de uma vivência mais profunda — disse

Zulan —, não resistirão aos momentos de crise. As máscaras cairão finalmente. Bem, somente assim conheceremos os capelinos que estão ao lado do bem e do progresso. É necessário o tanque de lágrimas e o aparente caos, a fim de que sejam separados os filhos da luz e os servidores dos dragões. Sabemos que é doloroso para todos, mas precisamos nos fortalecer e continuar a marcha.

Estavam no começo da grande crise. Não havia tempo a desperdiçar. Recebendo uma comunicação diretamente de Centra, Dara, Tura e Zulan dispuseram-se a ir ao encontro de Ginal, com o objetivo de mobilizar recursos junto à população, visando auxiliar a tantos quantos necessitassem. Foram chamados a se reunir numa cidade costeira, a leste de uma importante central de comunicações do Primeiro Mundo. Era o local onde as forças rebeldes se concentravam em maior número. Lá estava, comandando os revolucionários, o valente Azhur, um amaleque, capelino que não sintonizava com os ideais nobres de sua nação planetária.

Lá, ao longe, no país do norte, de onde Azhur dominava os capelinos rebeldes, as ondas ameaçavam as cidades da costa. Terremotos constantes, a princípio apenas leves tremores, estabeleciam o pânico entre a população, que não estava acostumada a esses eventos catastróficos. O mundo parecia estar sendo abalado em suas entranhas. O tempo enlouquecera: o calor era insuportável em regiões onde antes havia clima temperado; frio intenso e chuvas torrenciais se intercalavam em outros lugares.

Nada era como antes.

A notícia da aproximação de um astro intruso no sistema, um cometa, vazara para o povo, e os ânimos estavam alterados. Todo tipo de especulação mística e religiosa surgia, assim como se via no âmbito social e econômico.

Azhur aproveitava a situação de descontrole para tentar estabelecer uma nova ordem.[16] Aliciara vários capelinos despreparados, de várias classes sociais, e os convencera de sua causa.

Ele era um capelino de estatura alta, esguio, de olhos profundamente negros. Os capelinos eram humanoides. Em sua boca observava-se um vinco, que lhe emprestava a aparência de um misto de frieza e crueldade. Seu porte nobre e altivo dava-lhe um aspecto perturbador e atemorizante. Portador de intenso magnetismo, sabia muito bem convencer através de seus discursos inflamados. Uma multidão de capelinos o seguia, e tinha seus simpatizan-

---

[16] Saltam aos olhos as coincidências entre o processo de juízo que ocorreu entre os capelinos e o que se desenha na atualidade do panorama terreno. Talvez demonstrar isso seja um dos principais objetivos desta narrativa, que entrelaça histórias paralelas à medida que o leitor é familiarizado com as semelhanças entre elas — recurso

tes em vários pontos do sistema planetário.

Azhur vestiu seu traje mais nobre e saiu em direção a um dos prédios centrais. Lá, no amplo teatro, realizaria uma conferência para os capelinos revoltados, os amaleques, em cuja causa se encontravam cientistas renomados, nobres e também os simples cidadãos capelinos, que não tinham nenhuma posição social de destaque. Não se conformavam com a lei geral que presidia a evolução dos povos do Cocheiro. Pretendiam ser independentes, queriam dominar — diziam-se deuses, que faziam jus a certos privilégios e mereciam ser tratados de forma diferente da forma como eram tratados os demais capelinos.

Ao dirigir-se ao prédio onde se realizaria a conferência, Azhur encontrou dois outros amaleques, que lhe entregaram uma espécie de correspondência. Abrindo-a, leu a mensagem:

"Nobre Azhur dos capelinos, seja para sempre bem-aventurado. Como representantes do Conselho dos Anciãos de Centra, pedimos a você uma audiência, na qual trataremos de assuntos de interesse para os povos do Cocheiro. Aguardamos a sua resposta."

literário incompreendido por muitos, sobretudo por aqueles de pouca intimidade com a arte da literatura. Na passagem assinalada, menciona-se a "nova ordem", que imediatamente remete à chamada *nova ordem mundial*, retomada por Ângelo Inácio em seu *A marca da besta* (op. cit. p. 390, 458 passim).

Assinavam Ginal, o Ancião, além de Dara, Tura e Zulan.

Azhur parou, pensativo, e ponderou com um de seus seguidores:

— Pensam que fraquejarei... Nem imaginam os planos que tenho para nosso povo. No entanto, alguma coisa mais urgente deve trazê-los aqui, ao norte. Que será? Enfim, não sei se os receberei...

— Nobre senhor — falou um de seus seguidores. — Se me permite uma observação, o momento parece muito grave, e as relações com os outros capelinos estão bastante tensas. Quem sabe, se atender ao pedido, não poderá descobrir coisas importantes que mais tarde beneficiarão nossa causa?

Azhur era assistido por um dos espíritos da falange dos dragões. Seus pensamentos pareciam refletir intensamente os pensamentos das entidades malévolas. Algo lhe dizia que, se aceitasse o convite, poderia estar colocando em perigo o sucesso de sua causa. Alguma coisa estava ocorrendo, e não sabia o que era. Meditou um pouco, ressabiado, e, depois de ouvir a opinião de seus colaboradores, resolveu ceder. Aceitaria o convite dos anciãos e dos representantes de Centra. Mas tomaria suas providências. Não iria sozinho.

Ele não sabia que outros acontecimentos interferiram em sua decisão. Outros caminhos eram traçados para promover seu encontro com os nobres do Cocheiro.

O auditório estava repleto de pessoas com os ânimos exaltados. Os sistemas individuais de comunicação se incumbiriam de levar a todas as famílias capelinas a palavra do chefe dos amaleques: o grande Azhur, de Capela.

Ao adentrar o auditório, o chefe dos rebeldes foi aplaudido pela multidão dos amaleques e por aqueles que ainda não haviam decidido de que lado ficavam. Na numerosa plateia, encontravam-se também Venal, Dara, Tura e Zulan, que ali estavam a fim de acompanhar a assembleia dos rebeldes. Azhur, contudo, ignorava a presença dos nobres de Centra.

O amaleque subiu numa espécie de tablado e principiou sua fala de modo inflamado, em tom de exortação:

— Capelinos de todas as ordens! Eu sou Azhur, do país do norte, e represento aqueles do nosso povo que intentam estabelecer uma nova ordem em Capela. Como sabem, aproxima-se de nosso mundo um cometa de proporções descomunais. As informações que chegam ao nosso povo, no entanto, não correspondem à realidade. Os nobres anciãos e os representantes de Centra escondem muita coisa da população e, simultaneamente, espalham notícias acerca de calamidades e catástrofes. Desejam dominar pelo medo e ainda pretendem que nos submetamos pacificamente à forma de governo que nos impuseram durante muitas e muitas gerações... Apresento-lhes uma nova proposta, uma nova vida para os povos do Cocheiro.

Todos o ouviam excitados, pois ele verbalizava os sentimentos daquela comunidade desajustada. Os nobres representantes de Centra assistiam ao discurso, impassíveis, procurando se ligar às forças superiores, a Urias.

— O governo atual e os chamados sábios desenvolvem pesquisas, experiências que são responsáveis tanto pela mudança climática quanto pelos abalos sísmicos de nosso mundo. Mesmo que o cometa que se aproxima de nosso sistema seja incomum para os padrões dos cientistas capelinos, essas alterações climáticas, maremotos e tormentas não têm origem em sua presença, mas em algum experimento realizado aqui mesmo, no Primeiro Mundo. Descobriremos juntos o que se passa e modificaremos a ordem atual, estabelecendo uma nova civilização e marcando um novo tempo para os povos do Cocheiro. Alcançaremos as estrelas e seremos os deuses de nosso sistema! Não é hora, capelinos, de abater o orgulho de nossa raça: somos deuses e, portanto, devemos nos comportar como tais. Juntos vamos incitar a transformação por meio de uma revolução, que começaremos aqui e agora. Nada de pieguice religiosa, nada de moralismo, nada de humildade. Capela é a morada dos deuses. É o paraíso do Cocheiro, que não poderá ser destruído pelos representantes de Centra. Eu, Azhur, sou o novo marco na história deste mundo.

O DESPERTAR

As coisas não iam bem para Maurício. A começar por seu envolvimento com a clínica que o contratara no Rio de Janeiro, que se subordinava, por sua vez, aos laboratórios para os quais trabalhava indiretamente, Maurício se via imerso em acontecimentos intricados e confusos.

A presença e a participação de Irmina Loyola vieram colocar um tempero especial em sua vida, mas ela se comportava de forma enigmática e absolutamente imprevisível. Depois, ao chegar em Frankfurt, cidade que tanto o encantava, veio o sequestro, o envolvimento com os agentes de segurança que ele julgava pertencerem à CIA e ao FBI. Novamente surge Irmina e, de maneira inexplicável, liberta-o dos sequestradores, sumindo também inopinadamente, como aparecera. Era demais para ele. Agora os tais agentes diziam que ele fora vítima de uma bala perdida... Como tal acidente ocorrera com ele, se não havia lembranças registradas em sua memória?

Porém, algo o incomodava acima de tudo. Apesar de não se lembrar da pretensa bala perdida a que se referia John White, há algum tempo sentia tonteiras, como se fosse algum sintoma de labirintite. E havia mais: agora que John tocara no assunto, ao levar a mão à cabeça instintivamente deparou com algo que antes não observara. Uma marca, talvez um ferimento.

A cabeça de Maurício começava a rodopiar, com sintomas de vertigem. Ele não aguentaria tudo isso sem entrar em colapso. Era muito para ele.

— Sinto muito, Maurício, mas precisa saber a verdade. Sei que é difícil para você, mas já há certo tempo temos hesitado em lhe contar o que ocorreu, por receio de que não suportasse a realidade.

— Eu tenho medo do que vocês têm para me dizer, na verdade...

— No fundo, no fundo, você já sabe, embora esteja protelando por algum tempo o reconhecimento total de sua situação. Cremos que você se recusa inconscientemente a enfrentar a realidade, relegando para segundo plano certos fatos que permanecem aí, impressos em seu inconsciente.

— Você quer dizer que estou ficando louco, não é mesmo?

— Acreditamos — falou Leroy, dirigindo-se a Maurício — que você agora está ficando muito mais lúcido do que sempre esteve. A loucura é uma ilusão da mente que está doente; você está despertando dessa ilusão, porém precisa reunir forças para enfrentar-se, conhecendo a realidade.

— Por favor — disse Maurício. — Não me esconda nada. Já que passei por tanta coisa nestes últimos dias, não posso ficar por mais tempo aqui, enganando a mim mesmo.

— Pois é... Você sabe do que estamos falando, não é mesmo?

Maurício Bianchinni, jovem, carreira promissora pela frente. Sua vida era um mistério para os amigos, que não o compreendiam. Como poderia alguém viver assim, no mundo da lua? — é o que geralmente perguntavam. Não entendiam como Maurício, com todo o seu potencial, poderia viver voltado para "pesquisas de fim de mundo", como diziam. Viajava para os mais diversos países como um dos mais competentes representantes de um imenso complexo empresarial, que detinha a patente de inúmeros medicamentos no Brasil. Era um visionário, um sonhador, pensavam seus colegas. Mas Maurício prosseguia seu interesse por ciências, especializando-se como químico.

Nos momentos de tranquilidade, dedicava-se a pesquisas relacionadas ao passado do planeta Terra. Numa de suas viagens, participando de conferências nos Estados Unidos, chegou a conhecer um renomado cientista da Nasa. Desde esse encontro, apaixonara-se sobremaneira por assuntos atinentes às civilizações antigas e, de modo particular, aos povos da Mesopotâmia. Maurício conhecia muito mais o assunto do que certos especialistas em história antiga ou arqueologia, até porque tinha a facilidade de viajar por todo o mundo e aprofundar pesquisas, conhecer estudiosos, incrementando sua cultura.

Foi num dia de verão do ano de 1998 que Maurício resolveu sair para caminhar um pouco nas ruas do Rio de Janeiro, a Cidade Maravilhosa. Estava, mais precisamente, na Barra da Tijuca, quando se sentiu atraído por determinado restaurante, onde planejava almoçar. Resolveu aproximar-se do local, que parecia agradável. Ele não sabia que aquela seria a estação terminal de suas experiências, nem desconfiava de que estava sendo observado por olhos invisíveis, que tinham certo interesse em mantê-lo sob sua influência.

Um minuto apenas. Um estampido. Uma bala perdida. A violência com que o ser humano convive no dia a dia faz com que ele nem perceba que está num mundo onde ainda impera a força dos que se julgam fortes.

A violência nas ruas, nas famílias, nas palavras ou nas relações internacionais — tudo isso é o reflexo da barbárie espiritual. Não se combate a violência através de tratados, de leis ou de imposições, ou, ainda, com mais violência. Embora tais recursos sejam úteis para limitar a ação abusiva ou coagir as consciências mais imaturas, somente com a educação do ser se obterá êxito em resolver o problema, em todos os seus aspectos. A face da violência se confunde com a face da ignorância, ou a violência talvez seja a face mais proeminente da ignorância.

Maurício caiu antes mesmo de atingir o outro lado da rua. Os curiosos se aproximaram do homem caído, que parecia gemer baixinho.

Uma bala perdida, aparentemente um acidente, atingira Maurício Bianchinni na região da cabeça. Ele não resistiu e foi ao chão imediatamente. Mas parece que estava tão distraído, pensando em sabe-se lá o quê, que também não viu o corpo estendido atrás de si. Continuou caminhando, com a mente perdida em mil pensamentos. Como se nada houvesse acontecido, o homem caminhava.

Talvez cansado de pedir o cardápio ao garçom, resolveu sair para a rua, após brigar e gritar, indignado porque não lhe davam atenção. A fome foi substituída por um cansaço mental, um sono sem igual e uma tonteira, um incômodo que, aos poucos, foi se acentuando, mas que ele teimou em superar, empurrando a sensação incômoda para o inconsciente.

Maurício avançava rumo ao desconhecido. Não

se conscientizara do que havia ocorrido. Dirigiu-se para seu escritório, embora tivesse notado certa dificuldade em atingir seu objetivo. Demorou até sentir-se seguro em seu próprio ambiente. Ele prosseguia sua vida como se nada tivesse acontecido. Maurício vivia, porém em outra dimensão da vida.

Retomar a consciência era algo torturante para Maurício Bianchinni. As recordações de fatos difíceis e marcantes sempre representaram uma tortura para ele. Mas aos poucos foi recobrando a consciência do que ocorrera consigo. Mão na cabeça, foi aos poucos desfalecendo diante da avalanche de recordações que lhe sobrevinham à memória. Entregou-se ao sono reparador; agora, porém, em processo benfazejo de retorno ao mundo íntimo. Atualizava seus registros mnemônicos. O passado voltava-lhe ao consciente.

Dois dias durou o transe de despertamento de Maurício Bianchinni, que era amparado pelos agentes da segurança, que julgara pertencerem à CIA e ao FBI. Ao acordar, sentia-se mais tranquilo, embora não tivesse respostas para algumas dúvidas.

— Quer dizer então que morri naquele episódio lá, na Barra? Entretanto — perguntou Maurício, já mais recuperado do choque que a revelação lhe provocara —, tenho algumas dúvidas que gostaria de ver esclarecidas, para que eu não enlouqueça de vez.

— Creio que poderemos lhe adiantar algumas

coisas; entretanto — respondeu Leroy —, você terá de procurar sua própria verdade, para não se sentir dependente de ninguém nem ser submetido às verdades alheias. Pode perguntar; se pudermos contribuir de alguma forma...

— Me digam: como entender toda essa organização de agentes federais e a atuação dos terroristas, se tanto eu quanto vocês já estamos todos mortos? Vocês não pertencem ao FBI e à CIA?

— Bem, Maurício, essa sua pergunta é bastante interessante — respondeu John. — Na verdade, nunca nos apresentamos como agentes federais... Você criou toda essa história em sua cabeça. Como não tinha nada que explicasse racionalmente uma organização voltada para a ordem e a disciplina fora do contexto que conhecia, sua mente associou nossos homens à CIA e a outros órgãos do governo americano. Somos uma equipe vinculada a certos elementos de destaque na hierarquia do mundo, que atua em todo o globo. Digamos que sejamos uma espécie de guardiões da ordem. Se desejar, poderá continuar nos associando às atividades do FBI, só que estamos todos em outra dimensão da vida. Quanto às ações dos terroristas que o sequestraram, isso tudo é a mais absoluta verdade. São espíritos altamente perigosos, que se especializaram no domínio das consciências. Têm em suas fileiras cientistas de renome e muitos homens inteligentes, já conscientes de que habitam outra dimensão da vida.

— Todos mortos, então?

— Pode-se dizer que estão mortos, desencarnados, fora do corpo ou coisa semelhante. São eles os manipuladores da mente dos homens da Terra. Criaram bases de apoio em diversas partes do mundo. Entre seus artifícios para influenciar a humanidade, dispõem de uma rede imensa de laboratórios, que se especializaram em desenvolver vírus e bactérias. Possuem igualmente uma espécie de pólo de desenvolvimento de tecnologias que visam interferir nas organizações humanas. Esses seres estão, contudo, muito mais ligados às grandes realizações no cenário político internacional do que a pessoas em particular.

— Então a vida aqui seria um prosseguimento da vida na Terra?

— Exatamente. Ou, como você preferir, podemos afirmar que a vida na Terra é totalmente influenciada pelos habitantes deste lado de cá.

— E como explicar a viagem que fiz do Rio para Frankfurt, de avião, as bombas utilizadas pelos terroristas e toda aquela tecnologia que vi no galpão para o qual me levaram?

— Simples: tecnologia desta nossa dimensão da vida. Não podemos esquecer que, diante da realidade do mundo, se colocarmos as coisas em seus devidos lugares, tudo o que existe na matéria e no mundo material é o reflexo do que existe aqui. Também ocorre muitas vezes, como é seu caso, que pessoas abandonem o corpo físico sem saber ao menos que desencarnaram. Prosseguem a vida como antes, dirigindo-se ao ambiente de trabalho, divertindo-se, relacionando-se com outros desencarnados, sem ao menos suspeitarem de que estão, há mais ou menos tempo, em outra dimensão, além da realidade física. Utilizam-se de tudo que o mundo oferece, dentro dos limites da matéria, como se fizessem ainda parte desse cenário. É pura questão mental. Mantêm-se prisioneiros de toda uma estrutura mental própria do mundo físico até que despertem, como agora ocorre com você.

— E quanto a Irmina Loyola, ela também é morta? É desencarnada? Afinal, ela está do lado de quem?

— Para nós ela ainda é uma incógnita. Irmina vai e vem de um lado para outro com certa facilidade. Não temos conhecimento de tudo. Aqui não somos deuses, mas homens, com uma organização em tudo semelhante à da Terra, inclusive com nosso desconhecimento em relação a inúmeras coisas. É claro que falo de mim mesmo e de Leroy, pois é evidente que os nossos superiores sabem de muito mais que nós. Somos aproveitados do lado de cá conforme as aptidões desenvolvidas quando encarnados. Veja, por exemplo: eu e Leroy fomos agentes secretos na época da Guerra Fria. Fomos enviados para pesquisar a respeito de agentes terroristas na Alemanha, na França e na Irlanda do Norte. É natural que nossa experiência não seja desperdiçada do lado de cá. Hoje, trabalhamos para os superiores com o mesmo objetivo: preservar a ordem e a disciplina no mundo. Quanto a você, como não tinha ainda despertado para certas realidades, estava sendo aproveitado por certos indivíduos, para fins escusos.

Quando ainda falavam a respeito do despertamento de Maurício, entrou no ambiente um homem de nome Joseph Miller. Era o imediato responsável por toda a organização, e, por sua vez, também estava a serviço dos *superiores*, conforme antes se referira John White em suas explicações.

— Bem, bem, meus caros amigos, até que enfim vocês conseguiram chegar a bom termo em sua missão — falou o homem que entrou naquele instante. — Maurício é muito importante para nossas atividades e também era visado pela organização do outro lado. Por favor, deixem que me apresente. Sou Joseph, aquele que transmite a vocês — falou para John e Leroy — as ordens e as tarefas que devem realizar. Sei que nunca me viram antes, porque só lhes falo através de um meio de comunicação indireto, mas hoje tive de vir aqui para esclarecer algumas coisas inadiáveis.

— Veio por causa de Maurício, então?

— Não somente isso, mas outros fatos de extrema urgência me obrigam a aparecer aqui, hoje. Creio que devo uma explicação razoável a vocês — disse, sentando-se em frente aos homens. — Vejo que têm algumas dúvidas que merecem ser esclarecidas. Quanto a Irmina Loyola, é alguém que foi chamado por nós a fim de auxiliar no caso Maurício Bianchinni; entretanto, ela não está como nós, neste mesmo plano de existência.

— Como assim? — perguntaram os três ao mesmo tempo.

— Irmina não é exatamente uma pessoa com a qual seja fácil de lidar. Não nos compreende a atuação deste lado de cá da vida. Porém, mesmo estando ainda encarnada, tem facilidades para sair do corpo de forma lúcida. Por isso ela foi chamada a nos auxiliar. Tem, na verdade, uma forma própria de agir, e não podemos dizer que seja espiritualizada. Tivemos grandes dificuldades em encontrar organizações espiritualistas para nos ajudar, num momento de crise como este que o mundo atravessa. Ao que tudo indica, os agrupamentos espiritualistas na Terra estão muito ocupados com disputa de poder, crises internas, melindres. Com dificuldade, encontramos quem topasse desempenhar as atividades necessárias, porém precisávamos de alguém que não estivesse preso a acanhadas concepções do mundo antigo. Nada de rótulos ou doutrinas castradoras. Precisamos de pessoas que sejam livres-pensadores. Encontramos Irmina, e a convidamos a nos socorrer. Ela fez como podia. Por isso vocês não compreendiam como ela aparecia e desaparecia sem deixar vestígios. Isso ocorria quando ela vinha projetada para nosso lado ou retornava para o corpo.

— Isso explica muita coisa...

— Isso mesmo, mas não estou aqui apenas por isso. Creio, Maurício, que você poderá nos ser muito útil. Sinto lhe dizer, mas não terá mais muito tempo para sanar suas dúvidas, ao menos por enquanto. O mundo corre perigo, e temos de agir com rapidez. Estejam a postos para o trabalho.

— Será uma guerra o que você espera, e tem a ver com ela a notícia que traz para nós?

— Como dizia antes de ser interrompido — falou pausadamente Joseph Miller —, o mundo está por entrar numa crise de grandes proporções. Cada um será requisitado no máximo de seu potencial. Certos grupos de encarnados, ligados a organizações terroristas do lado de cá da vida, estão convencidos de que devem realizar uma operação em larga escala contra as obras da civilização. Nesta etapa, miram contra os Estados Unidos. São patrocinados por espíritos das trevas, cientistas, magos e manipuladores de consciências. Dentro desse projeto audacioso, intentam atacar a Casa Branca, e depois seu plano é atacar Roma, ou o Vaticano, mais precisamente: a sede da Santa Sé.

— Uau!! — exclamou Maurício.

— Isso mesmo; parece incrível, mas é a pura verdade. Teremos de agir rápido, pois as mentes das pessoas envolvidas estão de todo dominadas por entidades perversas, e delas vocês já têm conhecimento — falou, dirigindo o olhar para Maurício. — Precisamos fazer algo imediatamente. O presidente americano será muito visado nos próximos dias por essa organização. Pretendem utilizar recursos extremos para manipular sua vontade. Não podemos ignorar que eles dispõem de suficiente sintonia com a vontade dele e com seus métodos de agir na política. Se ele não se livrar do domínio mental que tais entidades exercem, certamente poderá provocar uma guerra de proporções globais, e não é necessário dizer como essa guerra é indesejável no momento...

Joseph Miller, o espírito guardião, ia aos poucos descrevendo o panorama da política mundial, deixando todos muito espantados com os rumos que iam tomando as relações internacionais. Um atentado à Casa Branca seria, muito provavelmente, considerado inadmissível pelos dirigentes norte-americanos. Mas um ataque à sede da Igreja Católica e, possivelmente, a outros centros importantes do *establishment* mundial, colocaria em cheque boa parte das instituições reconhecidas. Seria o colapso de um sistema e provocaria o caos em toda a política internacional. O mundo se veria, de um momento para outro, num confronto de proporções aterradoras, atemorizantes.

O planeta Terra corria perigo — caso não houvesse interferência do plano extrafísico. O mundo precisava de socorro imediato.

O MUNDO ESTREMECE

Aproxima-se o fim.
Os deuses revelam-se dragões,
e o povo presencia a partida dos párias.
É o grande êxodo.

Fragmentos das memórias de Mnar, o capelino

O DISCURSO de Azhur dos capelinos prosseguia inflamado, mas, sem que ele soubesse, os acontecimentos iriam se precipitar.

Faz-se necessária tremenda capacidade de persuasão quando se tenta dominar as consciências, manipulando-as com ideias equivocadas, com a pretensão de sustentar um poder em oposição aos propósitos superiores da vida. Essa habilidade ou esse poder — que em geral exerce fascínio e demanda uma "eficiência" magnética invulgar por parte de seu responsável — costuma falhar quando há um número muito grande de mentes envolvidas. Não há como ter domínio sobre todas as variáveis de um plano assustador assim. Não há como deter absoluto controle da situação.

O fato é que ninguém sequer cogitou a possibilidade de que poderia ter ocorrido um cálculo equivocado da trajetória do astro intruso. Dadas as proporções inéditas do evento sideral, ninguém suspeitara de que não era necessária a aproximação do astro para que o caos se estabelecesse. Bastava sua influência magnética para que certos acontecimentos no plano físico se desencadeassem. E foi isso o que ocorreu no momento em que Azhur planejava uma investida final contra os governos capelinos.

Em dois dos continentes do planeta, tempestades avassaladoras irromperam com intensa fúria, causando destruição em vários setores da sociedade capelina. Devido à influência do astro intruso, os maremotos cresceram, em frequência e intensidade, em várias partes do globo. Tudo isso foi a fagulha que faltava para detonar a grande crise.

No amplo salão onde se realizava a conferência de Azhur, as coisas se precipitaram de um momento para o outro, sem que ninguém pudesse conter a situação. Um tremor de terra em escala nunca antes observada abalou a estrutura da construção, fazendo desabar o teto sobre milhares de capelinos, que encontraram a morte certa em questão de segundos. Dara e seus amigos ali estavam, alcançando o mesmo destino que os demais. Ela e seus amigos, no entanto, encontravam-se num outro padrão de sintonia, diferente daquele com o qual se afinavam os rebeldes amaleques.

Dara, Venal, Tura e Zulan haviam abandonado definitivamente suas formas físicas e pairavam acima dos escombros, presenciando o caos de um mundo que agonizava. Era o crepúsculo dos deuses de Capela.

Os amaleques, conduzidos por Azhur, o rebelde, saíram correndo, também já despidos de seus corpos físicos, desesperados diante do caos que se via à volta. A multidão cobrava de Azhur as promessas feitas minutos antes dos eventos fatídicos. Azhur não sabia o que fazer diante das calamidades desencadeadas pela fúria da natureza. O mundo havia se revoltado contra a investida das trevas, e a própria natureza se incumbira de realizar o expurgo planetário.

De tempos em tempos, em todos os mundos da galáxia, a própria natureza dos mundos realiza uma espécie de saneamento, pois se atinge certa saturação de determinados elementos psíquicos — como o próprio organismo físico faz, cotidianamente e de modo particular, nos processos de enfermidade. Esse processo natural assemelha-se a uma cirurgia a que se submete a intimidade de cada planeta; porém, é uma incisão moral, consciencial.

Eis que entram em cena os fatores que desencadeiam esse processo planetário, que nem sempre representa algo de fácil convívio. Geralmente, quando ocorrem esses eventos — denominados de cúmulos energéticos —, verdadeira revolução consciencial tem lugar na superfície dos mundos. De um lado, os habitantes do planeta assistem a relevante revisão de valores, ideias e paradigmas. Concomitantemente, o mundo em questão presencia outro tipo de revolução, que é de fato a causa principal do processo: a mudança do padrão vibratório em outras dimensões da vida.

Dessa revolução do elemento espiritual, energético, é que surgem nas superfícies planetárias, por repercussão vibratória, outros movimentos. Grandes transformações se operam nas esferas social, política e econômica. As estruturas sociais da humanidade imersa na matéria são abaladas; as mais profundas e arraigadas convicções, postas em xeque. Os homens são obrigados a rever seu modo de vida, adaptando-se a novos meios de existência e buscando soluções mais simples do que as procuradas — e encontradas — anteriormente às crises. Nesses momentos, são levados a adotar formas de vida afeitas à situação de emergência espiritual pela qual passa seu mundo. É momento de transição. Para sobreviver às adversidades, o ser humano é obrigado a simplificar.

Foi nesse clima que eclodiram as grandes revoluções nos mundos do Cocheiro.

Acima, na atmosfera do mundo, presenciou-se um fenômeno que tinha sua origem no plano extrafísico. Uma espécie de fornalha atômica, um fogo devorador, purificador, partia dos sóis gêmeos da constelação do Cocheiro. Erupções energéticas pareciam fazer um dos sóis desestabilizar-se de suas balizas. O fenômeno era percebido com clareza somente no plano espiritual daquele mundo; todavia, no ambiente considerado mais físico, o fenômeno provocava efeitos tais como abalos sensíveis na estrutura geológica do planeta. Cidades inteiras desapareciam nas ondas que se erguiam a dezenas de metros de altura. O mundo debatia-se na agonia de um parto.

Dara olhou para o que tomava forma no centro do fenômeno, e o que ela viu causou, tanto nela quanto em seus companheiros recém-libertos da forma física, um misto de admiração e perplexidade. Estavam atônitos. A fornalha energética, que vinha realizando a purificação do ambiente astralino do planeta, formava um núcleo no qual se via uma forma humanoide, mas com aparência semelhante à de um relâmpago. Mesmo imprecisa, é essa a expressão mais acertada para descrever o ser que conduzia o processo de depuração planetária.

Urias, o Cherub do Cocheiro, espírito responsável pela condução dos povos capelinos, orientava, juntamente com milhares de outros seres de sua dimensão, os elementos etéricos que dinamizavam os expurgos coletivos. Dara, Tura, Zulan e Venal associaram-se às legiões de Urias, auxiliando no momento mais difícil.

Um urro profundo foi ouvido em toda a extensão do império do mal.

O império dos dragões preparava-se para enfrentar a derrocada final. Por todo lado, viam-se as construções astralinas de seu reinado decadente ardendo em chamas etéricas, desfazendo-se diante da presença de Urias e de suas hostes. A aparência do Cherub assemelhava-se, aos olhos dos dragões, a uma cena de juízo final, como aquelas descritas em livros sagrados. Milhões de seres, resplandecendo em pura luz, iam e vinham de uma latitude a outra dos planetas, auxiliando Urias na reunião dos rebeldes amaleques, que estavam aterrorizados diante da transformação que ocorria.

O mundo era varrido das obras das sombras. Os fluidos grosseiros e densos, gerados pelas consciências e acumulados ao longo de eras e mais eras de terror e violência, eram literalmente dissolvidos, transmutados e purificados na presença da fornalha etérica que tudo devorava a sua volta. Por onde passava, o fenômeno deixava um rastro de claridade, impossível de ser suportada pelos elementos rebeldes dos povos capelinos. Intensa luz substituía a aridez e as sombras da paisagem umbralina de Capela. Urias a tudo presidia, junto com seus colaboradores. Dara participava ativamente, reunindo energias em benefício da parcela de seu povo que ainda permaneceria encarnada, na dimensão das formas.

Grandes levas de espíritos, consciências cristalizadas no mal durante séculos, então eram arrastadas, numa espécie de redemoinho energético, até uma das luas de Capela. A visão se igualava a um ciclone que estivesse sugando as almas rebeldes de um canto a outro do sistema planetário, transformando tudo a seu redor, modificando para sempre o panorama energético dos mundos do Cocheiro.

Numa das luas que orbitavam o principal planeta do sistema, essas almas rebeldes eram reunidas, objetivando a partida iminente no grande êxodo daquela humanidade. Como que criando um túnel de luz, entidades radiantes formavam fila no espaço entre Axtlan e a lua, administrando tudo de acordo com a necessidade do momento. Em meio ao aparente caos reinava a mais absoluta ordem.

No panorama físico as coisas não se mostravam tão diferentes do que ocorria no plano energético. O mundo, o sistema filosófico, político e religioso jamais seria o mesmo. Todos os povos capelinos foram obrigados a se unir para preservar a civilização do caos e do extermínio. A influência de apenas um astro, que passava a milhões de quilômetros de distância, parecia desestabilizar a órbita do sistema de planetas e modificar seu eixo imaginário, causando impactos de ordem climática, geológica e meteorológica, sem precedentes para as gerações que habitavam o Cocheiro.

A humanidade se uniu diante do fenômeno. Mas Capela sobreviveria. O sistema composto pelos três planetas saía de um estágio acanhado de evolução para conquistar uma posição de maioridade espiritual. Assim como a transição da adolescência para a idade adulta não se dá sem os transtornos próprios dessa fase do crescimento humano, também os mundos não superariam sua fase adolescente, em direção à plena vivência cósmica, sem os abalos naturais. Fazia-se necessária a adequação de Capela à comunidade renovada que lá habitaria a partir de então. Assim é que novas terras surgiam, emergindo do fundo dos oceanos, e outras submergiam, modificando a face do planeta. O Cocheiro preparava-se para a partida dos dragões.

Ação antiterrorista

Joseph Miller, agente dos superiores, convocara Maurício, John White, Leroy e Stall, que mais tarde os acompanhou, visando intervir a todo custo no curso dos acontecimentos mundiais.

Leroy e Stall partiriam rumo à Casa Branca para tentar de alguma forma influenciar o supremo representante da nação, de modo a evitar, de sua parte, uma reação que deflagrasse uma guerra de proporções mundiais. Maurício, Joseph e John White deveriam se dirigir à região do Oriente, procurando também, através do desdobramento, influenciar certos líderes de grupos terroristas, modificando o que pudessem em seus planos maquiavélicos. Nessa ação, levariam em conta os fatores espirituais ligados a cada caso, as influências negativas às quais estavam submetidos os envolvidos no grande plano das sombras. Deveriam buscar, ao máximo, a frustração dos objetivos das organizações sombrias, os quais se resumiam a incitar o pânico em escala global, a instaurar o caos.

A Terra precisava de auxílio imediato. Espíritos sublimes interferiam quanto podiam em nome da bondade divina, em favor dos habitantes do planeta. Falava-se de uma reunião de emergência sob a tutela de sábias entidades, que visava reunir esforços ao redor do globo, a fim de evitar o pior. O próprio Mahatma Gandhi conduziria determinadas legiões de seres para a pacificação do mundo. Ainda na atmosfera terrena, uma aura de paz emanava do continente sul-americano, mais precisamente do Triângulo Mineiro, desafiando as tentativas das trevas e preservando o equilíbrio psíquico do mundo. No hemisfério oposto do planeta, mais outra aura irradiava, associando-se às energias vindas do Brasil, interligando-se no plano sutil, em benefício da humanidade. Por toda parte onde se localizavam os apóstolos da paz, seus recursos psíquicos eram canalizados para que o planeta Terra não sucumbisse ante as tentativas das trevas de desencadear uma crise de gravíssimas proporções.

Na dimensão extrafísica, requisitaram-se forças soberanas, que trabalhavam em conjunto com os propósitos humanitários. Equipes de guardiões, agentes da segurança espiritual, energética e psíquica do orbe terrestre, iam e vinham, incrementando seu desempenho em favor da paz no mundo.

Maurício prestava imensa contribuição, trabalhando junto aos laboratórios terrestres, instruindo certas pessoas que cogitavam desenvolver uma guerra bacteriológica. Muito mais coisas estavam em jogo do que comentários televisivos e manchetes da imprensa escrita poderiam saber e noticiavam ao público. Em suas interpretações, os analistas da mídia abarcavam pequena porção dos fatos.

John White e uma equipe de mais de 2 mil entidades, entre agentes e guardiões, dirigiram-se ao Oriente, trabalhando lado a lado com governos e países envolvidos ou que se encontravam na iminência de serem implicados na grande crise.

Na América do Sul, países como Brasil, Argentina e Uruguai atuavam como base de apoio para a reunião de falanges de guardiões, que permaneciam atentos às reações emocionais do povo, bem como às reações da classe política. Esse episódio global traria consequências inevitáveis para a economia desses países, em médio e longo prazos.

Na Europa, principalmente na Inglaterra, Alemanha e França, estavam a postos outras legiões de seres que trabalhavam pela ordem e segurança planetária. Faziam quanto podiam para minimizar a situação que se prenunciava.

A Palestina era um dos focos centrais da ação

dos guardiões espirituais, embora os graves obstáculos encontrados na atuação das equipes de agentes da paz. Nada passava despercebido ante a hora que se aproximava. O mundo preparava-se para a hora de grandes dores.

O Êxodo

Viu-se também outro sinal no céu: um grande dragão vermelho, que tinha sete cabeças e dez chifres, e sobre as suas cabeças sete diademas. A sua cauda levou após si a terça parte das estrelas do céu, e lançou-as sobre a terra. E houve guerra no céu: Miguel e os seus anjos batalhavam contra o dragão. E o dragão e os seus anjos batalhavam, mas não prevaleceram, nem mais o seu lugar se achou nos céus. E foi precipitado o grande dragão, a antiga serpente, que se chama diabo e Satanás, que engana a todo o mundo. Ele foi precipitado na terra, e os seus anjos foram lançados com ele.

Apocalipse 12:3-4,7-9

Reunidos na grande lua que orbitava o Primeiro Mundo, mais de 40 milhões de almas desditosas, entre amaleques e dragões, mantinham-se à espera da grande sentença cósmica. Terminara seu reinado de terror, e o mundo fora purificado da ação devastadora e perversa dos dragões. O chefe luciferino estava abatido diante do êxodo inevitável. Agora não havia como lutar contra o destino.

    Profundamente abalados em seu orgulho, ouviram a sentença do bem-aventurado Yeshow, o responsável espiritual pela evolução do mundo. Sob a responsabilidade de Urias, Dara, Tura e Zulan, as legiões capelinas seriam conduzidas para a terra distante. Aqueles dentre os amaleques que sobreviveram à grande catástrofe, no plano físico, seriam transportados em naves esféricas dos vergs para um mundo distante aproximadamente 42 anos-luz da constelação do Cocheiro. Os demais ali reunidos, já despidos da forma física, seguiriam o rastro do cometa que rumava para aquela região da Via Láctea. O corpo celeste levava atrás de si, prisioneiras de sua aura magnética, as milhões de consciências endurecidas, os presunçosos amaleques, comandados pela falange dos dragões.

Capela alcançara a libertação, e nova era surgia para seus habitantes. Um tempo novo, em que deveriam reerguer sua civilização sobre novas bases, renovando esperanças, revitalizando suas conquistas e criações.

O cometa descrevia sua rota pela Via Láctea, enquanto longe, no mundo distante, primitivo, diversas tribos aguardavam, sem o saber, a visita dos deuses — os deuses decaídos das estrelas.

Algum dia, após milênios de lutas e dificuldades, um homem sábio escreveria nas páginas de um livro sagrado: "Viu-se também outro sinal no céu: um grande dragão vermelho (...). A sua cauda levou após si a terça parte das estrelas do céu, e lançou-as sobre a terra (...). E foi precipitado o grande dragão, a antiga serpente, que se chama diabo e Satanás, que engana a todo o mundo. Ele foi precipitado na terra, e os seus anjos foram lançados com ele".[17]

[17] Ap 12:3-4,9.

Mnar, o capelino, parecia acordar de um transe. À sua volta, Romanelli, Arnaldo e eu despertávamos dessa espécie de viagem na qual nos vimos envolvidos durante os relatos de Mnar. Foi para nós uma verdadeira aula de história do universo e dos povos capelinos. Entretanto, as coisas não estavam tão diferentes para nós, os espíritos da Terra. Algo está por acontecer em nosso mundo e em tudo se assemelha ao que ocorreu na distante constelação do Cocheiro. O planeta Terra está em transição. Nossa história guarda imensa semelhança com a história espiritual daqueles seres que ora nos visitavam na Estação Rio do Tempo.

Não sei quanto tempo durou o relato das reminiscências de Mnar, o capelino; entretanto, assim que retornamos do transe coletivo, os outros capelinos regressaram de sua excursão para a pesquisa do passado terrestre. Foi Innumar quem primeiro falou:

— Sinto que algo está preocupando nossos amigos da Terra. Percebo essa apreensão nos pensamentos do nobre Lasar.

Neste momento, os outros capelinos, juntamente com os companheiros de nossa colônia, adentraram no ambiente visivelmente abalados.

— Recebemos um chamado de auxílio imediato para os habitantes do plano físico — falou um dos companheiros espirituais. — Teremos de interromper nossas atividades imediatamente.

— Todas as comunidades espirituais do planeta Terra parecem haver recebido o mesmo chamado. A situação é de emergência espiritual.

— O que está acontecendo, nobres amigos? — perguntou Mnar, o guardião de Capela. — Poderemos auxiliar em alguma coisa?

— Com certeza! Nosso mundo guarda muita semelhança com o seu, e passamos por momentos de transição que definirão para sempre a história de nossa Terra. Recebemos uma mensagem das esferas superiores para ajudarmos os irmãos do plano físico. Teremos de interromper nossas pesquisas através do tempo. Para vocês, capelinos, indicaremos uma fonte de pesquisa que muito servirá aos seus propósitos de esclarecimento quanto ao passado espiritual do nosso planeta e também quanto à atuação dos capelinos degredados e retardatários. Contudo, o instante presente é grave para os povos do planeta Terra, e creio que precisaremos do auxílio de todos vocês, a fim de que evitemos o pior. Certos grupos terroristas pretendem agir de maneira a provocar uma guerra de proporções atemorizantes. Precisamos amenizar a situação.

Aproveitei alguns minutos para aventurar dirigir mais uma pergunta aos capelinos, quanto às suas percepções acerca da história da Terra. Qual era, afinal, o resultado de suas pesquisas em nossos registros? Responderam-me com extrema gentileza:

— Conhecemos centenas de planetas em nossa galáxia e podemos afirmar que, entre os conhecidos, o planeta Terra é um dos mais belos que já vimos. Seu mundo reúne uma beleza tão rica e extraordinária que dificilmente se encontrará outro igual. As cores, reunidas num espectro tão variado e cheio de vida, aliadas à complexidade dos recursos naturais, como o solo fértil, a abundância do sistema vivo, tornam seu orbe uma estância muito rara de se ver.

— Mas estamos vivendo momentos de muita tensão em nosso planeta; por toda parte, os homens estão destruindo o sistema de vida... — repliquei.

— O ser humano da Terra ainda não consegue conviver com os imensos benefícios colocados à disposição de seu crescimento evolutivo. Em nossas observações e pesquisas, pudemos notar como o homem terrestre tem procurado, durante séculos, sobreviver na superfície terrestre superando as intempéries. Ao longo dos períodos de vida mais primitiva, acanhada no aspecto tecnológico, o ser humano logrou manter-se no ambiente do mundo driblando a natureza. Ao invés de expandir sua consciência criadora e fertilizar o seu interior com as correntes mentais superiores, utiliza ainda seu potencial interno para dominar, explorar e impor-se aos mais fracos. A própria ciência da Terra está estruturada sobre a exploração do poder e a especulação econômica, em detrimento do benefício geral dos habitantes do planeta. Veja, meu amigo, que todos os benefícios trazidos pela ciência da Terra se transformaram em instrumentos de dominação por meio de um comércio nem sempre leal; converteram-se tão somente em mercadorias. O curioso é que são precisamente essas negociações, realizadas com o produto de sua ciência, que constituem o móvel maior para novas conquistas da tecnologia terrestre... É uma rota de crescimento, no mínimo, original.

— Infelizmente, a memória dos humanos é muito limitada; registra apenas alguns anos de sua vida. Isso não os capacita a reviver o passado de seu povo e aprender, como alunos do tempo, a não repetir as falhas cometidas pelos próprios antepassados — complementou outro capelino.

— Egoísmo e orgulho ainda imperam na conduta e no exercício da política dos povos do mundo, e a vaidade dos humanos é tão sintomática que se veem como a única forma de vida inteligente em todo o cosmos!... Pensam que o poder criador tornou a Terra o centro do universo, povoando somente a morada terrestre com o chamado rei da criação. Isso é indicativo de tal arrogância que o homem da Terra haverá de aprender, a duras penas, outro modo de ver as coisas. Acreditam que dependem somente de si mesmos para interpretar as leis que regem a vida pelo espaço sideral...

— Ficamos muito impressionados quando descobrimos quanto os homens estão convencidos de que tudo existe com a finalidade exclusiva de servir-lhes. Animais, plantas e outras criaturas, no conceito humano, existem com o objetivo de ser escravos da humanidade, e poucos são os que despertam para o respeito e a visão ecológica, para um conceito mais amplo da vida universal. Os governos terrestres e os homens, em âmbito particular, vêm dilapidando sua morada durante os últimos séculos, utilizando argumentos científicos e, até mesmo, religiosos para justificar seu apetite insaciável, sua sanha destruidora.

— Vimos — retomou o outro capelino — que no início de seu processo evolutivo no planeta, o homem da Terra respeitava mais o ambiente em que vivia. Isso ocorria, talvez, devido ao fato de que também se orientava mais pelas próprias intuições, que lhe eram facilitadas em razão da simplicidade da vida primitiva. Mas, como se deixou complicar significativamente com o passar do tempo, o homem, ao enveredar-se pelos caminhos do progresso, abdicou da simplicidade. Desviou-se da força que representa a intuição, tão necessária para estabelecer a relação de sintonia com a vida ao redor e com o direcionamento superior. Eis o que nos dizem os registros de sua história. O homem utilizou a força bruta, a violência para sobreviver, e até hoje não superou os métodos da barbárie — os mesmos padrões de outrora regem as relações de seu cotidiano. É como se ele tivesse entrado num jogo perigoso e houvesse perdido o lance principal da vida. Entretanto, continuou jogando, fazendo apostas contra si mesmo e a vida que o rodeia. O homem entrou num atalho perigoso, numa armadilha. Levando-se em conta tudo isso, a guerra é uma consequência natural de seu modo de ver e pensar, pois não encontra outro parâmetro para se guiar no mundo.

— É difícil aceitar — tornou Innumar — que o homem terrestre, uma criatura com imenso potencial, não tenha parado para pensar na razão de sua existência no universo e que prossiga a caminhada, em sua maioria, atrelado às velhas concepções do primitivismo.

As palavras dos capelinos, sintetizando a jornada terrena, caíram como chumbo em nossos espíritos. Talvez pelo simples fato de que, por estarmos inseridos no contexto narrado, jamais pensamos ou nunca havíamos parado para refletir de modo tão abrangente.

Nosso companheiro Arnaldo resolveu, então, perguntar aos capelinos:

— Por favor, amigos, falem para nós a respeito do conceito que vocês têm da vida e de Deus. Qual o sentido da existência para vocês, que também passaram por momentos delicados como os que agora atravessamos?

— O ente supremo ao qual tributamos o mais

elevado respeito e do qual temos algum conhecimento é, para nós, uma consciência dinâmica, que engloba em si mesmo a força propulsora da evolução universal e a dinâmica geradora e mantenedora da vida. Para os capelinos de nossa época, essa consciência dinâmica não poderá jamais ser comparada ou representada por formas humanas, pois seu impulso diretor é observado em toda a criação, que atesta a existência de uma vontade maior, orientada por objetivos bem definidos. Enquanto Deus, em suas religiões, é comparado somente ao bem, para nós, os capelinos, bem e mal são faces da mesma moeda. A trajetória terrena preferiu inventar a figura de um demônio para justificar as sombras, o mal aparente, o contraste. Para nós, entretanto, existe somente uma realidade, e esta se manifesta de acordo com a capacidade de percepção da criatura.

O ambiente criado pelas palavras do visitante capelino nos cativava por completo.

— Deus, para nós, não pode ser unilateral, e a compreensão de sua consciência, com o intuito de ser universal, há de ser mais abrangente. Assim como o preto é o oposto do branco, e as sombras, o oposto da luz, há que existir muito mais por trás da vida do que simplesmente o bem o e o mal, tal como na Terra habitualmente se concebe. Portanto, ser perfeito não é questão de ser bom ou mau, equilibrado ou desequilibrado, mas conviver em paz com essa diversidade; é compreender a harmonia da criação, a harmonia dos opostos, respeitando a função dos contrários. A vida só progride com a percepção dos conflitos, do antagônico. Nosso conceito de Deus está intimamente ligado ao porquê de nossa existência. Desse modo, para nós, capelinos, é impossível conceber a luz sem o contraste da sombra, sem compreender que existe a noite. Não há como apreciar a manhã sem saber que existe a tarde. Em resumo, sem as diversas alternativas do ser e do existir, sem o fator divergente, ainda não há como conhecer a vida e sua fonte geradora.

Questionamentos mil percorriam minha mente, mas nós, os espíritos, permanecíamos ali impassíveis, com a atenção imantada pelas palavras do extraterrestre. Lasar prosseguia:

— Conceber e compreender a vida, o existir, é algo que está além da razão, do raciocínio. A existência do universo, dos seres criados e da própria criação está muito além da capacidade de compreensão humana, do raciocínio dos seres criados. Tudo isso foge, transcende a imaginação humana. O poder da consciência do ente supremo existe para conceber, planejar, coordenar e mediar as transformações, que se tornam acessíveis apenas mediante o processo evolutivo, ao longo das eras. O Deus que descobrimos dentro e fora de nós está além do bem e do mal, do certo e do errado, e, ao mesmo tempo, é a causa geradora de tudo, inclusive daquilo que impropriamente se classifica como certo ou errado. No âmbito da evolução do universo, ser bom ou mau é questão de estar inserido num processo evolutivo em determinado tempo e lugar. Em algum planeta, num recanto obscuro do universo, algo pode ser considerado bom, enquanto, em outro local, a mesma coisa poderá ser considerada má, de acordo com a conjuntura e os conceitos de cada povo ou civilização. Isso acontece mesmo entre as diferentes culturas da Terra.

"Em nosso mundo, por exemplo, classificamos os seres como ignorantes ou esclarecidos, categorias que são determinadas em relação ao conhecimento que cada um dispõe das leis que regem o cosmos. O mal é uma questão de ignorância total, cujo efeito poderá levar o ser a um estágio difícil, em relação a sua situação interior. O que presenciamos na história de seu planeta nos faz lembrar uma fase há muito superada por nossa humanidade e nossa civilização — o que se presencia é o resultado de uma sociedade imersa na ignorância. É natural que, no estágio em que se encontra o planeta Terra, bem e mal sejam parâmetros para responsabilizar alguém ou algum poder no tocante à ignorância ou ao conhecimento da realidade da vida.

"Para compreender a vida, nossa origem e o próprio ser que denominamos de Deus, de consciência do ente supremo, precisamos entrar em contato com a natureza, penetrando-lhe e compreendendo-lhe a intimidade. Viver é compartilhar, sentir-se útil no projeto da criação e responsável direto pelo processo evolutivo. Viver também é colocar-se na posição de pesquisador da vida, de aprendiz do mundo, descobrindo pouco a pouco os segredos do existir. Enfim, é achar em si mesmo o recanto onde se esconde essa consciência divina, esse fôlego do Todo-Sábio. Integrar-se ao universo é a vocação de todo ser vivo, de toda alma ou consciência criada.

"Dessa forma, entendemos que a raça humana nunca poderá superar esse momento de transição que está atravessando se continuar a busca por soluções — sejam elas de ordem social, cultural, religiosa ou filosófica — baseadas numa ótica espiritual alienada. A única solução para os problemas dos humanos da Terra será a transformação de seu estado de consciência, bastante acanhado, em uma postura mais abrangente e universal. Para tanto, é necessária a mudança dos atuais paradigmas."

As observações dos capelinos com certeza seriam de grande utilidade para nos auxiliar a compreender nosso momento evolutivo; porém, não tínhamos tempo para continuar ouvindo, devido à necessidade de trabalharmos pelo bem da Terra. O tempo urgia. Deveríamos nos dirigir a diversos pontos do planeta para prestar socorro emergencial e procurar impedir que o mundo entrasse num conflito global.

Toda a nossa equipe se dirigiu à nossa comunidade extrafísica, à colônia espiritual da qual fazíamos parte. De lá, partiríamos para a Terra em missão de paz. Os capelinos visitantes também deixaram a Estação Rio do Tempo, rumando para o ambiente do planeta, buscando cooperar nesse estado de emergência. Localizaram-se próximos ao Oriente Médio, onde aguardariam os acontecimentos.

O plano espiritual parecia amanhecer sob intensa expectativa. Era o dia 11 de setembro do ano de 2001.

A MAIOR PARTE dos observadores do cosmos costuma dizer que o período compreendido entre o final do século XX e início do século XXI representa a fase de adolescência da humanidade do planeta Terra.

Essa fase da evolução social, científica e psicológica caracteriza-se por comportamentos que se assemelham, no crescimento do ser humano encarnado, ao período de adolescência e ao início da fase adulta. Entretanto, eu acredito que a história da evolução das civilizações e dos países desse mundo, tanto quanto a evolução pessoal dos humanos, haverão de revelar algo interessante, mas que só poderá ser vislumbrado, agora, por meio de deduções do pensamento.

Talvez seja apenas uma previsão ou uma descoberta da genialidade humana: todas as manifestações psicológicas da humanidade e suas implicações — tais como a busca desenfreada pelo poder, pela sensualidade e pela satisfação imediata dos caprichos de cada um —, que remetem claramente às reações da adolescência, são, de maneira mais ampla, a própria base de comportamento típico do homem comum. Ou seja, se os homens não se comportassem tal qual rebentos imaturos, provavelmente não fossem levados a questionar tudo — a própria vida e suas razões, seu mundo, sua história, seus deuses e santos — com tremenda rebeldia, em diversas ocasiões. Embora a falta de questionamento, é bem verdade, assim como a falta de dúvidas, de desafios da consciência, levariam a humanidade a se aniquilar bem mais rapidamente do que com as guerras ridículas, travadas ao longo dos séculos, bem como as que hoje observamos nas nações ditas modernas, civilizadas.

Não resta dúvida: um dos fatores centrais que promove o progresso é a inquietação, a inconformação, características próprias do comportamento imprevisível e descomprometido da fase juvenil que a humanidade terrestre atravessa. Talvez seja necessário que essa atitude efervescente continue por um tempo indefinido, a fim de que não se estabeleça a rigidez mental e se apague o gênio pesquisador do ser humano, cristalizando-se, assim, a ignorância. Talvez ainda seja preciso que o homem terrestre desenvolva outros caminhos, diferentes dos nossos, em Capela, para encontrar-se, em meio às próprias transformações que ocorrem ao seu redor.

Ainda mais: isso tudo, quem sabe, pode não ser característica apenas de uma fase adolescente da humanidade terrena, mas um fenômeno natural, que impele os filhos da Terra sempre para frente, rumo ao infinito. Acredito mesmo que o comportamento irreverente dos homens desse planeta permanecerá, até que seja desbravada a última fronteira possível de ser explorada e os terrestres se transformem, conforme acreditam, em deuses. No futuro, em nossos mundos, tentaremos contar a história de uma raça maravilhosa de seres, que marcou a galáxia com suas pegadas, com suas lutas e suas glórias.

Fragmentos das memórias de Mnar, o capelino

Epílogo

Um novo dia

Crônica da história da Terra

*As estrelas do céu caíram sobre a terra (...).
O céu recolheu-se como um pergaminho quando
se enrola, e todos os montes e ilhas foram removidos
dos seus lugares. Os reis da Terra, os grandes, os chefes
militares, os ricos, os poderosos e todo escravo
e todo livre se esconderam nas cavernas e nos
penhascos dos montes.*

Apocalipse 6:13-15

*E caiu do céu uma grande estrela,
ardendo como uma tocha (...).*

Apocalipse 8:10

Dizem que ele veio como fora previsto por videntes e profetas. No início, foi apenas uma possibilidade, prevista nas equações matemáticas, nos cálculos de visionários ou escondida em certas pranchetas de estudiosos e astrônomos. Mas ele veio, e com ele um rastro de destruição e de dor, de transformação e recomeço.

O frio do espaço o gerou; a matéria cósmica foi o útero que o concebeu. Poeira e gás, rochas e gelo constituíram a matéria-prima com a qual ele fora concebido. Vinha o astro errante em direção a um local talvez esquecido, num recanto qualquer da Via Láctea. Era o símbolo do terror.

Aproximou-se da órbita de Plutão e desde então foi esperado e identificado por uma elite dos habitantes da Terra. Eram cientistas, embora tentassem esconder do povo a presença do intruso.

Silenciosamente, ele passou por Netuno, influenciando sua órbita — nenhum planeta do sistema solar ficou incólume. Onde passava, deixava atrás de si um rastro luminoso de poeira e gelo, com o reflexo do sol longínquo. Sua cauda de centenas ou milhares de quilômetros marcava a rota pela qual passara anteriormente. Alguns o chamavam de Marduck, outros o apelidaram de intruso, e outros ainda diziam um nome estranho, cômico, diabólico, beirando o mau gosto: *planeta chupão*.

Não importa o nome, não interessam mais seus efeitos profetizados e longamente esperados. O mundo não é mais o mesmo desde que ele passou.

Aproximou-se lentamente, causando pane nos sistemas de comunicação do mundo. Satélites que estavam em órbita no planeta foram seriamente afetados pela simples influência do magnetismo desse cometa. Ou seria um asteroide? Agora não importa mais. Sei apenas que ele veio, e com ele o fim de um sistema de crenças, de um mundo velho que já não existe mais.

Quando cruzou o espaço próximo à Terra, a velha Terra, tudo se transformou. Muitos dos poderosos se esconderam em cavernas e construções previamente preparadas para um cataclismo ou algum evento que exigisse medidas de urgência. Nada adiantou. Naqueles dias, a humanidade apavorada perdeu certos limites impostos, quer socialmente, quer pela natureza, e os homens investiram uns contra os outros. Era o desespero total.

Junto com o intruso vieram alguns asteroides roubados do grande cinturão entre Marte e Júpiter. Eles causaram grandes estragos. Roma recebeu a visita de um desses asteroides, que caiu exatamente na sede da antiga Santa Sé, no Vaticano. Em apenas um dia, todo o patrimônio da Igreja foi devastado. Nova Iorque, Tóquio, Londres — as maiores metrópoles mundiais de então —, bem como certas cidades litorâneas do continente chamado América do Sul foram varridas durante a passagem do cometa.

É que a posição do planeta foi alterada, e seu eixo imaginário, que até então era inclinado, verticalizou-se devido à influência do astro intruso. Desde então, as geleiras dos polos derreteram, e as águas inundaram inúmeras cidades. Foi o caos em toda parte. Mas, se por um lado foi uma situação difícil de administrar pelos humanos daquela época, por outro foi a salvação da humanidade.

Antes da passagem do cometa, comentam os historiadores, a humanidade só vivia em guerra. Isso é difícil de acreditar, e mesmo nossos pais não compreendem como, naquele tempo, os homens não se amavam. Eles se comportavam de modo pior do que as feras das fábulas e lendas infantis, destruindo os da sua própria espécie. Com a aproximação do cometa, o astro intruso, só restava uma alternativa: unirem-se num governo mundial.

Passaram-se os anos, o clima do mundo se estabilizou, novas terras surgiram, e pôde-se respirar muito melhor. Não existe mais terrorismo, e as crianças agora são adotadas e amparadas por todo casal que desejar — nenhuma fica mais ao abandono.

As antigas religiões viram-se abaladas em seus fundamentos de um dia para outro. Hoje falam a mesma linguagem, pois, desde a passagem do astro errante, outros irmãos do espaço têm-se mostrado com insistência a nós, os humanos da Terra. Os governos não têm mais como esconder certos fatos da população. Muitas convicções foram abaladas para sempre, e não existe mais lugar para materialistas.

O MUNDO NÃO É mais o mesmo de antes. Hoje, quando estudamos a história do planeta Terra, custamos a acreditar que um dia a humanidade se comportou daquele jeito como está escrito nos livros de história. "Pudera" — fala papai —, "mesmo a face do mundo de hoje não corresponde mais à estrutura geográfica daquele tempo recuado dos séculos XX e XXI. Muita coisa foi refeita, e muita coisa ainda está por fazer, mas uma coisa é certa: o mundo de hoje é muito bom de se viver".

Fico aqui imaginando, ao estudar a história da humanidade: será mesmo que os historiadores falaram a verdade ao afirmar que ocorreu um dia uma guerra mundial? Não sei não, mas creio que isso é um jogo para que possamos valorizar nossa vida de hoje. Falam de crianças de rua, abandonadas, de gangues. O que significa, afinal, a palavra *gangue*? O nome é muito estranho.

Gostaria muito de saber como os historiadores inventaram coisas como, por exemplo, dizer que no mundo se brigava por dinheiro, enquanto em muitos lugares gente passava fome. Dizem até que as religiões, que pretendiam adorar a Deus, brigavam entre si! Os religiosos eram inimigos íntimos. Isso meu pai vai ter de me explicar... Não consigo compreender, pois desde que nasci ou me entendo por gente vejo todos falarem a mesma linguagem; cada um adora Deus conforme bem entender. Todos se respeitam. É cada coisa que está escrita nos livros de história...

Hoje o vovô veio me visitar. Todos lá de casa o viram. Há muito tempo que eu vejo meu avô, que já partiu para outra dimensão da vida. Que bom que a gente pode ver aqueles que aprendemos a amar. Ah! Mamãe me chama; escuto seu chamado pelo pensamento. Tenho de parar por aqui meu dever de casa. Outro dia pedirei ao papai para me explicar melhor esse negócio que os historiadores inventaram sobre o passado de nosso planeta Terra. Quero que me conte de onde tiraram que os rios foram poluídos no passado, se hoje todos estão tão limpinhos assim...

Mas deixa pra lá! Devo atender ao chamado mental da mamãe. Ela quer que eu vá com ela fazer compras em Marte...

Júnior
*Estudante da Escola de Aprendizes da Nova Terra
Local: Nova Atlântida — onde um dia existiu
a Groenlândia.*

Referências bibliográficas

BÍBLIA DE JERUSALÉM. São Paulo: Paulus, 2002.

BÍBLIA DE REFERÊNCIA THOMPSON. Edição contemporânea de Almeida. São Paulo: Vida, 1995.

____. Nova Versão Internacional. São Paulo: Vida, 1995.

KARDEC, Allan. *O Evangelho segundo o espiritismo*. Tradução de Guillon Ribeiro. 120ª ed. Rio de Janeiro: FEB, 2002.

____. *O livro dos espíritos*. Tradução de Guillon Ribeiro. 1ª ed. esp. Rio de Janeiro: FEB, 2005.

____. *O livro dos médiuns ou guia dos médiuns e dos evocadores*. Tradução de Guillon Ribeiro. 1ª ed.

esp. Rio de Janeiro: FEB, 2004.

_____. *O que é o espiritismo*. Tradução de Guillon Ribeiro. 1ª ed. esp. Rio de Janeiro: FEB, 2005.

PINHEIRO, Robson. Pelo espírito Ângelo Inácio. *A marca da besta*. Contagem: Casa dos Espíritos, 2010. (Trilogia O Reino das Sombras, v. 3.)

SITCHIN, Zecharia. *O 12º planeta*. São Paulo: Best Seller, s.d.

XAVIER. Francisco Cândido. Pelo espírito Emmanuel. *A caminho da luz*. 22ª ed. Rio de Janeiro: FEB, s.d.

INTERNET

http://en.wikipedia.org/wiki/Roswell_UFO_incident. Acessado em 10/11/2010.

www.transcomunicacao.net/index.php?option=com_content&view=article&id=190:sinopse-de-livros-sobre-transcomunicacao-instrumental&catid=51:literatura. Acessado em 9/11/2010.

http://www1.folha.uol.com.br/folha/bbc/ult272u62267.shtml. Acessado em 16/11/2010.

Transcenda-se. Para o catálogo completo, acesse www.casadosespiritos.com

**OUTRAS OBRAS DE
ROBSON PINHEIRO**

PELO ESPÍRITO JÚLIO VERNE
2080 [obra em 2 volumes]

PELO ESPÍRITO ÂNGELO INÁCIO
Encontro com a vida
Crepúsculo dos deuses
O próximo minuto
COLEÇÃO SEGREDOS DE ARUANDA
Tambores de Angola
Aruanda
Antes que os tambores toquem
SÉRIE CRÔNICAS DA TERRA
O fim da escuridão
Os nephilins: a origem
O agênere
Os abduzidos
TRILOGIA O REINO DAS SOMBRAS
Legião: um olhar sobre o reino das sombras
Senhores da escuridão
A marca da besta
TRILOGIA OS FILHOS DA LUZ
Cidade dos espíritos
Os guardiões
Os imortais
SÉRIE A POLÍTICA DAS SOMBRAS
O partido: projeto criminoso de poder
A quadrilha: o Foro de São Paulo
O golpe

ORIENTADO PELO ESPÍRITO ÂNGELO INÁCIO
Faz parte do meu show
COLEÇÃO SEGREDOS DE ARUANDA
Corpo fechado (pelo espírito W. Voltz)

PELO ESPÍRITO TERESA DE CALCUTÁ
A força eterna do amor
Pelas ruas de Calcutá

PELO ESPÍRITO FRANKLIM
Canção da esperança

PELO ESPÍRITO PAI JOÃO DE ARUANDA
Sabedoria de preto-velho
Pai João
Negro
Magos negros

PELO ESPÍRITO ALEX ZARTHÚ
Gestação da Terra
Serenidade: uma terapia para a alma
Superando os desafios íntimos
Quietude

PELO ESPÍRITO ESTÊVÃO
Apocalipse: uma interpretação espírita das profecias
Mulheres do Evangelho

PELO ESPÍRITO EVERILDA BATISTA
Sob a luz do luar
Os dois lados do espelho

PELO ESPÍRITO JOSEPH GLEBER
Medicina da alma
Além da matéria
Consciência: em mediunidade, você precisa saber o que está fazendo
A alma da medicina

ORIENTADO PELOS ESPÍRITOS
JOSEPH GLEBER, ANDRÉ LUIZ E JOSÉ GROSSO
Energia: novas dimensões da bioenergética humana

COM LEONARDO MÖLLER
Os espíritos em minha vida: memórias

PREFACIANDO
MARCOS LEÃO PELO ESPÍRITO CALUNGA
Você com você

CITAÇÕES
100 frases escolhidas por Robson Pinheiro

Quem enfrentará o mal
a fim de que a justiça prevaleça?
Os guardiões superiores
estão recrutando agentes.

Colegiado de Guardiões da Humanidade
por Robson Pinheiro

Fundado pelo médium, terapeuta e escritor espírita Robson Pinheiro no ano de 2011, o Colegiado de Guardiões da Humanidade é uma iniciativa do espírito Jamar, guardião planetário.

Com grupos atuantes em mais de 10 países, o Colegiado é uma instituição sem fins lucrativos, de caráter humanitário e sem vínculo político ou religioso, cujo objetivo é formar agentes capazes de colaborar com os espíritos que zelam pela justiça em nível planetário, tendo em vista a reurbanização extrafísica por que passa a Terra.

Conheça o Colegiado de Guardiões da Humanidade. Se quer servir mais e melhor à justiça, venha estudar e se preparar conosco.

Paz, justiça e fraternidade
www.guardioesdahumanidade.org

Responsabilidade Social

A Casa dos Espíritos nasceu, na verdade, como um braço da Sociedade Espírita Everilda Batista, instituição beneficente situada em Contagem, mg. Alicerçada nos fundamentos da doutrina espírita, expostos nos livros de Allan Kardec, a Casa de Everilda sempre teve seu foco na divulgação das ideias espíritas, apresentando-as como caminho para libertar a consciência e promover o ser humano. Romper preconceitos e tabus, renovando e transformando a visão da vida: eis a missão que a cumpre com cursos de estudo do espiritismo, palestras, tratamentos espirituais e diversas atividades, todas gratuitas e voltadas para o amparo da comunidade. Eis também os princípios que definem a linha editorial da Casa dos Espíritos. É por isso que, para nós, responsabilidade social não é uma iniciativa isolada, mas um compromisso crucial, que está no dna da empresa. Hoje, ambas instituições integram, juntamente com a Clínica Holística Joseph Gleber e a Aruanda de Pai João, o projeto denominado Universidade do Espírito de Minas Gerais — UniSpiritus —, voltado para a educação em bases espirituais [*www.everildabatista.org.br*].